在文字与生活中寻找自我

且听且望且随风
且行且看且从容

GO WITH THE WIND AND
BE COMPOSED

富士英 著

上海社会科学院出版社

图书在版编目（CIP）数据

且听且望且随风，且行且看且从容 / 富士英著. —— 上海：上海社会科学院出版社，2024. —— ISBN 978-7-5520-4421-8

Ⅰ. I267

中国国家版本馆 CIP 数据核字第 20248LK962 号

且听且望且随风，且行且看且从容

著　　　者：	富士英
责任编辑：	路　晓
封面设计：	裘幼华
出版发行：	上海社会科学院出版社
	上海顺昌路 622 号　邮编 200025
	电话总机 021 - 63315947　销售热线 021 - 53063735
	https://cbs.sass.org.cn　E-mail:sassp@sassp.cn
照　　　排：	上海碧悦制版有限公司
印　　　刷：	苏州市古得堡数码印刷有限公司
开　　　本：	710 毫米×1010 毫米　1/16
印　　　张：	19
字　　　数：	260 千
版　　　次：	2024 年 9 月第 1 版　2024 年 9 月第 1 次印刷

ISBN 978-7-5520-4421-8/I・551　　　　　　　　　　定价：80.00 元

版权所有　翻印必究

序一　从容是一种力量

富士英女士把书稿给我,《且听且望且随风,且行且看且从容》。我笑称之为"六且"书。殷商甲骨文的"且",一般认为与神主牌位有关。那么想必此书是与人的心灵、归宿、生命形而上的意义有关。成语"六神无主",形容惊恐无主张,反过来"六神有主"应该就能从容不迫。读完书稿,果有此感,相信不是巧合。很喜欢题目中的"从容"二字。当下有很多对从容的解读,什么"从容是一种境界,是心灵的宁静和淡泊""从容是一种智慧,是对世事无常的包容和理解""从容是一种心境,是面对困境的安然自若""从容是一种心态,是放下执念、享受当下的洒脱"……诸如此类。说不对吧,似乎都正确;说对吧,又都缺了点什么。在我看来,从容是一种力量。为什么从容如此之少?因为置身纷繁复杂、挑战巨多的社会,你有本事从容吗?你有资格从容吗?归根结底,从容需要不一般的能力、智力和定力。

富士英女士这本书,一半篇幅是读书笔记。读书笔记是一种比较从容平和的提法,谦虚一点就叫读后感,傲娇一点就叫书评,其实三者是一回事。所评的大多是名家名篇,容易得到读者的共鸣,但是也很能显示评论者见识之高下和水平之优劣。当书评者对著作进行评论的时候,书评的读者也会对书评本身给出自己的评价。这就是挑战。富士英女士写书评,不局限于故事本身,总能读出人生的意义、爱的况味和生活的辩证法。比如读意大利物理学家卡洛·罗韦利《时间的秩序》,她写道:"我们的视角决定了我们对时间的感知,而时间本身可能比我们想象得更加复杂和奇特。"这里面就不仅仅是科普,而是哲学了。她读林语堂《苏东坡传》用了一个标题《好在,人间还有一个苏东坡》,比"人生海海,山山而川,不过尔尔"更加实诚而丰满。她甚至从一首改编诗歌里得出这样的结论:"我们要永远相信爱情,但不要相信爱情的永远。"这几十篇书评就是一个索引,还真就勾起了我读这些作品的兴趣。

相比较这些读书笔记,另一半是生活杂感和人物素描,就更加契合我的胃口。写生活杂感,光看题目,就能在赏心悦目中遇到从容和美丽。写风评变化的杏花,《可是,杏花不在乎》;写春天夏初的蔷薇,《别春,迎夏,满架蔷薇香》;地铁赶路的多半是匆匆上班族,她的题目是《晨起赶路,慢享时光》;"冬"者,"终"也,冬天,总给人残酷和终结的暗示,但是她的笔下是《冬天,你也太好玩了》。喜欢她写春夏秋冬,拓展了四季的意义,让我遇见了时光之美:"(辰山)雨还没有下,燕就来了;燕还没有鸣,春就来了;春才刚刚醒,孩子们就长大了!""理想的春天,本就是应该伴着花开花落,伴着鸟啼虫语,一宿一宿的入梦,一朝一朝的安眠""鲸落海,星沉洼,风隐密林,蝉鸣漏夏至,世间所有温柔藏于你眼眸"……她写人的部分很有趣,有亲戚有朋友有同事有家人,最有趣的是写她自己"小赖"。想起那句诗"最喜小儿无赖,溪头卧剥莲蓬"。"无赖"和"小赖"中"赖"的意思不一样,但我就是不由自主想起这首诗。她确实小赖,我跟她不是那么熟悉啊,赖着我写序,还赖得那么有技巧,尽显上海女人的智慧和从容,以至于我竟然无从说不,甚至竟然有点点"喜"。

在准备结尾的时候,突然有个感受。上面写到《时间的秩序》,想说点不算题外的话。对芸芸众生来说,时间也罢,空间也罢,都是功利性的。空间,大一点如区域、城市,小一点如社区、住宅,都是我们生存的场所,是要花金钱来交换的。时间也一样,长一点如寿命、工龄,短一点如工时、996,时间的数量与我们收入的数量挂钩。可是,通读了富士英女士的这本书,我有一个感觉,觉得她写出了时间和空间的哲学味道,超越了我们日常的功利性。或许,这才是从容吧。

拉拉杂杂乱写这么多,有没有用让富士英女士选择。腹诽我,我听不见;骂我,我不伤分毫;反正,她又不敢打我。用还是不用,且由她去。

作家、评论家、上海市写作学会常务副会长　韩可胜
2024年初伏于浦东

附记:稿子7月16日下午写好,晚上通过微信发给富士英女士。她说这天是她"18岁"生日,而这篇序言是来自"男神"最好的生日礼物。呵呵,我相信她"18岁",但我不相信我是"男神"。女人的话全信,或者全不信,都是不对的。

序二　在文字与生活中悠然漫步

《且听且望且随风,且行且看且从容》是一本深刻探讨个人成长、情感体验和生活哲学的作品。它不仅是一本书,更是一次心灵的旅行,引导我们去倾听内心的声音,观察周围的风景,从容面对生活的风风雨雨。

本书集散文、读书笔记、生活杂感于一体,作者富士英以细腻的笔触,记录了生活中的点点滴滴,从读书笔记到生活杂感,从人物素描到达观的人生观,每一篇都透露出作者对生活的热爱和对自我的深刻理解。这些文字,恰如一股清流,以其温润而坚定的力量,唤醒我们内心深处的平静与坚定。

书中的读书笔记,不仅是对经典作品的重新诠释,更是作者与书中人物、思想的对话。在《寻欢作乐》的读后感中,我们看到了作者对人性复杂性的深刻理解;在《道德经》的解读里,我们领略了道家哲学的深邃与智慧。每一篇笔记都透露出作者对生活的深刻理解和对人性的独到见解。她的文字,让我们在阅读中反思,在反思中成长。

在生活杂感中,作者以一颗敏感而细腻的心,捕捉生活中的点点滴滴,无论是春日的蔷薇、夏夜的萤火,还是秋日的落叶、冬日的暖阳,都成为她笔下生动的篇章,我们能感受到作者对生活细节的珍视和对自然美的赞美。作者通过自己的体验和观察,提醒我们要珍惜每一个当下,发现生活中的美好,无论是一朵花的绽放,还是一场春雨的滋润。

人物素描部分,则展现了作者对周遭世界的敏锐观察和对人生百态的深刻洞察。从家庭关系的温馨描写到对个人成长的反思,作者用真挚的情感和生动的故事,展现了一个真实、立体的自我形象。她用自己的经历告诉我们,生活不仅有诗和远方,还有眼前的苟且和未来的憧憬。

富士英以其从容不迫的笔触,告诉我们:生活不必急躁,文字不必繁复,简单而真实地活着,就是对生命最好的诠释。在这本书中,我们被邀请放慢脚步,聆听内心的声音,与作者一同在文字的海洋中航行,探索生活的真谛。它不仅记录了作者的心路历程,也映照出我们每个人的生活轨迹。

愿每一位读者在阅读本书的过程中,都能获得启发,找到内心的宁静,勇敢地追寻自我,活出一份从容与自在。

华东师范大学心理与认知科学学院

副院长,博士生导师　刘俊升

2024 年 7 月

目　录

序一　从容是一种力量　　　　　　　　　　　　韩可胜 / 1
序二　在文字与生活中悠然漫步　　　　　　　　刘俊升 / 4

读书笔记

"寻欢作乐"的背后是深深的理解
　　——《寻欢作乐》读后感　　　　　　　　　　　 / 3
"一阴一阳之谓道"
　　——道是无所不能的存在　　　　　　　　　　 / 5
"真正的生活应当永远在别处"
　　——《生活在别处》读后感　　　　　　　　　　 / 7
"有人将至"才能读懂孤独
　　——《有人将至》读后感　　　　　　　　　　　 / 9
爱,不是禁锢,而是成全
　　——《遇见你之前》读后感　　　　　　　　　　 / 14
爱是理性,更是克制
　　——《廊桥遗梦》读后感　　　　　　　　　　　 / 16
爱是最好的救赎
　　——《情书》读后感　　　　　　　　　　　　　 / 18
爱是最深刻的救赎
　　——《红手指》读后感　　　　　　　　　　　　 / 21

爱与死亡:被仰望和被遗忘
  ——《乞力马扎罗的雪》读后感 　/ 23

比太阳更暖的,是爱与希望
  ——读《岛上书店》有感 　/ 25

别去追问,人生无意义
  ——《局外人》读后感 　/ 27

不可宽恕的时代与不可毁灭的爱
  ——读《岛》有感 　/ 29

不能选择的童年,不该困住你一生
  ——《纸崩》读后感 　/ 32

当时的"她们",即现在的我们
  ——《她们》读后感 　/ 34

当哲学遇见童年,有一个孩子开始思考
  ——《哲学的好奇》读后感 　/ 36

独立思考的人,是思想上的君主
  ——《人生的智慧》读后感 　/ 39

对时间的感知,取决于我们的视角
  ——《时间的秩序》读后感 　/ 42

好在,人间还有一个苏东坡
  ——《苏东坡传》读后感 　/ 44

会释怀的,真的
  ——《觉醒》读后感 　/ 47

活着才需要勇气
  ——《人生海海》读后感 　/ 50

急什么,慢慢来
  ——《慢》读后感 　/ 52

简单即爱
  ——《当我们谈论爱情时我们在谈论什么》读后感 　/ 54

就当是场梦吧!
　　——《海边的卡夫卡》读后感　　　　　　　　　　/ 56
看过世间繁华,方觉平淡是真
　　——《人生》读后感　　　　　　　　　　　　　/ 58
快乐的欲望是什么?
　　——《假面的告白》读后感　　　　　　　　　　/ 60
理性失效时,我们使用什么?
　　——《西西弗神话》读后感　　　　　　　　　　/ 62
每个人都有自己的一片森林
　　——《挪威的森林》读后感　　　　　　　　　　/ 65
每个人心中都有一个叫"耶路撒冷"的地方
　　——《耶路撒冷》读后感　　　　　　　　　　　/ 68
莫要低估女性的力量
　　——《第二性》读后感　　　　　　　　　　　　/ 70
你是我最初的信仰
　　——《非洲的假面具》读后感　　　　　　　　　/ 73
平凡的坚守最伟大
　　——《平凡的世界》读后感　　　　　　　　　　/ 76
去找寻永恒的爱和希望
　　——《到灯塔去》读后感　　　　　　　　　　　/ 79
人生就是自己的往事和他人的序章
　　——读《文城》有感　　　　　　　　　　　　　/ 81
人生是一场自我救赎
　　——《悉达多》读后感　　　　　　　　　　　　/ 84
沙漠并不孤独,因为我在这里
　　——《哭泣的骆驼》读后感　　　　　　　　　　/ 86
善良的人都晚熟
　　——《晚熟的人》读后感　　　　　　　　　　　/ 88

什么都是，什么都不是
　　——《情人》读后感　　　　　　　　　　　　　　／91
生命不仅需要光，也需要黑暗
　　——《不合时宜的沉思》读后感　　　　　　　　／96
他们曾为真理而前赴后继
　　——《鼠疫》读后感　　　　　　　　　　　　　／101
倘若有生生世世不落的晚霞
　　——《众神的晚霞》读后感　　　　　　　　　　／103
痛爱之间，有望不尽的天地
　　——《卡拉马佐夫兄弟》读后感　　　　　　　　／105
为了太阳底下的良知
　　——《杀死一只知更鸟》读后感　　　　　　　　／107
文明和野蛮的界限，知性与欲望的守衡
　　——《欢愉》读后感　　　　　　　　　　　　　／110
"我就是看那家伙不爽。"
　　——《恶意》读后感　　　　　　　　　　　　　／113
我们该如何度过一生？
　　——《一个孤独漫步者的遐想》读后感　　　　　／115
我是一个什么样的人？
　　——《地下室手记》读后感　　　　　　　　　　／122
现实再不堪，还好有唐诗
　　——《再见那闪耀的群星：唐诗二十家》读后感　／125
向死而生，孤独，又何妨？
　　——《百年孤独》读后感　　　　　　　　　　　／126
一个人的觉醒，从独来独往开始
　　——《在细雨中呼喊》读后感　　　　　　　　　／131
以罪为名，爱的献祭
　　——《赎罪》读后感　　　　　　　　　　　　　／134

永远相信爱情,但不要相信爱情的永远
　　——《包法利夫人》读后感　　　　　　　　　　　　／137
阅读,作为信仰
　　——《阅读,作为信仰》读后感　　　　　　　　　　／139
允许一切发生,做一个勇敢的人
　　——《女孩之城》读后感　　　　　　　　　　　　／142
只有哲学才能消除认知偏见
　　《真实与虚拟:后真相时代的哲学》读后感　　　　　／144
做自己的太阳,无须凭借谁的光
　　——《傲慢与偏见》和《简·爱》读后感　　　　　　／146

生活杂感

别春,迎夏,满架蔷薇香　　　　　　　　　　　　　　／151
晨起赶路,慢享时光
　　——散记于早起赶路地铁里　　　　　　　　　　　／152
春风,过客,秋水,星河　　　　　　　　　　　　　　／154
春天·辰山印象　　　　　　　　　　　　　　　　　　／156
春天味道　　　　　　　　　　　　　　　　　　　　　／158
春雨伴春眠　　　　　　　　　　　　　　　　　　　　／160
冬天,你也太好玩了　　　　　　　　　　　　　　　　／161
好吧,还是睡吧　　　　　　　　　　　　　　　　　　／163
简单生活,简单热爱　　　　　　　　　　　　　　　　／166
今天,永远是最好的一天　　　　　　　　　　　　　　／168
可是,杏花不在乎　　　　　　　　　　　　　　　　　／170
立夏:夏向明朝立　　　　　　　　　　　　　　　　　／173
失眠的,不只是海棠　　　　　　　　　　　　　　　　／175
石榴树　　　　　　　　　　　　　　　　　　　　　　／177

时光清浅,岁月安暖	/179
停下来,看一朵云	/181
心素如简,人淡如菊	/184
一朵慈悲的牵牛花	/186
一个静谧的午后	/190
愿与上海热烈拥抱	/191
栀子比众木,人间诚未多	/193
主角?配角?桂花无所谓	/198
你看,月亮好美!	/201

人物素描

Rocky,一个有趣的灵魂	/205
爱情与婚姻	/207
别装,你没那么强!	
——写给儿子十八岁成人礼的一封信	/209
不正经,但好玩	/213
蛋糕的故事	/217
短短的一节小学语文课	/219
多媒体,让"梅花"灿烂绽放	/221
闺蜜永华	/226
家有宝贝"李慢慢"	/229
可爱的交警小哥哥	/232
"了不起"的中国男人	/234
每次上完课	/237
"女神经"和"小仙女"	/239
女性成就自己有一万种可能!	
——写给"黄丝带三师助一"解矫对象蓉蓉	/241

亲爱的公公	/246
世界上最好的小姨	/247
他是一个大写的"人"	/249
我有一个大表哥	/253
戏精老师	/257
"虾米公公"的故事	/259
小陆哥哥	/264
小调皮鬼	/267
小余同学	/270
星星堆满天,爱意落满怀	/273
养"猫"记	/274
因为你就是你所爱,从消散中收聚我	/277
有其父必有其子	/280
真面目	/282
老友季乐	/285

读书笔记

"寻欢作乐"的背后是深深的理解

——《寻欢作乐》读后感

《寻欢作乐》是英国作家威廉·萨默塞特·毛姆于1930年出版的小说。

这是毛姆最得意和最喜爱的小说之一，它以当时英国文学界的真实人物为原型，以文艺圈中的逸闻韵事为背景，讲述了一段既美丽又复杂的爱情故事。这本小说让我深深地感受到毛姆的才华和智慧，在他的笔下，每个人物都有着深刻的内心世界，每个情节都充满着戏剧性和复杂性。作为英国文学史上最雅俗共赏的作家之一，毛姆在这部小说中将自己的人生经验与文学艺术完美结合，用故事叙述者阿申登之口讲述了一个女人的一生，以此探讨了生命、爱情、欲望与人性等永恒主题。

在小说中，阿申登回忆了与作家德里费尔德及其前妻罗西的早年交往。毛姆通过罗西的形象，描绘了一个富有欲望的女人，她生性风流，处处留情，却不失善良坦诚与可爱。她似乎在寻找某种自由与快乐，而这种自由与快乐却常常是以痛苦与牺牲为代价的。阿申登对罗西的理解与同情，让人感受到了人性的复杂与多样性。毛姆用细腻而深刻的笔触，将罗西的形象塑造得十分鲜活，令人无法忘怀。

除了对罗西的描绘，毛姆在小说中还展现了他深刻的思考和娴熟的文学艺术。他通过对文学圈里的逸闻韵事的描写，将小说的情节推向高潮，同时也展现了他对文学艺术的理解和对人生的思考。阿申登对德里费尔德的评价，毛姆对文学圈的讽刺，对文艺圈中人物的描绘，都体现了他对人性的深刻洞察力和对人生的思考。他不仅仅是一个作家，更是一个深谙人性和情感的智者。他善于捕捉人物内心的复杂情感，通过细致的描绘和对话，将这些情感呈现在读者面前。他的作品不仅仅是一个故事，更是一种对人性和情感的深刻探究。

　　毛姆的文笔流畅而深刻，他将主要的情节和细节融合在一起，通过回忆者的口述，将故事展现在读者面前。他将复杂的情感和人物关系描绘得淋漓尽致，让读者在阅读过程中感受到了人物内心的情感变化和矛盾冲突。他通过对文艺圈中人物、事件和背景的描绘，展现了一个真实而丰富的文艺圈世界，让读者能够深入了解这个世界的内部机制和规则。

　　然而，最让人感动的，是小说中对爱情的探讨。毛姆一改以往作品中对女性的偏见，以爱慕者的身份来追忆一个美丽女人的一生。他通过阿申登对罗西的爱，让人看到了爱的力量和深度。阿申登对罗西的爱，不是一时的冲动，而是一种深深的理解和包容。阿申登并不羡慕德里费尔德和罗西之间的关系，他理解罗西的内心世界，尊重她的选择，也为了保护她的自由而选择离开。这种爱的理解和包容，让人感受到了生命与爱情的真谛，令人深深感动。全书展现了毛姆对爱情的深刻理解和思考。他认为爱情是复杂的，它有着各种各样的表现形式，有着复杂的情感变化和矛盾冲突。他将这些表现形式和情感变化描绘得鲜活而真实，让读者能够深入了解爱情的本质和复杂性。他认为爱情并不是简单的欲望和满足，而是一种复杂的情感和心理状态。

　　《寻欢作乐》是一部令人感动的小说。在文学艺术与人生哲理的交织中，毛姆探讨了人性、欲望、爱情、生命等永恒主题。寻欢作乐的背后是深深的理解，这是毛姆向读者传递的最重要的信息，这种深刻而包容的爱，令人感动且留恋。

"一阴一阳之谓道"

——道是无所不能的存在

《道德经》是中国古代文化中的一部经典著作,被认为是道家学派的核心经典之一。相传它由老子所著,是一部关于哲学、伦理和道德的著作。全书由两部分组成,第一部分是《道经》,主要探讨了宇宙的本源和道的理念;第二部分是《德经》,主要谈论了人类的道德和行为准则。

《道德经》以简洁、深邃的语言表达了老子对于人生和宇宙的思考和观察。其中,"道"是其核心概念,被描述为宇宙万物的根源和原则,是一种无为而治的力量。同时《道德经》还探讨了"道"的运行规律,提出了"阴阳""无""名""德"等概念,阐述了相对性、平衡性和谦逊等思想。

书中提到的"一阴一阳之谓道",表达了朴素的太极哲学思想。宇宙是一个统一而相对的整体,阴阳是其中的两个基本要素。它们相互依存,相互转化,形成了事物的多样性和变化性。阴阳的交替变化和互动是宇宙万物生成和发展的根本原理。道家哲学认为,宇宙万物都由阴阳这一对力量构成。阴阳代表着宇宙间相对而又统一的两个方面,如白天和黑夜,寒冷与炎热,太阳与月亮,阴郁与明亮等。

"一阴一阳之谓道"强调了阴阳的平衡和继续变化的重要性。道是无所不能的存在,而阴阳是道的表现形式。阴阳的相对和平衡是宇宙间万物生成、发展和变化的基础。只有阴阳相互交融、辩证统一,才能实现事物的和谐发展。这种平衡和变化的理念体现了道家思想中对自然界和人类社会的观察和理解。在自然界中,万物的存在都可以归结为阴阳两个相对而又相互依存的极端。阴阳的相互作用和平衡创造了四季更替、昼夜交替、潮汐起伏等自然现象。在人类社会中,阴阳的相互关系也体现在男女、强弱、动静等方面。

阴阳的平衡不仅仅是两者的静态平衡,更是指两者之间的动态变化和相互转化。在阴阳的交替变化中,阴阳互为因果、互为条件,没有绝对的阴或阳,也没有永恒的平衡状态。阴阳的相对与平衡是一个不断变化的过程,而道正是这种变化的本源和基础。

道家认为,只有在阴阳的平衡和变化中,事物才能获得生机和活力。如果阴阳失去平衡,任何事物都会趋于极端,失去生命力。比如,阳过于盛,就会导致热病或燥病;阴过于盛,就会导致寒病或湿病。在人类社会中,如果男女、强弱等极端对立,社会秩序会受到破坏,和谐发展也将受到阻碍。

因此,道家主张通过理解和尊重阴阳的平衡和变化,实现事物的和谐发展。只有在阴阳的相互交融中,才能找到事物发展的最佳状态。这种思想观念也在中国传统文化中产生了深远的影响,并成为一种普遍的生活哲学。

"真正的生活应当永远在别处"

——《生活在别处》读后感

《生活在别处》是捷克作家米兰·昆德拉创作的长篇小说，1969年完稿，1973年在法国首次出版。

这本小说以一种独特的方式，通过描绘年轻诗人雅罗米尔的成长经历，向读者展示了一个人在寻求自我认同和寻找真正的生活道路时所面临的困境和挑战，让读者不仅感受到了雅罗米尔内心的挣扎和追求，更从中领悟到了一个人生哲学的真正含义，着实让我深受感动。

在小说中，雅罗米尔是一个充满激情的年轻诗人，他对生活充满了渴望，对自由和不羁的追求更是不遗余力。在他的内心深处，"真正的生活应当永远在别处"，这意味着他一直在寻找一种更加自由、更加真实的生活方式，不断追求内心深处的自我。

他来自一个单亲家庭，母亲一直照顾他的一切，使他变得柔弱、羞怯，缺乏自我实现的勇气和能力。他渴望从母亲的控制下解脱出来，寻找自己的独立生活，这使得他成为一个独立思考的人，对自己的生活充满了激情和渴望。然而，在他寻求自我实现的过程中，遭遇了许多挫折和困难，这让他对生命和爱情充满了疑虑和迷茫。

在小说中，雅罗米尔一次又一次地告诉自己，"真正的生活应当永远在别处"，他认为自己的人生不应该是母亲想象中的那样，他需要寻找自己真正的归属和人生道路。他去了布拉格，认识了塔马拉，她让雅罗米尔感受到了爱情和自我认同的重要性。然而，当去到巴黎，雅罗米尔却发现自己还是无法找到真正的自我，他感到孤独和失落。他在对待自己的信仰和理想时，总是显得犹豫不决，甚至有些彷徨。他曾经试图摆脱自己的过去，但却发现自己无法真正逃离。他曾经试图寻找生活中的意义和价值，但却往往被自己的理想所束缚，无法真正放松身心，享受生活中的美好。小说的结尾，雅罗米尔因为一场意外而陷入了深深的绝望和孤独之中。正是在这样的追求和挣扎中，雅罗米尔逐渐领悟到了一个重要的道理：真正的生活，并不是在别处，而是在自己的内心深处。他发现，只有真正理解了自己，认识到自己的真实需求和欲望，才能真正拥有自己的生活。在小说的最后，雅罗米尔选择回到家乡，开始一段新生活，他想要过上真正属于自己的生活。

在我的理解中，这种"生活在别处"的追求，并不是要我们远离现实生活，去寻找一种虚幻的精神世界。相反，它更应该被理解为一种追求真正自我的内心之旅。我们每个人都有自己独特的欲望和需求，只有当我们真正理解了自己，认清了自己的内心世界，才能真正找到自己的生活之路。在现代社会中，我们往往被物质和功利所束缚，失去了内心的平衡和安宁。在这样的时代背景下，昆德拉的小说提供了一种独特的思考方式，让我们重新审视自己的内心需求和追求，找到真正的生活方式。

《生活在别处》这部小说提供了一种独特的生命哲学，引导我们去追求真正的自我，正如书中所说："真正的自由，并不是在外在世界中寻找，而在内心深处。"人生总是充满困难和挑战，然而，真正的生活并不在于逃避或者寻找别处，而在于寻找和实现自己的内在价值。人生的最终目的不是为了寻找快乐和享受，而是为了寻求内心的平静和真正的自我实现。这本小说不仅仅是一部小说，更是一部人生指南，它教会了我如何获得内在的平静，如何追求真正的生活。

"有人将至"才能读懂孤独

——《有人将至》读后感

《有人将至》是 2023 年诺贝尔文学奖获得者、挪威作家约恩·福瑟的代表作。他不仅是挪威当代国宝级作家,也是欧美剧坛最负盛名的在世剧作家。

在这本书中,约恩·福瑟以精练的语言、简单的人物关系,写就了五部经典戏剧,他独特的笔触将无常、孤独和死亡这三个人生最深刻的主题展现得淋漓尽致。通过书中的情节和角色,福瑟描绘出了人性的复杂性和脆弱性。他深入挖掘了生活中经常被人忽视的细微之处,展现了人们在面对无常时的焦虑和迷茫。故事中的角色以各种方式面对孤独,有的选择逃避,有的选择勇敢面对。他们的故事让我感受到了人类内心深处的孤独感,以及孤独所带来的思考与成长。

而关于死亡这个永恒的话题,福瑟用他独特的叙事方式将其描绘得如此真实而触动人心。他没有回避死亡的冷酷和无情,而是以深邃的思考展现了生命的脆弱和宝贵。在书中,我看到了人们在面对死亡时的不同态度,有的害怕,有的接受。这让我思考人生的意义和价值,明白了珍惜当下的重要性。

一、《有人将至》

《有人将至》以一个老夫少妻的结合为背景,深刻地探讨了孤独这一主题。作者以细腻的笔触,将主人公的孤独感表现得淋漓尽致,引发了我对孤独的思考。

在小说中,男女主人公选择隐居到远郊的老房子里,希望过上宁静的生活。然而,他们很快发现,孤独的环境并没有带来内心的平静,反而让他们感到无聊和焦躁。他们开始互相埋怨,后悔选择了这个偏僻的地方。正当他们的关系岌岌可危时,前房主的拜访成了转折点,让他们深刻认识到孤独的恐惧。

小说通过这个故事向我们传递了一个重要的信息:孤独是一种与生俱来的宿命。正如作家郭诚所说,人若不会享受孤独,便永远不会成熟。这让我深思,孤独并非仅仅是一种消极的状态,而是一种人生必经的修行。只有当我们学会享受清欢,找到自己的节奏,与孤独和平相处,才能培养强大的内心。

通过阅读《有人将至》,我深刻感受到了孤独的力量和价值。这本小说让我思考自己在孤独中的表现,以及如何在日常生活中与孤独和解。我明白了孤独不是消极的东西,而是一次让我们成长和反思的机会。通过与孤独相处,我们能够更好地认识自己,建立更深刻的内心联系。

二、《名字》

读完《名字》这一篇,我被小说中对人心的描绘所深深触动。故事中的年轻女孩在遇到困境时,期望得到家人和男友的支持与关心,然而却遭遇了冷漠与疏离。这种描绘让我再次认识到人心的复杂性和脆弱性。

小说中所呈现的情节,在现实生活中或许并不陌生。当我们遇到困境时,往往会发现原以为可以依靠的人并不如我们所愿去帮助我们。人们对自私和利益的考虑往往会使他们对他人的需要漠不关心,甚至嫌弃。

作者通过女孩的经历,给我们以重要的启示:在现实中,我们需要学会降低对他人的期望,不要过度依赖他人;我们应该发展自己的内心力量,保持坚强和从容,不为他人的冷漠或嫌弃所动摇。

《名字》从一个具体的生活细节出发,深入剖析了人心的复杂性,以及人与人之间的关系。这让我深思人性的本质,以及在现实中如何应对人际关系的挑战。

三、《死亡变奏曲》

这是一部关于死亡的作品,通过一对离婚多年的男女在女儿葬礼上的重逢,展现了生命中的遗憾、怨恨和和解。故事中,女儿的离世让男女回忆起过去的种种恩怨,看清了自己曾经多么愚蠢。女人只顾抱怨,对女儿视而不见;男人离开家时,女儿替他收拾行李,一遍遍请求他早点回来。他们深深地痛恨彼此,发誓再也不要看到对方的脸。然而,失去女儿后,他们才在痛楚中明白过去的愚蠢和不值得的怨恨。最终,他们愿意坐下来,谈论对女儿的思念和各自的近况。在死亡面前,他们不再怨恨对方,学会了珍惜当下,不执着过去,不浪费未来。

这本书揭示了生命中最大的悲剧——白发人送黑发人。它提醒我们,死亡才是对生命最精准的教育。当我们明白死亡随时都可能降临,我们会收起傲慢,重新思考自己的生活。我们应该舍弃无意义的怨恨,减少遗憾,珍惜这难得的生命。不再计较得失,学会坦然面对过往,不浪费未来。所有的不如意,都只是丰富我们人生体验的插曲。

这部作品以细腻的笔触描绘了人性的复杂和家庭的破裂,让我深刻思考了生命和家庭的意义,以及对待他人的态度。它教会了我珍惜眼前的人和事,不要让悔恨和怨恨充斥心灵。它让我意识到,面对死亡,我们应该用心对待生活中的每个人和每个时刻。这部作品对我产生了巨大的启发和触动,它让我深感约恩·福瑟的才华和对人性的洞察力。

四、《一个夏日》

故事中的一对年轻夫妇在他们心心念念的大房子里开始了他们的美好生活。他们的窗户正对着壮丽的大海,与好友们的相聚使得他们的日子过得宁静而悠闲。然而,生命就像眼前的这片海洋,时常会在我们不经意之间掀起惊涛骇浪。在一个夏日的傍晚,女主人的好友再次前来拜访。为了给女主人和好友留下私下交谈的空间,丈夫决定独自划船出海。然而,一场突如其来的风暴让女主人陷入恐慌,她急切地希望能找到丈夫。她和好友一起在码头和峡湾四处寻找,但却始终找不到丈夫的踪迹。第二天,海面恢复了平静,而女主人的丈夫却再也没有回来。好友劝告女主人搬到镇上,或者重新开始生活,但女主人坚决拒绝。她守在窗前,凝视着那片大海,从青丝变成白发的岁月中,她始终固执地等待。她常常思考,如果当初她没有坚持与好友私下交谈,拦住丈夫,结局会不会有所不同?但世事难料,我们无法预测下一秒会发生什么。一次转身,可能导致天人永隔的悲剧;一个疏忽,也许会造成无法弥补的遗憾。

这个故事通过夫妻之间的悲剧以及女主人的坚守提醒我们,生命是脆弱的,人生充满了无常。我们常常失去无法挽回的人和事,阻止不了离别。很多时候,我们来不及好好告别,就失去了最珍视的东西,只能留下泪水和悔恨。无常是人生的常态,我们需要学会接受和释放,减轻痛苦。最好的方法是珍惜每一分拥有,过好每一个当下。

五、《吉他男》

这是一部探索人生意义的作品。故事中的男主角每天抱着心爱的吉他在地铁站卖唱,虽然他从小就对吉他有着深深的热爱,但却始终无法在音乐界取得突破。他失去了妻子和儿子,变得一无所有,只能在世间漂泊。白天他孤独地卖唱,几乎没有人停下来欣赏,甚至还受到坏孩子的欺负。晚上他回到破房子里,熬过漫长的黑夜,思念妻儿的痛苦在心头萦绕。

然而,故事中的转折发生在一天,一个陌生的大叔突然停下来为他投币,原来大叔和他的妻子经常经过这里,对他的歌声印象深刻。大叔的妻子不幸去世后,他沉浸在悲伤中,每天通过饮酒来忘却痛苦。然而,当他再次听到吉他男的歌声时,他仿佛感受到妻子的存在,这使他重新找回了对生活的希望。

这个故事让我深受触动。尽管吉他男失去了家庭,他也并不具备世俗意义上的成功,但通过自己的音乐才华给他人带来了勇气和希望。他的音乐成为他的意义所在,尽管无法改变自己的困境,但他在世界上留下了一段美妙的旋律。这让我想起李开复的一句话:"想象有两个世界,一个世界有你,一个世界没有你,让两者之间的不同最大,就是你人生的意义。"我们并不一定要取得巨大的成就或事业,人生的意义在于享受活着的过程,体验生活的喜怒哀乐,用平和的心态去度过每一天。

《吉他男》带给我很多对人生意义的思考。它提醒我,即使在困境中,我们仍然可以通过自己的热爱和才华给他人带来希望和温暖。每个人都有自己的价值和意义,不论外界如何评判,只要我们能够用心享受并用自己的方式活出真正的自己,就能找到生命的意义和满足感。

在小说的序言中,福瑟用一段话描述了剧中人物凝视大海的情景:"在福瑟的笔下,剧中人日复一日地凝视大海,仿佛凝视着自己内心的黑暗世界,彼此无法交流的挫败感,生活中无可挽回的丧失,曾经美好爱情的消逝……"这些苦痛和彷徨让我深深感受到人生最真实的底色。福瑟告诉我们,只有虚空是不变的,其他一切都像变幻不定的云,生命就像布满云的天空。面对无法躲避的孤独,无法阻挡的无常和无法逃避的生死,我们不如接受并坦然面对。我们无法改变命运的轨迹,但我们可以随时调整自己内心的状态。

读完《有人将至》,我明白了允许一切发生,允许事与愿违,淡看花开花落,全身心地投入此时此刻,任凭生活风起云涌,我们也能守住一份安然。这种内心的接纳和坦然,是面对人生中的挫折和痛苦时所需要的。尽管人生充满不确定性,但只要我们保持积极的态度和内心的平静,我们就能够在逆境中找到力量和勇气。

希望有更多的小伙伴读一读这本书,并从中汲取力量和智慧,学会接纳和坦然面对生活中的困难和挫折,同时也明白只有在面对逆境时才能真正看清自己的内心,更深入地思考人生的意义和价值,重新审视自己的生活和选择,以坦然和勇敢的心态去迎接未来的种种未知。

爱，不是禁锢，而是成全

——《遇见你之前》读后感

　　《遇见你之前》的作者乔乔·莫伊斯是英国当代流行小说家。这部小说讲述了懵懂的小镇女孩露与下肢瘫痪的老板威尔间缠绵悱恻的爱情挽歌。后被拍成浪漫爱情电影，于2016年6月在美国上映。

　　故事以露和威尔的相遇为起点，通过他们之间的交流和情感的变化，展现了爱的力量和人生的意义。

　　露是一个普通的小镇姑娘，她在面包店工作多年，日子过得平凡而又无奈。然而，当面包店倒闭，家庭陷入经济危机时，她选择成为一名私人看护，照顾威尔这位高位截瘫的男子。威尔曾是一个活力四射的商业精英，但一场车祸彻底改变了他的生活。威尔因为瘫痪而感到绝望和消沉，他对生活失去了信心，甚至想要放弃生命。然而，当露成为他的护工后，露的热情和善良改变了他的心态。露不计较威尔的刻薄和冷漠，她用自己朴素的方式，给予威尔关怀和陪伴，让他重新找回生活的快乐。在相处的过程中，威尔开始重新审视自己的生活，并逐渐接纳了露的爱。爱情让威尔的生命重新被点亮，他变得有勇气面对困难，对生活充满希望。然而，威尔深知自己的身体无法恢复，他不愿意把露束缚在自己的轮椅周围。他选择放手，让露去追求自己的梦想和自由。

　　尽管威尔最终选择了安乐死，但这个故事并不是关于死亡的终结，而是关于爱和成长的故事。通过露的陪伴，威尔重新找回了生活的意义，他明白爱不是禁锢，而是成全。他学会了珍惜眼前的人和事物，重新拥抱生命。露也经历了成长和变化。她从一个平凡的小镇姑娘，变成了一个懂得尊重和爱护他人的女性。她明白了爱情不是占有，而是彼此成全。她最终选择了放手,让威尔去追求自己的自由和幸福。

  这个故事引起了读者对于生与死、爱与成全的思考。虽然露用尽全力,威尔依然选择了预定的安乐死。威尔觉得他已经无法拥有自己想要的生活而选择了结束生命,并且开启了这个在他生命最后阶段爱着的女孩的生活新篇章。很多读者都不喜欢这个结局,总觉得在"生"和"死"之间选择,一定是"生"。《了不起的盖茨比》中有一句话:"我爸爸从小就告诉我,不要随意去评价别人,因为你没有经历和他一样的人生"。只有当你能够感同身受去了解这个人的处境,才能更好理解他人,而不是去随意指责和批评。

  遇见露之前,瘫痪的威尔的生命是幽谷般灰暗沉寂,看不到半点亮光和生机,他给自己提前签订了安乐死的协议,然后孤独绝望地等待死亡的钟声向他敲响;遇见露之后,爱情的降临照亮了威尔前面的路,使他的生命有了意义,但他带着露的爱和对生命的眷恋仍然决然地奔赴死亡。他不愿意束缚露,更不愿意自己渴望自由的灵魂被禁锢在无用的躯壳中。他选择松开露的手,让她奔向更广阔的天地。

  遇见威尔之前,露混沌懵懂,生活色彩单一,了无生趣;遇见威尔之后,露的生命因爱而丰盈,思想因爱而豁达。爱情让她成长,让她学会了尊重,最终选择了放手,只为了还给威尔自由飞翔的灵魂。

  爱,不是禁锢,不是占有;相爱,不一定是长相厮守,而是彼此成全,彼此放手。灵魂的契合,胜于身体的相守,死亡也不能分离。

爱是理性，更是克制

——《廊桥遗梦》读后感

当一对兄妹整理母亲的遗物时，他们发现了一段尘封往事。这段往事描述了中年女性弗朗西斯卡与《国家地理》杂志摄影师罗伯特之间的一段感情。这是发生在1965年的一段最终未能在一起的婚外恋故事。这个故事被罗伯特·詹姆斯·沃勒写成了中篇小说《廊桥遗梦》。因为故事发生的地点在美国威斯康星州的麦迪逊县，因此这本小说别名又叫《麦迪逊县的桥》。

小说的主人公弗朗西斯卡是一位中年女性。她的生活平静琐碎，缺乏激情。她的丈夫是一个农民，所有的时间都花在了农场上，没有太多的时间陪伴她。弗朗西斯卡的生活过得平淡无聊，直到有一天她遇到了罗伯特。罗伯特是一个摄影师，他来到她们的镇子上为《国家地理》杂志拍摄照片。顺道插一句，《国家地理》就是创刊了135年，出版了20种语言版本的 *National Geographic*。话说弗朗西斯卡被罗伯特的摄影技巧和人格魅力所吸引，两人很快陷入了热恋。他们的恋情充满了激情和浪漫，但同时也注定充满了坎坷。弗朗西斯卡是一个有家室的女人，这让罗伯特陷入了两难的选择，弗朗西斯卡同时也被困在了两难的境地中，她需要做出一个艰难的决定。她可以选择继续和罗伯特在一起，但这意味着她将失去丈夫、家庭和社会的尊重。她也可以选择放弃罗伯特，回到她原来的家庭，但这意味着她将失去她最爱的人。

在小说的结尾，弗朗西斯卡和罗伯特最终未能在一起。罗伯特并没有轻易地就抛弃了自己的原则和道德，他在处理和弗朗西斯卡的关系时保持了冷静和理智，掌握了自己的情感和行为。弗朗西斯卡也展现了强大的克制能力，她在爱情和家庭之间做出了艰难的选择，虽然感情是不可抑制的，但她仍然控制住了自己的情感，没有轻易地就做出冲动的决定。这个故事并没有像一般的爱情小说那样有一个美好的结局,而是讲述了一个残酷的真相:爱情往往是克制和理性的产物。弗朗西斯卡和罗伯特的爱情之所以感动无数人,不仅仅是因为它充满了激情和浪漫,更是因为它充满了理性和克制。

作者罗伯特·詹姆斯·沃勒的创作也非常出色,他的笔触将读者带入了弗朗西斯卡和罗伯特的内心世界。他细腻地描绘了弗朗西斯卡和罗伯特的情感变化,让读者能够深刻地理解他们的痛苦和挣扎。他通过大量的细节描写让读者对1960年代美国社会的生活有了更深入的了解,引发读者思考很多问题,例如爱情和道德、个人选择和社会责任等。这也是使得这本小说成为一本经典之作的重要原因。

国内大部分观众是通过《廊桥遗梦》这部电影了解到这个故事。同名电影于1995年上映,由克林特·伊斯特伍德执导,梅丽尔·斯特里普和克林特·伊斯特伍德主演。电影得到了广泛的赞誉,并获得了多个奖项,例如奥斯卡最佳影片提名、金球奖最佳影片奖等。

《廊桥遗梦》不仅仅是一个浪漫的爱情故事,更深刻地探讨了爱情与理性、克制之间的关系。在爱情中,理性和克制是非常重要的因素,它们可以让爱情更加成熟,更加真实,更加长久,它们既有情感的温暖,又有理性的清晰,可以给人们带来真正的幸福和满足,能够让我们更好地理解爱情,更好地享受爱情的美好。

当然,这个故事的经典地位不仅仅体现在小说本身,也体现在它被改编成电影和广泛传播的事实中,它让人们思考很多问题的同时也受到了深深的感动。

爱是最好的救赎

——《情书》读后感

《情书》是日本作家岩井俊二的长篇小说,也是其成名作,首次出版于1995年。小说由一个同名同姓的误会展开,通过两位女子对过去的追忆以及有关生死的描绘,含蓄优美、感而不伤地表达了珍惜有限生命和宝贵爱情的主题。岩井俊二在1995年将《情书》改编成同名电影,影响波及整个东南亚及欧美等地区。

小说以博子和女树的书信往来为主线,通过两个女子的交流,展现了一段珍贵而动人的爱情。博子和女藤井树,尽管她们的面庞相似,但却有着不同的性格和人生轨迹,她们之间的联系仅仅因为共同的记忆通向同一个已逝之人,却开启了一段神秘的关系。他们本应擦肩而过,但却因为一个阴差阳错的地址而相遇。小说将回忆和现实巧妙地交织在一起,让两个女孩子在不同命运中徘徊。作者巧妙地通过书信的形式,表达了她们微妙的心思和对未来的憧憬。这段爱情并非一见钟情,而是经历了时间的考验和困难的磨砺,最终变得更加坚定和成熟。两位女主角的情感之中既有友情的支持,也有爱情的温暖,正是这份深情的相互理解和支持,使她们能够在彼此的陪伴中找到内心的救赎。

小说的结局对于博子来说是最好的。男藤井将他的重负,包括爱的思念和情感的痛苦,转给了女藤井。他希望博子能够抛开一切,重新开始自己的人生。女树战胜了死亡的阴影,博子也完成了自己的蜕变。这样的结局让我深刻地感受到了爱具有振奋人心的力量。因为我们明白,日子将永远继续,无论失去了什么,都不能失去向前走的勇气。

小说的叙事方式独特而巧妙,运用了直白呈现、人物对话和书信三种叙事方式，让读者能够身临其境地感受到故事的发生，代入主人公的内心世界，与他们一同经历回忆和情感起伏。作者通过简洁的文字和短小的段落，将故事情节展现得淋漓尽致。通过人物的对话和思考，将读者引入故事的情感世界，让我们能够更好地理解和感受到主人公的内心。作者生动地描绘了女孩子们微妙的心思、梦想、浪漫和憧憬，就像一封漂流瓶般的信件。爱的定义在这段故事中得到了诠释——让对方心无挂碍，无恐惧地幸福地活下去。有时候，女人需要自欺欺人一下来安慰自己。虽然明知道这份问候不会得到回答，但是她们渴望得到最爱的人的回应，即使只是简单的、短暂的一句"我很好"。同时，岩井俊二巧妙地将电影中的镜头语言叙述引入小说中，使整个故事具有强烈的画面感。我仿佛能够在脑海中清晰地看到每一个场景和人物的表情，这种感受让我更加沉浸在故事之中。

小说中的情感描写也是其亮点之一。作者细致地刻画了主人公的情绪起伏和内心挣扎，让读者能够深入地感受到他们的喜怒哀乐。尤其是对于博子和男树之间的过去的描述，使读者更加了解他们的背景和情感，进一步加深了对他们的共鸣和关注。《情书》通过细腻的叙述和深刻的情感描写，让我深深感受到了爱的力量和救赎的意义。爱是一种无私的奉献，它能够使人们超越自我，超越时间和空间的限制，给予人们希望和勇气。这部小说让我意识到，即使面对生死的离别，爱依然能够成为连接人与人之间的纽带，成为心灵的慰藉和救赎。

此外，小说中关于回忆、青春情结和死亡的探讨也令人深思。通过书信的交流，博子和女树在逝去的回忆中展开了一场超越时空的心灵对话。尽管故事围绕生死展开，但作者并没有刻意渲染死亡的恐怖和残酷，而是以一种哀思和怀念的方式，展现了生命的宝贵和爱的力量。这种对生命和爱的诗意表达，让我不禁反思人生的意义和如何珍惜所拥有的一切。

读完《情书》后，我深深被作者岩井俊二独特的文笔和情感所打动。他巧妙地将回忆、爱情和人生的思考融入故事中，让人不禁沉浸其中。这部小说不仅仅是一段爱情故事，更是对生命的反思和对爱的赞颂。它让我重新思考了爱的真谛和人生的意义,让我明白爱是人生最宝贵的财富,也是最好的救赎。它能够帮助我们克服内心的困惑和痛苦,让我们变得更加坚强和成熟。这种深情的相互理解和支持,能够让我们找到内心的平静和安宁,给予我们勇气和力量去面对生活中的困难和挑战。小说向我们展示了爱的伟大和力量,让我深信爱是人生最重要的一部分,也是我们找寻内心救赎的最好方式。

爱是最深刻的救赎

——《红手指》读后感

《红手指》是2006年出版的长篇小说,作者是日本作家东野圭吾,是"加贺恭一郎系列"的第7部。在《红手指》中,作者将爱的力量和良知的觉醒呈现得淋漓尽致。小说的主人公前原昭夫顶着压力和恐惧,为了保护自己的儿子,不惜一切代价,甚至包庇罪行,以至于把责任嫁祸给自己患有老年痴呆症的母亲,寻找替罪羊。但在母亲的呼唤和良知的召唤下,他最终选择坦白事实,承担自己的罪行。

小说中的母亲前原政惠假装患上老年痴呆症,是为了疏远冷漠的儿子和媳妇,同时也为了体验患过老年痴呆症的老伴死前的感受。她的良苦用心,在儿子的迷惑和错位中最终没有得到理解和认可,而是变成了一种讽刺。事实上,这也是当今社会中许多家庭所遇到的问题——亲情和责任之间的纷争和挣扎,道德感和私人利益之间的冲突和矛盾。

在小说中,前原昭夫的妻子八重子一直在逼丈夫保护自己的儿子。而前原昭夫也一直认为,一个父亲应该保护自己的孩子。在这个家庭中,家长们的爱似乎是无底线的。但是,他们忽略了一个很重要的问题——他们的孩子犯了罪,他们应该为此负责。

东野圭吾通过双角度叙事的方式,使得读者可以更好地理解和感受到故事中的人物的内心和感受。我们可以清晰地看到主角前原昭夫和他母亲前原政惠的内心世界,他们的内心矛盾和挣扎都被描绘得淋漓尽致。前原昭夫的矛盾主要在于他对儿子的爱和责任感,以及他自己的压力和良心的折磨之间的平衡。而前原政惠则是在为了引起儿子的注意而伪装成患老年痴呆症的同时,也在为了让儿子能够摆脱罪恶的阴影而设法帮助他。通过故事中的人物和事件，作者反映了当今社会中亲情和道德之间的冲突和矛盾，以及对于爱和责任的认识和觉醒。这个故事不仅让读者了解到当今社会的现实问题，更让人们重新认识到爱的力量和良知的觉醒。

小说中的前原昭夫最终选择了坦白真相，因为他意识到，保护自己的儿子不应该以牺牲别人的利益为代价。他选择面对自己的过错，为自己的错误行为负责。这种选择源自内心深处，是对自己和家人负责的表现，也是对社会负责的表现。在这个故事中，爱成了最深刻的救赎。前原昭夫最后的坦白和承担，是对他的儿子和母亲的一种呼唤和拯救。他没有让自己堕落到无法自拔的地步，而是通过自己的良知觉醒，在失去一切之前寻找到了真正的拯救。

在《红手指》这本小说中，东野圭吾反复强调了一个概念——爱。前原昭夫为了保护自己的儿子，不顾一切地设计骗局，甚至去嫁祸给自己的母亲。但是，最终他还是被自己的良心和母爱唤醒，选择了坦白真相。这个故事告诉我们，爱，是人类最深刻的感情之一。它可以给予我们无限的力量和勇气，让我们在困难的时刻坚持下去。但是，爱也有可能让我们盲目、失去理智。在家庭教育中，父母应该认真对待孩子的问题，不能因为过度的爱而放任孩子的错误行为。只有在这样的情况下，爱才能成为灵魂最深刻的救赎。

小说也揭示了社会现实中存在的问题。人性的黑暗面、法律的漏洞以及社会的冷漠等问题都在小说中得到了淋漓尽致的描述。在现实中，人们往往为了自己的利益而不惜背叛他人，甚至背叛自己内心的良心和道德准则，而这种行为最终只会带来更多的痛苦和后悔。

《红手指》通过家庭故事，反思了社会中存在的问题。它让我们认识到，爱可以是我们最深刻的救赎，但也应该有所节制。它深刻地反映了人性的复杂和社会的丑陋，同时也呼吁我们要保持良心和道德准则。只有当我们真正面对自己的内心时，才会找到真正的救赎和解脱。在这个过程中，理智的爱也是我们最重要的力量，它能够帮助我们战胜挑战和困难，引领我们走向光明，摆脱黑暗，勇敢面对一切。

爱与死亡：被仰望和被遗忘

——《乞力马扎罗的雪》读后感

"我们都破碎了……这样光才能进来。"

——欧内斯特·海明威

《乞力马扎罗的雪》是美国作家海明威创作的中篇小说，1936 年首次在杂志上发表。这是一部描写爱与死亡的作品，通过主人公哈里的经历和思考，描绘了人们内心对死亡的哀愁与恐惧。海明威巧妙地叙述了哈里的内心世界，让读者深入感受到他的思绪纷乱、心灵寂寞以及对崇高境界的向往。

哈里的生活充满了声色犬马、纸醉金迷、贪图享乐的颓废，然而这种放纵并不能真正满足他内心的渴望。他感到自己的才华被自身的堕落所磨灭，他的写作才能被废弃，他的灵感被酗酒和放纵所冲淡。他开始反省自己的生活，意识到自己曾经出卖了自己所信仰的一切，因为这种背叛，他毁灭了自己的才能。哈里对自己浪费才华和庸庸碌碌生活的后悔和感叹在海明威的描写中展现得淋漓尽致。面对死亡，哈里表现出一种恐惧，他感到生活的虚浮和空虚，对自己的才华被浪费感到痛心。他开始思考生命的意义，认识到逃避和寻欢作乐只是一时的解脱，而真正的解脱或许只存在于死亡中。哈里渐渐接受了死亡，他在临终之际感到一种宁静，这种宁静是对痛苦和恐惧的解脱。他的反思让人们思考生命的意义和价值，以及追求崇高的灵魂。在梦境中，他的灵魂攀登上乞力马扎罗山的顶峰，这象征着肉体死去，灵魂升华至高处。这个场景展示了哈里对于生命的思考和对于超越世俗的渴望，让人们感受到生命的无穷可能性。

《乞力马扎罗的雪》是一部以"爱与死亡：被仰望和被遗忘"为主题的作

品。哈里作为主人公,在临终之际回顾了自己的一生,并对死亡展开了思考和接受。海明威在作品中融入了浓重的悲剧意识和死亡意识,让人们深刻地认识到死亡的强大力量和对人们内心的影响。通过巧妙的叙述描写,展示了哈里内心的纷乱和勇敢向往崇高的灵魂。海明威描绘了各种形式的死亡,以及死亡唤起的哀愁与恐惧。哈里作为一个经历过残酷战争的作家,面对战争带来的创伤和恐惧,他的内心深处曾经"看到了他从来没有想象到的事情",这些经历让他无法忍受。然而,哈里并没有像其他人一样崩溃,他保持着一种特殊的风度和坚强,这是因为他有着强大的内心。然而,战争摧毁了哈里的价值观和信念,让他意识到虚浮的生活无法掩盖内心的空虚和痛苦,逃避世事只会带来更多的痛苦。他对自己被浪费的才华感到痛心,感到生命已经完结。通过哈里的经历,海明威向读者传递了深刻的哲理,他告诉我们,追逐虚浮的享乐无法填补内心的空虚,放纵只会导致灵魂的痛苦和堕落。同时,海明威也探讨了死亡对于人生的意义。

在这部小说中,海明威以其独特的笔触和深刻的思考,展现了人生的困惑和矛盾。他描绘了人们对于死亡的恐惧和对于解脱的渴望,让读者反思自己的人生,追求崇高的灵魂。这部作品打动人心,让人们深刻意识到生命的脆弱和珍贵,以及面对死亡时的勇敢和接受。它引领读者思考爱与死亡的主题,使我们思考并更加珍惜自己的生命。这部作品对于我来说是一次深刻的触动和思考,我相信它也会对其他读者产生同样的影响。

比太阳更暖的，是爱与希望

——读《岛上书店》有感

读完《岛上书店》，我的心情很复杂。这是一个充满爱与希望的故事，却又充满了离别和悲伤。但是无论如何，我还是被这个故事所打动，因为它让人重新思考生命的意义。

故事的主人公 A.J.费克里，一个落魄的中年男子，他在孤岛上经营着一家书店。由于妻子的去世，他变得悲痛欲绝，失去了信仰，失去了信心。他整天把自己关在书店里，与人接触很少。书店生意不好，他的心情更加沉重，甚至想过把书店卖掉。但是，当一个孩子出现在他的生命中，他的生活开始发生了变化。他重新开始相信人性的美好，重新找到了生活的意义。这个孩子就是玛雅，是故事中最重要的人物之一。她让 A.J.费克里开始关注别人，开始分享自己的生活。费克里的生活变得温馨起来，他开始重新认识自己的价值，重新看待生活的美好。这种改变不仅体现在他个人的生活中，也体现在他书店的经营中。他开始更加关注顾客的需求，更加注重与顾客之间的沟通。正是因为这些努力，他的书店逐渐走出了困境，成了岛上的文化中心，为人们提供了一片精神领域，给人们带来了心灵的满足和愉悦，因为他所传递的不仅仅是书籍，更多的是爱与希望。

这本小说有一个很重要的主题，就是对书籍的热爱。在这座孤岛上，每个人都有着对书籍的热爱和追求。他们在书店里交流，分享彼此的读书经验，一同品味着书籍带来的智慧和情感。这种热爱和追求，也让书店重新焕发生机和活力。阅读不仅仅是一种消遣方式，更是一种生活态度。通过阅读，我们可以认识更多的人，了解更多的故事，也可以对自己的生命有更深刻的认识。同时，阅读也可以让我们在孤独中寻找到一个栖息的地方。值得一提的是，作者加布瑞埃拉·泽文在小说中还引用了很多经典作品的片段和引语，这些引语既是对书籍的致敬，也是对人生的启示。"一个人无法自成孤岛，那么至少，一个人无法自成最理想的孤岛。""因为从心底害怕自己不值得被爱，我们独来独往；然而就是因为独来独往，才让我们以为自己不值得被爱。""总有那么一段时间，我们的人生陷入僵局，我们的内心沦为荒岛。"这些引语，更是让读者对阅读产生了更深层次的思考和理解。

  《岛上书店》的故事情节很精彩，人物形象也非常生动。作者用轻松幽默的语言，讲述了一个充满人性之美的故事。故事中的每个人物都有自己的故事，都有自己的喜怒哀乐。作者通过这些人物告诉我们，每个人的生命都是独特的，每个人都有自己的价值。我们不应该轻视别人，也不能轻视自己。尽管这个故事的结局让人感到遗憾和难过，A.J.费克里的离世让人心痛，但同时也向我们昭示了人生的无常。我们无法预测自己的离世时间，但我们可以选择如何度过生命中的每一天。生命中最重要的东西是什么？金钱？权力？名声？在我看来，这些都不是我们真正需要的。《岛上书店》让我们重新思考生命的意义，重新感受人性的美好。它告诉我们，人生中最重要的是人与人之间的关系，是我们与世界之间的联系。它让我们学会了付出，学会了爱，也让我们感受到了生活的美好。书中写道："也许，每个人的生命中，都有最艰难的那一年，将人生变得美好而辽阔。"带着爱与希望，我们才可以走过生命中最艰难的那一年，让人生变得美好而辽阔。无论我们走到哪里，无论我们经历什么，无论我们身处何处，都可以在书籍和爱的陪伴下，走出人生的低谷，迎接更加美好的明天，比太阳更暖的，是爱与希望！

别去追问，人生无意义

——《局外人》读后感

《局外人》是法国作家阿尔贝·加缪创作的中篇小说，也是存在主义文学的代表作品。1957年加缪获诺贝尔文学奖，是有史以来最年轻的诺奖获奖作家之一。《局外人》是加缪小说的成名作和代表作之一，"局外人"也由此成为整个西方文学和哲学中最经典的人物形象和最重要的关键词之一。

读完《局外人》，我被深深地震撼和触动，它探讨了人与世界、人与社会之间的对立，揭示了这个世界的荒谬性。这部小说通过默尔索这个形象，展现了人们生活在荒谬世界中的无助和无奈，无法改变世界的本质，只能选择接受它或抗争它。人们和世界的分离，让世界变得荒诞和毫无意义，而人对于这个荒谬世界的无能为力，则让人们不抱任何希望，对一切事物都无动于衷。

默尔索是一个局外人，他不符合社会的规范和价值观，他的行为与想法让人感到惊异。他过着躺平的生活，不努力上进，不积极改变自己的处境。他认为生活可以过下去就行，最终所有的事情都会变得习以为常。他的行为看似荒谬，但实际上是他用来抗击这个荒谬世界的武器。他对生命缺乏热情和意义，对一切事物都无动于衷，他不抱任何希望，看似无情，实则是因为他深刻地认识到了这个世界的荒诞性。

小说分为两个部分，第一部分讲述了默尔索在海滩上杀死阿拉伯人的过程，第二部分则描写了他在监狱中的审讯和判决过程。两部分的情节都非常简单，作者并没有过多地加以渲染，而是从默尔索的内心世界出发，展现了其对这个荒谬世界的理解和抗争。在审讯和判决的过程中，司法机构利用被告过去偶然发生的一些事件把被告虚构成一种他自己都认不出来的形象，将无罪的默尔索硬说成一个蓄意杀人的魔鬼。这种对被告的虚构不仅是对法律的扭曲，更是对一个人尊严的践踏。法律应该保护人民的利益和尊严，而不是将人民变成自己想象中的形象。默尔索躺平的生活态度，在他母亲去世和杀死阿拉伯人之后，被法律和社会的审判所激发，让他面临着更加荒谬和无意义的处境。

这个世界的荒谬性，让人沉迷于自己的思考和感受，而与别人失去了联系。这种不连贯的荒谬之感，让人对世界产生了深深的反感和无力感。世界本身并不管荒诞不荒诞，它只是存在，而人的理想和希望，却与这个世界产生了对立。但是，这个世界虽然无意义，人生却不应该没有意义。即使人生的意义只是追求幸福和享受生命的过程，也是值得追求的。萨特曾说过："存在主义即人道主义。"《局外人》是加缪哲学思想的集中表现，他选用独特的视角为我们展示了人道主义精神的内涵。《局外人》中所表现出来的是一种比传统的人道主义者更深沉的人道主义关怀。他不仅描写荒诞，而且还提倡个人的自我拯救和自我创造，从而表现了对人的自由和本真的尊重和依赖。《局外人》传递的信息其实就是要我们在无意义的世界中，依然要义无反顾地追求幸福和生命的价值。他并没有仅仅停留在揭露这个荒诞社会的层面，他揭露荒诞的终极目标是指向人们对本真的追求。他的荒谬论中有一个有名的论点："人生没有希望但并不包含绝望。所以，要活得真实而不虚伪，就必须坚守下去，并不是不愿迂回，而是没有退路可走。"人生的意义不是来自这个世界，而是来自自己的内心。在这个荒谬的世界中，人们面临着无数的困难和挑战，但人们必须勇敢地面对它们，无论结果如何。人生或许没有什么意义，但我们可以通过奋斗和坚持去创造属于自己的意义。人们需要认识到这个世界的荒谬性，但同时也需要坚信生命的价值和意义。

《局外人》是一部值得深入思考的小说，它让我们思考人生的意义和价值，思考这个世界的荒谬和无意义，思考在这个荒谬的世界中，如何保持自己的内心和追求自己的幸福。它像一面镜子，让我们深入反思自己的生活。我相信，每个人都可以从中汲取力量，勇往直前，追求自己的幸福，实现生命的价值。

不可宽恕的时代与不可毁灭的爱

——读《岛》有感

《岛》是英国作家维多利亚·希斯洛普的第一部长篇小说,发表于2005年。该书一经出版,便引起巨大轰动,被誉为"一本令整个欧洲潸然泪下的书",两个月内便登上英国畅销书排行榜榜首,最后以152万册成为年度销量冠军。

作者运用细腻的手法,以女孩阿丽克西斯对母亲家族渊源的探寻为引子,讲述了祖孙三代人对抗麻风病侵袭的故事,描述了处于灾难下的人们从绝望到希望,由痛苦到光明,最后在一步步寻找、前行中重获新生的历程。

读完《岛》,我被深深打动,对于人性、爱、生命等话题进行了深入的思考。小说中,人性的善良和温暖被描绘得淋漓尽致,爱的力量更是让人感动到泪流满面。小说中的佩特基斯家族成为麻风病患者的代表,他们像一个微缩版的社会,表现出普通人群体中的各种情感和行为。他们的生活被病魔所笼罩,被社会所边缘化,但他们的情感却不受病魔和社会的阻碍,他们的爱情不断跨越时空,感动着读者的心灵。因为遭遇了麻风病的折磨,他们的生命变得苦难而无望,但他们并没有放弃,而是相互扶持,相互帮助,最终走出了阴霾,重新获得了幸福和生活的意义。

小说中的克里特岛是一个美丽而神秘的地方,历史悠久,文化深厚,但同时也承载着无数悲剧和痛苦。麻风病是这个岛上一个永恒的话题,它不仅改变了病人的命运,也影响了整个社会的信仰和观念。小说中描写的岛上的人们对病人的态度,对历史的追溯,对传统的坚守,都让人感到无比的震撼。这种人性的善良和温暖,让我深深感动。即使在最黑暗的时刻,人性中的光辉仍旧不灭,只要我们有爱和希望,就能战胜一切困难。

小说最感人的是爱情的力量。佩特基斯家族中的每个人都有着不同的经历，但唯一相同的是爱情。这些爱情都是那么的纯粹、坚定和美好，它们不仅跨越了时间的隔阂，也跨越了麻风病带来的距离和隔阂。尤其是玛丽娅和克里斯提的爱情更是小说的一大亮点，他们曾经因为麻风病被远离，但他们的爱情却没有因此而停止。他们用信件、日记等方式保持着联系，即使身处异地，他们的爱情仍旧在心中升腾，从未消退。当他们重逢时，无论是内心的感动还是对于生命的重新热爱，都让人感受到了爱的力量。爱，不仅仅是两个人之间的情感，更是人类最本质的渴望和追求。它能够让人勇敢、坚定、不放弃，让人生活充满希望和意义。爱情没有任何偏见，没有任何限制，它是人类最美好的情感，也是面对不可宽恕的时代时最可靠的支撑。

对生命意义的探讨也是小说的一个重要话题。法国作家左拉曾说："生命的全部意义在于，无穷地探索尚未知道的东西。"生活庞大又复杂，我们也常陷入理不清的混乱头绪中。与其在原地挣扎困惑，不如换个角度，对生活做另外的探索。你要相信，你会在生活的探索中发现一个新的灵魂，找到新的启迪。人这一生，总要经历无数风雨，而一切厄运的发生本身就是不可阻挡的。允许灾难的发生，并从容地去适应和面对它，我们才能超越自己，迎来重生。一个人接纳苦难的程度，本身也就决定了他抵达生活的高度。

佩特基斯家族的成员们，在经历了麻风病的折磨之后，重新找到了生命的意义。他们用自己的经历告诉读者，生命的意义绝不只是简单地存在和消失，而是通过经历和承受，培养自己的内心和品质，成为更好的自己。他们告诉我们，生命的意义不在于我们活了多长时间，而在于我们为了什么事情而活着。小说中也揭示了人类本质的善良和慈悲。在克里特岛上，虽然有人将麻风病患者视为不幸、罪恶，但更多的人是充满同情与慈悲之心。他们对病人的关爱和照顾，表现出了人类的温情和互相扶持的精神。在小说的结尾，佩特基斯家族终于得到了重生，而这个重生不仅是个人的重生，更是整个社会的重生。这是因为人类的善良和慈悲可以消除恐惧、疑虑和偏见，可以培育出新的希望和美好。

在希斯洛普的笔下，读者可以看到，人性的美丽并不是因为我们从未经历过痛苦和困境，而是因为我们在这些经历中坚持不懈地寻找希望和力量。这让人们更加深刻地认识到人性的坚韧，以及在绝望中寻找希望的能力。这种能力，也是佩特基斯家族所展现的。同时，通过佩特基斯家族成员的故事，希斯洛普也反映出了世界上仍存在的社会问题。麻风病虽然已经在现代医学技术的帮助下得到了有效的治疗，但社会的不公平和人们的无知，让麻风病患者和他们的家人经历了长期的痛苦和折磨。这让人们不禁反思，这个世界上是否还有其他的弱势群体受着同样的伤害？这也提醒我们要多关注社会上存在的各种问题，为那些不幸的人们提供更多的帮助和支持，这正是我们作为人类所应该具备的品质。

整本小说情节的推进和情绪的铺陈都是循序渐进的，让人在阅读中逐渐感受到佩特基斯家族的生活和精神世界。小说中的人物形象非常丰满，他们的性格、行为举止、心路历程都被描绘得非常细致，读者能够真正地感受到他们的内心世界。小说的语言简洁明了，表达了作者深刻的思考和对于人性、爱、生命等话题的理解。

《岛》是一部感人至深的小说，通过讲述佩特基斯家族的故事，描绘了一群人在痛苦和被蔑视中寻找希望、坚持不懈地追求生命的意义的故事。它不仅仅是一部文学作品，更是一部传递人性光辉和爱的力量的经典之作。它揭示了人性的善良和温暖、爱的力量和生命的意义，使读者在感动之余，也对自己的人生充满了信心和希望。在不可宽恕的时代里，人类的爱情是最可靠的支柱，它可以跨越时空，穿越种族和信仰的隔阂，为人类带来希望和光明；而在不可毁灭的爱的滋养下，人类的善良和慈悲可以消除恐惧、疑虑和偏见，促进社会的进步和重生。

不能选择的童年,不该困住你一生

——《纸崩》读后感

《纸崩》是 2020 年百花洲文艺出版社出版的图书,作者是英国作家丽莎·威廉森。这本小说被《书商》杂志评为"英国最佳青少年小说"。

"若你不曾被童年治愈,愿你在这里重获希望。原生家庭的成长阵痛,横亘在每个人的生命中。幸运的人一生都被童年治愈,不幸的人却要用一生去治愈童年。"

《纸崩》是一本震撼人心的小说,它讲述了一个孤独少女罗·斯诺的成长故事。罗的童年是不幸的,她的父亲离开了,留下了妈妈邦尼和一座堆满废纸的老房子。邦尼患有严重的"囤积症",家里堆满了垃圾一样的废纸。罗的生活充满了挑战和痛苦,她为了不让别人知道自己的处境,而选择了远离人群,努力成为一个不起眼的普通人来掩饰自己真正千疮百孔的生活。但是,生活并没有让她一直如此孤独,她遇到了邻居男孩诺亚和同桌坦维,他们与罗相互支持,共同成长。她在与诺亚的短信中找到了相似的经历和理解,两人逐渐走近,互相支持和陪伴。在罗的班级里,同学之间的关系非常冷淡,在这样的环境中,罗很难和其他人交朋友。然而,遇到坦维之后,她的生活开始有了改变。坦维成了她的朋友,给了她温暖和关心,帮助她慢慢走出阴影。这让罗重新审视自己的生活,也让她看到了希望和机会。她开始调整自己的态度,竭尽全力成长,努力改变自己的处境。

作者用细腻的文字描绘出了罗的内心世界,让读者更加深入地了解她的生活和心理。并且,在小说的结尾,罗的家被火烧毁,这也让她的母亲认识到了自己的问题,并接受了治疗。最终,罗重获新生,走向新的生活。

在阅读《纸崩》这本书的过程中,我深深地感受到了孤独和困苦对一个人的摧残。小说中的罗一直在承受着沉重的负担,她需要面对母亲的疾病、父亲的漠视和自己的孤独。但是,这个勇敢的少女用尽全力来成长,尽管有时候她会感到无助和绝望,但她从未放弃自己。

小说中的每个人物都有着自己的故事和命运,他们的生活和情感交错在一起,构成了一个复杂的社会关系网。作者通过细腻的描写和深刻的洞察力,展现了人性的多面性和社会现实的残酷性。读者可以从中看到人与人之间的真情和善意,也可以看到人与人之间的冷漠和无情。

这本书鼓舞了我,让我明白了生命中最重要的事情是什么。成长不仅是一个人的事情,它牵涉到一个人与家庭、社会的关系。虽然人生中充满了挑战和痛苦,但只有勇敢和坚韧才能让我们走出困境,迎接新的生活。

在读完这本书之后,我深刻地感受到了生命的脆弱和珍贵。我们不能选择童年,但我们可以选择成长的方向和速度。希望每一个人都能像罗一样,勇敢地面对挑战,用尽全力成长,走向属于自己的美好人生。

当时的"她们",即现在的我们

——《她们》读后感

《她们》是 2021 年湖南文艺出版社出版的一部图书。这是美国女性主义作家玛丽·麦卡锡的经典之作,曾有评论这么评价这部著作:这本书开启了关于女性自我解放主题讨论的先河。在我看来,除去对女性自我解放思想的传递,这本书还启发了女性关于如何真正收获幸福的思考。

《她们》一书讲述了 20 世纪 30 年代,8 个性格迥然不同的年轻女孩从美国著名女校瓦萨学院毕业后的人生轨迹。女孩们名校毕业,对爱情、对事业、对自己的人生满怀理想,她们不甘做放弃自我的家庭主妇,想要努力工作养活自己。但当离开学校那个象牙塔,却发现现实社会种种问题让她们措手不及。

麦卡锡在书中通过对女孩们生活的描述,展示了女性作为第二性角色在现实中可能遇到的挫折与坎坷:家庭生活中的暴力、初入职场的屡屡碰壁、哺育婴儿的种种艰辛、爱情与现实之间的碰撞……不同的文化背景,不同时代的女性,却一次次引起读者的共鸣。时代的发展,似乎并没有真正解决这群女孩所遭遇的困境,如今的女性在社会中依旧会遇到这些让人头疼的问题,麦卡锡笔下的她们,何尝不是如今正努力挣扎改变命运的我们。

《她们》一书以凯的葬礼结束,而女性关于命运的困惑与挣扎却并未结束,如何让自己的生命不至于在困境中迷路,麦卡锡用犀利的文字回答了这个命题,她告诫女性保持自我独立的意义:婚姻给不了你安全的保障,请有养活自己的能力。也许曾经我们都以为爱情、婚姻、孩子可以带给我们幸福,那是因为我们把幸福交给了别人,我们认为自己不够坚强、不能支配自己的情感,总是以为幸福来自外界所能给予的东西,却忘记问问自己内心真实的感觉。

  如何摆脱第二性角色所带来的束缚，或许应该从解放自己的思想，撇开外界的干扰，真正面对自己的本心开始，毕竟不论哪个时代哪个国家，通往幸福的唯一道路都是自我的真正独立。我们应该学习书中的女孩们，勇敢面对生活的困境，追求自己的梦想，不被社会的限制所束缚。在当下社会，我们同样需要保持自己的独立思考和自主选择，不断探索和追求真正属于自己的幸福。《她们》告诉我们，我们身处不同的时代和环境，但女性自我独立和追求幸福的课题依然重要，我们需要为自己争取更多的权利和自由，不断奋斗，成为真正的自己。

当哲学遇见童年，有一个孩子开始思考

——《哲学的好奇》读后感

《哲学的好奇》是华东师范大学政治与国际关系学院教授、博士生导师姜宇辉老师写的儿童哲学启蒙读本。这本书以寓教于乐的方式，引领孩子们进入哲学的世界，并激发了我对于儿童哲学教育的兴趣和思考。

读完这本书，我被其中所传递的关于儿童哲学的重要性以及它所能带来的益处深深触动。姜老师从"为什么要让小孩子们学哲学？"这个问题出发，为我们解答了这个问题的意义和价值。首先，姜老师指出哲学能够增进孩子的思考能力。相比其他学科，哲学能够在不同学科之间形成联系，培养孩子的整体思考能力和习惯。这一点是显而易见的，因为只有通过学习哲学，孩子们才能够更好地理解世界、分析问题，并形成独立思考的能力。其次，学习哲学可以培养孩子的反思精神。在哲学中，我们常常提到"认识你自己"的概念，这正是反思的核心。通过学习哲学，孩子们能够有机会思考自我，探索自身，这对于他们的人格健康成长非常有利。最后，学习哲学是一种亲子沟通的机会，能够促进家庭的和谐与生活的美好。姜老师强调，大人和孩子一起学习哲学，是一种宝贵的相互了解的机会，能够拉近彼此的距离。这样的亲子互动不仅能够培养孩子的思考能力，也有助于家庭关系的增进。

然而，姜老师也提到了一个问题，那就是是否有必要让孩子们学习那些大人们认为艰深抽象的哲学史。他认为，了解伟大哲人们的生命故事和思想点滴，能够让孩子们对人类精神的发展有更深的体悟和敬意。而要想真正开始哲学的思考，必须具备辩证、推理、论证等能力，这些能力只有真正的哲学家才能够带给大家。尽管通俗生动的儿童哲学的普及著作很多，但从哲学史的角度来讲解哲学的作品似乎还不够。目前在中国，儿童哲学主要在国际学校中教授,而这些教材和课程体系主要是来自美国的儿童哲学教育奠基人李普曼的 P4C(Philosophy for Children)理念。这一体系的优点在于教学进度和安排的合理性,以及提供了很多具体的思考问题的方法。然而,它也存在一个缺陷,即过于注重方法而忽视了世界观和人生观的培育。相比之下,法国儿童哲学的一个明显优势就是它重视哲学史和人文精神的培育。因此,姜老师呼吁在儿童哲学普及中,应该更多地从哲学史的角度出发,注重培养孩子们的思考能力和反思精神,同时也应该关注他们的世界观和人生观的塑造。为了实现这一目标,我们可以借鉴法国儿童哲学的经验,注重哲学史和人文精神的教育。

《哲学的好奇》这本书在许多方面做出了尝试和创新。首先,它大量采用了对话的方式,这既是为了活跃气氛,也秉承了苏格拉底老师以来的哲学思考方法,这种方式使得读者可以更加亲身地参与到思考的过程中。其次,姜老师还试图将内容更贴近中国儿童的日常生活。目前市面上的大多数儿童哲学书籍都是外国作者编写的,虽然有其独特之处,但与我们的生活和世界相去甚远。姜老师承认他也阅读过许多这些书籍,并从中吸取了很多经验和启示。然而,他也产生了一个小小的疑惑:这些道理真的适合中国的孩子吗?我们的孩子说话和思考问题的方式又是怎样的呢?因此,在这套书中,姜老师选取了他自己亲身经历的生活素材,包括与女儿的对话,以及身边小朋友的喜怒哀乐,来丰富对话的内容。他认为,讲哲学必须与生活结合,特别是讲儿童哲学,让孩子们能够真切地感受到其中的道理。第三,书籍风格多样化,展现了哲学思考的魅力和活力,这恰恰是姜老师个人的特色。读者可以看到各种不同的文体风格,包括论证、故事、对话、小说散文,甚至科幻大片。姜老师意识到,很多人对哲学敬而远之,也许是因为所接触到的哲学内容太抽象、太枯燥、太"无趣"了。无论是大人还是小朋友,都很难产生共鸣。因此,让哲学展现出各种有吸引力的面貌,是每一个哲学讲者都需要思考和努力的方向。

这本书分为上、中、下三本,围绕自我、他人和世界三个主题展开。具体使用这套书时,姜老师建议按照上中下的顺序开始阅读。当然,这只是一种可行的选择,也完全可以从世界出发,逐渐缩小范围至他人和自我。在这些主题中,姜老师选取了哲学史上一些经典的命题,以及哲学家的生平,进一步阐述了命题的基本论证,并和孩子们的日常生活进行了关联。命题和论证是哲学,尤其是西方哲学的核心精华之一,学习哲学思考,在很大程度上也就是用清晰明确的步骤表达自己的见解,回应根本的问题,与他人进行讨论或辩论。

《哲学的好奇》将儿童与哲学相结合,为孩子们打开了一扇探索和思考世界的门窗。通过对话、生活素材和多样化的风格,姜老师为读者们带来了一场思维与想象的盛宴。这本书不仅可以激发孩子们的好奇心和思考能力,也能让大人们在陪伴孩子的过程中重拾对哲学的兴趣和热爱。让我们一起享受当哲学遇见童年的奇妙旅程吧!

独立思考的人,是思想上的君主

——《人生的智慧》读后感

读完叔本华的《人生的智慧》后,我对独立思考的重要性有了更深刻的认识。书中提到,无论我们拥有多少知识,如果不能经过反复思考、咀嚼消化,那它的价值就远不及那些所知不多但能深思熟虑的知识。这让我意识到,仅仅拥有大量的知识并不足以让我们成为一个有智慧的人,关键在于我们如何对待和运用这些知识。

叔本华强调了思考的重要性。思考是将所学知识消化吸收、变为己有的过程,它要求我们将自己的知识在各方面相结合,与其他真理进行比较。通过思考,我们能够深入理解和应用所学知识,从而发挥出它们的真正价值。然而,能够深思熟虑的范围是有限的,它只局限于我们所熟知的事物,所以我们必须不断地追求进步,不断地学习。与读书或学习不同,思考是一种需要持久不懈的行为。它需要我们对思考的对象产生兴趣,并不断刺激它。就像在风中煽火一样,思考需要持续不断地激发,才能保持火焰不熄灭。这需要我们保持对问题的持续关注,并通过不断的思考来寻找问题的答案和解决方案。

独立思考使我们不再局限于他人的观点和想法,而是能够独立地思考和判断。只有通过独立思考,我们才能真正发展自己的智慧,成为一个有思想深度和见解的人。我深信独立思考是人生中不可或缺的一部分。它不仅能够帮助我们更好地理解和应用所学知识,还能够培养我们的批判性思维和创造性思维能力。作为思想上的君主,我们能够更好地面对人生的种种挑战,更好地为自己的人生目标和价值观奋斗。

叔本华在《人生的智慧》中深刻地探讨了思考的本质和价值。他认为思考的兴趣来源可以分为两类：一是纯粹客观性的，即对宇宙万物的兴趣；二是主观性的，即有关自我的事件引发的思考兴趣。然而，真正深入思考的人并不多见，即使被称为学者的人，也很少真正投入思考。叔本华指出，思考和读书在精神上的作用完全不同。在阅读时，我们的精神活动完全由书本所支配，跟随书本的情绪而变化，这使得我们的情感并不属于自己的精神所有。而在思考时，我们的精神与外界完全隔绝，随着自己的思考而活动，根据自身的本性和当时的心情提供资料和情绪。叔本华认为，整天沉浸于书本中的人，他们的精神弹力将逐渐消失。这些人失去了个性和思想，变成了没有生命力的动物。成为一个"蛀书虫"并非上进之道。一般所谓的"博闻多识"之人，大多没有较佳的才慧，他们的著作也因为一味死读而缺乏成功的道理。正如波普所说："只是想做个读者，不想当作者。"真正有自己独立思想的人，才能得到真理和生命的丰富。只有对自己的根本思想进行深入的思考，我们才能真正彻底地理解。从书中阅读别人的思想，只能获取别人的片段或残渣。通过自己心中涌出的思想，我们才能以科学而客观的方式研究事物，就像面对盛开的花朵研究植物一样。他认为阅读只是思考的代用品，书籍只能作为引导我们思考的工具，而真正的智慧来源于个人的自由思考。叔本华指出，很多书籍并非有益，反而可能引导我们走向邪路。因此，我们需要自己的"守护神"，也就是能够独立思考的人来指引我们的思想。只有能够自由而正当地思考的人，才能发现精神上的康庄大道。因此，我们应当在思想停滞的时候去读书，而不是一味孜孜不倦地阅读。

  叔本华认为，思考的人往往会发现自己独立思考出的真理或见解，在阅读书籍时已经被他人发掘到了。然而，这并不应该让人泄气或失望，因为通过自己的思考得出的真理或见解，其价值是非凡的。这样的真理或见解通过自己的思考而获得，更能证明其正确性，并为大众所理解和接受。这样，我们成了该真理的坚定拥护者，它也成了人类思想体系的一部分。独立思考的人的意见可能会被举为权威的例证。他们的意见与他们自身有着强有力的联系，而不仅仅是搜集整理他人的意见。这使得他们的思想更具活力和真实性,与那些只是简单归纳和整理他人意见的学者有着明显的区别。

叔本华认为,通过学习得来的真理可能只是附在我们身上的外部器官,而通过自己思索得来的真理则是真正属于我们自己的一部分。哲学家和一般学者之间最大的区别就在于此。独立思考的人在精神上的收获也会与众不同。通过自由而正当的思考,我们可以获得真正的智慧和真理,而不仅仅是依赖他人的思想。从而成为发现真理、推动思想发展的力量,而非只是被动地接受他人的观点。他认为,学者只是将各种颜色的思想排列在一起,类似于调色板,缺乏变化和调和,缺乏个性和意味。而真正的哲学家则像画家一样,使用正确的光影、适当的比例和调和的色彩,创作出动人心魄的杰作。

通过阅读他人的思想,我们可以借用别人的头脑来代替自己的头脑。然而,通过这种方式获得的思想虽然可能严密,但却缺乏总体的连贯性和个人的脉络。我们依赖这些思想来建立一个体系,但相比于自己的思考,这种方式更多地带来了利益和少量的害处。为什么会这样呢?因为依赖他人的思想意味着我们接触到各种各样的思想体系和色彩。这些思想并非属于我们自己,它们来自不同的精神来源,无法像独立思考的人那样将自己的知识、个性和见解融合成一个整体。这些思想纷繁复杂,像三教九流、诸子百家一样杂陈在我们的脑海中,导致我们思维混乱,失去了独立的观察力和主见。这种情况在许多学者身上都能够观察到。相比之下,那些将思考作为一生追求的人,就像土生土长的智者,当他们开口说话的时候,能够轻松地将当地事物的来龙去脉、各种事实和传说以及事物之间的关系娓娓道来。通过独立思考,我们能够建立起自己的知识体系,并且能够更好地理解和批判他人的思想。与那些只通过阅读获得知识的人相比,独立思考的人更能够真正深入了解一个地方或国家的背景、人文特色、物产和习俗等细节。

总之,叔本华在《人生的智慧》中告诉我们,独立思考能使我们成为思想上的君主,能够融会贯通各种思想,形成独特的见解,并能够更好地理解和解释世界。我们应该抛开外界的干扰和束缚,秉持着自己的独立思想去探索和理解世界。只有这样,我们才能在思考中获得真理和生命的丰盛。

对时间的感知，取决于我们的视角

——《时间的秩序》读后感

《时间的秩序》是 2019 年湖南科学技术出版社出版的图书，作者是意大利物理学家卡洛·罗韦利。

这是一部科普作品，引发读者对于时间和宇宙的新思考。作者以他独特的方式，用诗意的语言和前沿的物理学理论，引导我们思考时间的本质。通过对时间的探索，让人深刻地意识到，人类对时间的感知实际上取决于我们的视角和理解。首先，书中提到了时间是人类构建的概念。在日常生活中，我们习惯于将时间看作是全宇宙统一且稳定的，从过去流向未来的。然而，罗韦利揭示了一个奇特的宇宙，一个在最基本的层面上，时间似乎消失了的宇宙。他告诉我们，我们对时间流逝的感知其实取决于我们的视角。时间的秩序最早的受益者是工厂主人，工业化的进程使时间成为一种被规定和等分的实体。然而，这种时间观念并不是普遍存在的，对于一些尚未完全工业化的地方，准时的概念并不存在。这表明时间的秩序并非客观存在，而是被人类社会所构建和赋予意义的。其次，书中提到了事件与事物的区别。作者指出，从牛顿力学到量子力学，我们逐渐认识到世界是由事件而非事物构成的。这意味着我们应该更加关注事物发生的过程，而非事物本身。对于我所学的政治学而言，这意味着应该关注国家与政体之间的交互、人与人之间的关系网络，而非单一的概念。

除了这些理性的思考，这本书还流露出了一种情感与感动。作者指出，时间不再存在，而我们开始意识到我们就是时间。我们是这个空间，由记忆和预期构成的空地。我们是记忆、怀旧和期许未来的存在。时间并非一成不变的实体，而是我们对它的理解和感知的结果。我们的视角和经历会影响我们对时间的感知,而且这种感知是多样且个体化的。正是这种对时间的感知的多样性,使得我们能够拥有不同的体验和理解,让世界变得更加多元和丰富。这种对时间的理解,尽管有时是痛苦的,但终究是一份巨大的礼物。

这本书不仅是一本科普书,它融合了物理学和哲学的思考。通过阅读这本书,我了解到了一些关于量子物理的新成果,这些成果颠覆了我对时间的认识。在微观的量子世界中,时间似乎不存在,这是当代物理学家正在努力解决的难题之一。这让我重新思考了我们对世界的认知方式。事实上,许多我们过去认为不需要证明的真理,现在看来只是我们的偏见而已。时间也是如此,我们曾经认为时间是不可否认的世界基本法则,但现在我们知道时间只是一个人为设定的变量。我们的视角决定了我们对时间的感知,而时间本身可能比我们想象得更加复杂和奇特。

读完《时间的秩序》,我对时间和宇宙有了更深入的理解,并重新审视时间的本质。无论是从社会科学、人文学科还是个人情感的角度,我们都应该思考和感受时间的存在和流逝,以获得更加丰富和深入的体验。

好在，人间还有一个苏东坡

——《苏东坡传》读后感

《苏东坡传》是林语堂所著的传记作品，原用英文写成，于1947年首次出版。该书对苏东坡的才能及政治生活、文学生活等作了生动的描述和评价。

这本书让我对苏东坡这位北宋诗人有了更深入的了解和欣赏。苏东坡以其卓越的才华和非凡的人格魅力成为历史上备受推崇的文化巨擘之一。读完这本传记，我深深地被苏东坡的豪迈、乐观和洒脱所打动，也对他的人生态度产生了深深的共鸣。

庄子散文《逍遥游》里有一句话深得我心："至人无己，神人无功，圣人无名。"意思是修养最高的人能任顺自然，修养达到神化的人无意于求功，有道德学问的圣人无意于求名。细细看来，古今中外，唯有一人配得上此句话，就是北宋诗人苏东坡。众人喜欢苏东坡，常常始于才华，陷于人品，忠于他的人生观。他20岁进京参加殿试就一举成名，被欧阳修和梅尧臣赏识，两位大文豪从那刻起便预知了他的未来：善读书，善用书，他日文章必独步天下。

苏东坡的才华无人能及，他的诗词堪称千古绝艳之作。然而，他的一生并不是一帆风顺的。他多次遭遇贬谪，43岁被贬黄州，58岁被贬惠州，61岁被贬儋州，一度沦为囚徒，但他从未因此丧失对人生的热爱和乐观的态度。他每到一个地方，都尽职尽责，兴修水利，为百姓谋福，在工作之余，还写下了众多千古名篇。他在逆境中保持着豁达的心态，对于命运的挑战始终保持着乐观的态度。这种豁达的心态和宽容的胸怀，让他能够从容面对困境，乐观面对人生的起伏。他的人生哲学是让人深思的，他让我明白了人生中困难和挫折是必然存在的，但我们可以选择如何面对和应对。这样令人万分倾倒而又望尘莫及的大才子，我们怎能不爱？

老子曾说过："人法地,地法天,天法道,道法自然。"苏东坡的人格魅力也是令人敬佩的。他不畏权势,不屈于小人之间的尔虞我诈。他坚守自己的原则,不为名利所动摇。他的真诚和正直让人钦佩,也使他成为一个值得我们学习的楷模。苏东坡的乐观和豁达正是他成为人们心目中偶像的原因之一。他在任官期间遭受小人嫉恨,但他并不为此所动,他有着坚定的信念和追求。他不以功名权势为乐,更看重的是自己内心的追求和对艺术的热爱。他坚守自己的价值观,无论境遇如何,都能保持真诚和豁达的心态。

苏东坡的一生注定是波澜壮阔的,他的才华和人格魅力让他成为历史上独一无二的人物。他的诗词不仅给人带来美的享受,更是一种人生智慧的体现。他在人生的起伏中保持了一颗平静的心,让我明白了人生的意义并非在于功名利禄,而在于追求内心的真诚和对艺术的热爱。这种坚韧和坚持,让我对苏东坡产生了深深的敬佩。他敢于面对困境,敢于承受苦难,而不是沉沦于自怜之中。无论是被贬谪还是身陷囹圄,他总能以一种平和的心态来看待,积极乐观地面对。他用自己的行动告诉我们,人生的坎坷并不能阻挡我们前行的步伐,只要心怀豁达,我们就能在逆境中找到生活的乐趣。

人生海海,山山而川,不过尔尔。他对人生起落无所谓,活在当下,不惧未来。风平浪静的大海根本不存在,即使是很小的一片湖泊也会有涟漪的荡漾,更何况人生?苏东坡的才华众人皆知,即使是皇帝也会在烦恼之余读苏诗解忧。我们知道人生不堪,但当困境来临时,却依然不知如何面对。好在,人间还有一个苏东坡,他用他的才华和人格魅力点亮了整个世界,也给了我们无尽的启示和勇气。愿我们都能像苏东坡一样,坚持自己的信念,活出真正的自己,在人生的旅途中焕发光彩。

《苏东坡传》是一本令人陶醉的传记,读后我对苏东坡有了更深入的了解,对他的人生态度有了更深的认识,也对他产生了更深的敬佩和喜爱。他的乐观和豁达让我深受启发,教会我在面对困境时要保持积极的心态,勇敢面对生活的挑战。他的人格魅力让我明白了做人要坚守自己的原则,不为外界的诱惑所动摇。

书中有一句话我很喜欢,作为结尾很美好:天空无云,正如他一尘不染的良心。苏东坡在书中被描绘得一尘不染,就像无云的天空一样清澈,这正是他那纯粹的良心所展现出来的。

会释怀的，真的

——《觉醒》读后感

梁晓声的《觉醒》，虽然算不上是他的经典之作，更像是一部普及型的读物，但是，它却是一部很值得一读的作品。

《觉醒》展现了作家独特的写作风格和深刻的思考。他用朴实无华的语言，讲述了一个发生在中国农村的故事。这个故事充满了生活的琐碎和细节，但却蕴含着深刻的启示。

故事中的陶姮是一个充满矛盾和疑惑的人。她在美国生活了很多年，但她始终无法释怀自己小时候的错误行为。她决定回到中国寻找那些曾经受到她伤害的人，为自己的行为赔罪。在这个过程中，她经历了许多挫折和磨难，但最终她找到了自己真正的归属和觉醒。

在这个故事中，梁晓声深刻地探讨了生命的意义和价值，以及人生的选择和决策。他通过陶姮的经历告诉我们，每个人都需要勇敢地面对自己的错误和过去，才能真正地释怀和成长。同时，他也提醒我们，生命中有很多选择和抉择，我们需要明确自己的目标和价值观，才能做出正确的决策。陶姮的故事，其实也是我们每个人自己的故事。我们都曾经做过错事，也曾经受过伤害，但是最终，我们都会在某个时候，觉醒并释怀。陶姮虽然做了伤害别人的事情，但她并不是一个坏人，她只是在那个年龄段受到了太多的创伤和煎熬，导致她无法正确地看待和处理事情。但是，当她回到故乡，看到了那些曾经伤害她的人们，她才意识到自己也曾经伤害了别人，她需要为自己的所作所为负责，也需要为别人做些什么来弥补自己的过错。这种觉醒和释怀，不仅仅是对陶姮自己的救赎，也给读者带来了一种智慧和启迪。

陶姮的遭遇并不是一个孤立的事件，而是深深地刻印在中国社会的历史和现实中。她所面对的问题,从性别、家庭、教育、社会、政治、文化等多个维度展开,对于我们每一个人都有着深刻的启示。陶姮在回到故乡的过程中,慢慢地解开了自己内心的束缚和困扰,找到了自己的归属和平和。这种释怀的状态,不是通过暴力和报复实现的,而是通过内心的自我救赎和个人成长实现的。

同时,梁晓声在《觉醒》中也对中国农村的现状进行了深刻的观察和反思。他指出了城乡差距和教育落后等问题,同时也表达了对中国传统文化和家庭价值观的尊重和珍视。

此外,《觉醒》还揭示了人类文明的内在矛盾和不可避免的历史命运。从一个侧面看,人类历史就是一部充满着痛苦和挣扎的历史,是生命的不断探索和超越的历史。我们不能忽视那些曾经发生过的不幸和悲剧,更不能忘记对历史的反思和借鉴。只有不断地超越自己,探索人类智慧的边界,才能够实现个体和共同体的和谐、稳固和进步。

总之,《觉醒》是一部充满智慧和启示的小说,它让我们看到了人生的真谛和价值,提醒我们面对自己的过去和未来,勇敢地前行。同时,它也让我们感受到了文学的力量和魅力,让我们看到了梁晓声深厚的才华和写作的精髓。我相信,读完《觉醒》,每个人都会受益匪浅,会有一份释怀和觉醒。

这部小说,不仅让我看到了一个个体的故事,更让我感受到了一个社会的故事。它告诉我们,只有当我们能够抛弃偏见和成见,用一种宽容和理解的心态去看待世界,我们才能够真正地觉醒并释怀。

在这个物欲横流、诱惑重重的社会里,人们往往迷失了自己的本真,徘徊在物质的表象中,忘了生命的意义和人性的尊严。《觉醒》告诉我们,要追求真理和自由,就必须勇敢地面对自己的内心,认真地审视自己的人生轨迹,不断地学习和成长,保持对知识和情感的渴望和热爱,才能在这个复杂多变的世界里生存和发展。

《觉醒》是一本值得一读的好书,它把复杂多变、矛盾对立、冲突交错的社会现实和人性问题呈现得淋漓尽致。从这本书中,我们可以看到文化的碰撞和融合,个体的选择和奋斗,人性的拯救和升华。读完这本书,我相信每个人都会有所领悟,有所启示,一切都会释怀的,真的。

活着才需要勇气

——《人生海海》读后感

麦家的《人生海海》是一部描写人生的长篇小说，书中主人公上校的人生经历让我深受感触。在这个充满谜团的人物身上，我看到了人生的复杂和无常，也看到了勇气的重要性。

"人生海海，敢死不叫勇气，活着才需要勇气"，这是我从《人生海海》中读到的主题。它揭示了人生的种种难题和矛盾，强调了勇气的重要性。在小说中，上校这个角色既是村里的另类，也是时代的反映。他与村民之间的矛盾和猫狗之间的友情，使得小说具有了浓重的戏剧性。

上校的一生经历了太多的不确定性，他身上的谜团让人们对他充满了好奇和猜测。他曾经是革命群众要斗争的对象，但村民却又巴结讨好他，家里出事都去找他拿主意。他不出工，不干农活，就在家里看报纸、嗑瓜子，过着舒适的生活，却又养着一对猫，像养孩子一样。

小说中的上校被描绘为一个极具反叛精神的人，他不愿意按照传统的规则行事，也不愿意接受别人的看法。他的人生经历充满了挫折和困难，但他从未放弃向上的追求。在一些人看来，上校的人生就像海洋一样无法预测，他像是在大海中漂泊，没有方向，没有目的。但是我认为，上校的人生却正是因为这些不确定性才有了它的价值。他的生命中充满了猜测、谜团和不确定性，但是他还是勇敢地活了下来。上校在小说中是一个勇气的体现，他敢于面对困难，敢于拒绝妥协，不惧怕挑战，这种勇气是我们生活中所必需的。

小说所描绘的时代背景十分特殊，每个人都在不同的历史环境中生活。上校作为一个充满争议的人物，他的人生经历也是这个时代的写照。上校的行为和思想与时俱进，他不满足于现状，努力寻求新的出路。这种与时俱进的精神引领着人们向前走,让我们更加坚定自己的信念,更是让我们深刻地体会到了人生的意义:人生虽然充满了挫折和困难,但我们必须勇往直前,不放弃追求自己的梦想,只有这样,我们才能在人生的海洋中不断前行。

在现实生活中,我们也会经历类似上校的人生经历。生活中的不确定性会让我们陷入困境,让我们感到无助和迷茫。但是正是在这些不确定性中,我们才能更好地体验生命的多样性。我们需要勇气去面对这些不确定性,去迎接生命中的挑战。

《人生海海》通过上校这个充满争议的人物,揭示了人生的种种矛盾和难题,强调了勇气的重要性,让我深刻地认识到生命的复杂和不可预测性。我们需要勇气去面对生命中的各种挑战,才能真正活出自己。无论遇到什么,我们都应该勇敢地去面对,而不是被困在自己的猜测和疑惑中。在这个波涛汹涌的人生海洋中,我们必须勇往直前,不断追求自己的梦想,才能在时代的浪潮中占有一席之地。

急什么，慢慢来

——《慢》读后感

《慢》最早出版于1994年，是米兰·昆德拉后期的作品。

小说中的主人公作者和妻子薇拉选择去一座城堡酒店度周末，这是一种回归自然、放慢脚步的方式，他们在这里重新感受到生命的美好。而在他们身边，一群昆虫学家则在繁忙的会议中度过一个又一个荒诞之夜，他们的忙碌和焦虑与作者的放松和愉悦形成鲜明对比。昆德拉通过这种对比，呼吁人们应该把握住生命的真正意义，不要让快节奏的生活方式掩盖了它。

"慢"主题，其实是对现代社会快节奏生活方式的一种反思和批判。在现代社会，人们往往忽略了慢下来的重要性，导致了内卷和焦虑的现象。而昆德拉在《慢》中，提出了一种全新的生活方式——慢生活。这种方式并不是让人们彻底放弃效率和速度，而是在快节奏的生活中，学会适时地慢下来，享受生活的美好，保持内心的平静和深度思考。昆德拉认为，现代社会在追求效率和速度的同时，却忽略了人类最基本的需求——慢下来，享受生活。那些追求速度和效率的人，往往会失去内心的平静和深度思考的能力，也会失去对于生命的敬畏和尊重，而慢的生活方式可以让人们从生活中感受到更多的美好和幸福。

昆德拉在小说中通过对比18世纪和20世纪的生活，深刻地揭示了现代社会的问题。在18世纪，人们的生活节奏较为缓慢，人们有更多的时间用于思考、欣赏和享受生活中的美好事物。而在20世纪，由于科技和生产力的进步，人们的生活变得越来越快节奏，人们不再有时间去欣赏生活中的美好事物，更不用说思考和反思了。作者通过小说中的情节和对话，深刻地揭示了当代社会的问题，呼吁人们慢下来，寻找生活中的美好事物，享受生活的美好。他认为,现代人追求速度和效率的生活方式背离了人性的本质,让人们变得越来越疏离和孤独。与此相反,慢的生活方式可以让人们更加接近自然,更加与自己和他人建立联系。他们在工作和生活中,追求的永远是更多的成果和更高的效率,忙碌和疲惫成了他们日常生活的常态。在昆德拉看来,这种生活方式是"生命之中不能承受之轻"。慢的生活方式可以让人们更加清醒,更加专注于自己的生活,更加深刻地体验生命的本质。

除此之外,昆德拉还通过小说中的荒诞之夜揭示了人性的可笑和荒谬。他认为,人生不仅有沉重的课题,也有轻松的一面。在人性的可笑和荒谬中,我们可以找到生命中最真实的一面,也可以从中找到生命的意义。

阅读《慢》让我深刻地认识到了当代社会的问题,也让我意识到了慢下来的重要性。生命不能承受之轻,只有在慢下来、用心去体验和欣赏生活中的美好事物时,才能真正地感受到生命的厚重和意义。我想,在当代社会的内卷之中,我们需要像昆德拉一样,清醒地认识到"慢"的艺术的重要性,让"慢"成为我们生活中的一部分,保持内心平静,享受生活中的美好事物,找到生命的厚重和意义。

简单即爱

——《当我们谈论爱情时我们在谈论什么》读后感

《当我们谈论爱情时我们在谈论什么》是美国作家雷蒙德·卡佛创作的短篇小说集，首次出版于1981年4月。

这本短篇小说集的出版，对美国现实主义写作传统的复苏起到了决定性的作用，它填补了现实主义写作的空白，让传统主义的写作重新受到重视。尽管当时短篇小说集的销售并不理想，但卡佛的作品引起了人们的注意，他被誉为美国的契诃夫。这本书的出版也引发了许多效仿者，卡佛成了备受模仿的作家之一。

《当我们谈论爱情时我们在谈论什么》还入选了《时尚先生》的现代人必读书列，并在2010年入选了新浪年度中国好书榜。这本书的影响力不仅在当时的美国文学界有所体现，也在后来的阅读群体中产生了持久的影响。

该书收入卡佛17篇短篇小说，讲述了生活在底层的普通人不如意的生活，展现了他们对爱情的渴望和追求，以及生活中的痛苦和挣扎。卡佛的文笔简洁明了，他描绘的人物都是普通人，他们有着平凡的生活和简单的愿望，但却常常陷入困境。这些故事以平淡的情节展开，但却给人以深深的触动。

卡佛的写作手法独特而引人入胜。他常常使用倒叙和结局省略等技巧，将故事中的琐碎片段拼接起来，给人一种真实而又平淡的感觉。故事之间的关联常常被有意忽略，让读者思考和想象。尤其是在故事结局的省略与空缺上，卡佛采用了开放式结尾，让我对作者的写作风格充满了兴趣。其中一篇令我印象深刻的故事是《洗澡》。这个故事讲述了一位母亲提前为儿子的生日买蛋糕，但由于儿子出了车祸被送进医院，她和丈夫忘记了去拿蛋糕。在故事的结尾，母亲接到了一个关于儿子的电话，但我们不知道这个电话是来自蛋糕店还是医院,也不知道儿子是否苏醒。这种开放式的结尾让人思考和猜测,让故事更具张力和吸引力。

通过这些短篇小说,卡佛让我明白了我们在谈论爱情时,其实是在谈论生活的不如意和挣扎。无论是餐馆女招待、锯木厂工人还是推销员,他们都是社会底层的体力劳动者,他们的生活充满了窘困和不幸。他们的婚姻破裂,失业,酗酒,破产,生活目标变得遥不可及。这些故事让我深刻地感受到了生活的艰辛和无奈,也让我反思了爱情的本质。

在这些故事中,爱情并不是简单的甜蜜和幸福,而是与生活的挣扎和不如意紧密相连。爱情是人们在生活中寻求安慰和支持的力量,但也可能因为生活的艰辛而破裂和消失。这些普通人在生活中经历着婚姻破裂、失业、酗酒等问题,但他们依然对爱情抱着希望和向往。卡佛通过这些普通人的故事,让我明白了爱情并不是完美和理想化的,它也包含了困难和痛苦,是需要付出和坚持的。

同时,这本书也让我反思了自己对爱情的看法。我们常常被浪漫爱情的理想化所迷惑,但真正的爱情并不是华丽的浪漫,而是在平凡中的关心和支持。卡佛的故事中的人物并不是完美的英雄,他们有缺点和困难,但他们依然对爱情心怀希望,愿意为之付出努力。这让我明白了爱情需要经营和付出,需要在现实生活中去追寻和守护。

总的来说,《当我们谈论爱情时我们在谈论什么》是一本真实而深刻的作品。它通过描绘底层普通人的生活,让我们看到了生活的辛苦和爱情的复杂。这本书让我更加珍惜生活中的每一个细节,以及与爱人之间的真挚情感。无论生活如何困难,简单的爱仍然是我们坚持追求和珍惜的宝贵财富。我相信这本书会继续引发更多人对爱情和生活的思考和探索。

就当是场梦吧!

——《海边的卡夫卡》读后感

《海边的卡夫卡》是日本作家村上春树的一部长篇小说,2003 年首次出版。

《海边的卡夫卡》是一部让人思考生与死的意义的小说。以两个主角的经历展开故事,描写了一个 15 岁离家少年和一个失去记忆和读写能力的中年男人的经历,两个角色始终未曾相遇。通过叙述两条线索,小说以一种独特的方式再现了主人公寻找自我的过程。这个故事引用了古希腊神话,通过不同的方式再现了主人公走出迷惘,寻找自我的永恒主题。小说的风格舒缓淡雅,细节丰富,让人感到仿佛在与作者进行一场深入的对话。作者延续了他一贯的虚构故事设定,同时也深刻地投射出现实社会的影子。

故事中的人物有着奇特而引人入胜的特质。田村卡夫卡是一个 15 岁的离家少年,他背负着父亲的诅咒,决心成为世界上最坚强的人。这样的设定虽违背常理,但作者却巧妙地将其讲得合情合理。整个故事笼罩在世界边缘的氛围中,有些地方甚至像是《罪与罚》中那种入骨三分的心理描写。而最终,作者没有让法律介入其中,给人一种释然的感觉。法律虽然公平,但并不总是合理,有时人们会做出违背心智的行为,但他们也可以得到原谅。这种违背常理的情节,却被作者讲得合情合理,使人深思。与此同时,故事中还出现了一个不识字的老伯,他的影子只有一半,却能与猫儿们闲谈。这让人不禁思考,人们为什么不能同时爱上不同时间地域里的同一个人?作者通过这样的设定,揭示了人性的复杂性和对爱的追求。

在个人层面上,卡夫卡的成长是对责任的理解和承担。尽管面临种种困境和痛苦,卡夫卡选择了坚持和勇气,承担起自己的责任,成为一位坚强的 15

岁少年。他在成长过程中，不断思考和反思自我，从无知到有知，从孤独到拥抱生命的意义。

在社会层面上，卡夫卡的成长是对历史和传统的接纳以及现实的面对。他对母亲的寻找不仅是对个人历史的追寻，也代表了对整个历史和文化传统的追求。通过与佐伯的结合，他接受了历史和传统的存在，并最终回到东京，融入社会，承担起自己的责任。这体现了一个现代人在面对现实时，既要反叛和追求自由，又要顺应和接受命运的意识。

《海边的卡夫卡》还表现了东方人的命运观和对传统观念的颠覆。村上春树运用互文性的技法，解构了经典文本《俄狄浦斯王》，同时也解构了现代社会的盲目和无意义。小说通过揭示人的精神成长和自由追求的过程，呼唤着现代人要拥抱生命，追寻真理和尊严。这使我对现实和命运的理解更加复杂和深刻。

在阅读《海边的卡夫卡》时，我深刻体会到成长的艰辛和自由的价值。每个人都有自己的成长之路，都需要面对困难和痛苦，但只有通过思考和勇气，才能让灵魂自由浮现，面对各种挑战和困惑，承担起自己的责任。只有通过成长，我们的灵魂才能自由浮现，拥有尊严。这部小说让我深入思考自己的成长和生命的意义，生活就像一场梦境，我们需要勇敢地面对，去追求真实的自己。

《海边的卡夫卡》这本小说让我思考生死的意义，探寻时间和记忆的本质。它处处都有着隐喻，给人以启示。在这个年纪读这本书，对我来说是一次释然。它不仅是一个故事，更让人思考许多问题，推动我对人生各个阶段的深思。也许多年后再次阅读时，我会意识到它曾帮助我深入地认识过曾经的自己。

看过世间繁华，方觉平淡是真

——《人生》读后感

《人生》是一部深刻描绘中国农村和城市的现实主义小说，作家路遥在作品中通过高加林的人生经历和情感纠葛，展现了在乡村和城市之间，个体生命的两难抉择和困境。同时，小说也呈现出一种矛盾和复杂的人生悲剧，却又透出生活的某种确定性，这种复杂的审美属性是小说持久艺术魅力的体现。

路遥通过高加林的故事，揭示了现代化进程中个体生命的痛苦和屈辱。高加林是一个来自农村的孩子，他经历了土地革命和大跃进，但最终还是选择了离开土地，到城市谋生。然而，在城市他也遇到了各种困难和挑战，他曾经的理想和信念也在这个过程中逐渐消失。最终，他回到了土地，重新开始了自己的生活。在这个过程中，高加林遇到了很多人和事。他爱上了农村姑娘刘巧珍，同时也被城市姑娘黄亚萍所吸引，他经历了爱情、友情和亲情的考验。高加林作为一个农村青年，在土地和城市之间选择时，承受着来自恶劣自然环境、封建陈规陋习和城市人的高傲所带来的巨大压力。在城市，他虽然有了更好的生活环境和实现个人理想的机会，但却面临着小市民心理、极端利己主义和人格萎缩的困境。这种矛盾和复杂的生命选择，让人倍感精神和家园的双重失落。路遥通过高加林的故事，深刻描绘了现代化进程中个体生命的两难抉择，让读者深刻认识到这种矛盾和复杂的现实。

在这个故事中，我感受到了路遥深深的人文关怀和对生命的尊重。他用细腻的笔触，描绘了每一个人物的心路历程，让读者与他们产生共鸣。他没有简单地描绘人生的坎坷和曲折，而是深入探究了人性的本质，探寻了人类作为自然和社会存在的深层次问题。《人生》用现实故事告诉我们，人生路遥,看过世间繁华,方觉平淡是真。在这个纷繁复杂的世界里,我们需要不断地寻找自己的方向,不断地探索和实践。我们需要在矛盾和挑战中成长,需要在困境和迷茫中找到自己的出路。这是一条漫长而艰辛的道路,但只有经历了这些,我们才能真正成为自己。

但是,《人生》并不只是一部描绘现实的小说,它还有一种矛盾和复杂的审美属性。作家路遥并没有为当代农村青年指出一条铺满鲜花的人生坦途,也没有描绘一个令人神往的灿烂前景,或展示出荆棘丛生的坎坷之路。相反,他通过高加林的故事展现了一个合理与不合理紧密交织在一起的矛盾,一个现在还无法解决但将来必然要解决的矛盾。在这种矛盾和复杂的人生悲剧下,小说却隐约地透出生活的某种确定性。悲剧所具有的审美属性,正是《人生》具有持久艺术魅力的原因之一。因为人生就是这样复杂和矛盾的,即使我们无法解决这些矛盾,但我们仍然要在这种不确定性中前行,这正是生活的本质。

《人生》是一部深刻描绘中国农村和城市的现实主义小说,它深刻而真诚地展示了人生的复杂性和不确定性,让读者更加深入地理解了人生的意义和价值。它通过高加林的故事展现了现代化进程中个体生命的痛苦和屈辱,同时也展现了一个复杂和矛盾的人生悲剧,却又透出生活的某种确定性。这种复杂的审美属性,是小说持久艺术魅力的体现,也是现代人思考人生的重要参考。我相信,这部小说将继续为我们带来深刻的启示和思考,让我们更加珍视自己的生命,更加努力地去实现自己的人生理想。

我对路遥的《人生》感到深深的敬佩和由衷的感慨。

快乐的欲望是什么？

——《假面的告白》读后感

快乐的欲望是什么？且听《假面的告白》。

《假面的告白》是日本文学巨匠三岛由纪夫的代表作之一，引人深思的题材和独特的叙事风格深受读者喜爱。这部小说通过主人公"我"的自白，深入探讨了人类内心深处的欲望和"面具"之间的矛盾。三岛由纪夫通过小说，勇敢地直面了自己内心的"恶魔"，以及对传统道德、秩序和价值观的挑战。

从主人公"我"的内心世界中，我们可以看到他对自己的身体感到不满和羞愧。他羡慕那些拥有健康体魄的人，却无法摆脱自己天生的孱弱。这种内心的不满和羞愧引发了他对身体的探索和精神上的自我锻炼。他试图通过锻炼自己的精神，来克服身体上的不足。这让我想起一句话："身体是革命的本钱。"我们的身体是我们的基础，如果我们的身体不健康，我们就无法做好其他事情。因此，我们应该珍惜自己的身体，并积极地锻炼自己的身体和精神。

随着主人公"我"的年龄的增长，他开始尝试恋爱。在小说的后半部分，我们可以看到快乐的欲望变得更加复杂。他和同学之妹园子恋爱，却因为感到自己能力不足而导致关系结束。这是因为他内心深处的欲望和传统的道德观念之间的矛盾。主人公希望自己能够得到园子的爱，但是他又担心自己不够强大，不能满足园子的需要。他试图通过精神上的爱情来替代肉体上的欲望，但是这种方式并没有让他真正获得快乐。"人性是无法被抑制的东西。"我们的欲望是我们内心深处的一部分，尝试去抑制它只会造成更大的冲突。这时，我们可以看到快乐的欲望不仅仅是一种内心深处的渴望，还包括一种对他人认同和接受的需求。这种需求是他从社会中获得快乐的一种途径。

然而,在小说的结尾中,主人公彻底放弃了肉体上的欲望,选择了完全的精神恋爱。这时,我们又可以看到快乐的欲望的另一面,它是一种对自我控制和自我完整的追求。主人公选择放弃肉体上的欲望,是因为他认为精神恋爱是一种更加高尚的追求,是一种对自我价值的肯定。这种追求让他获得了一种内心深处的快乐,是精神上的满足。

通过《假面的告白》,三岛由纪夫向读者展示了一个充满欲望和矛盾的内心世界。他鼓励我们直面自己的内心,勇敢地解剖自我,剖析自己内心的"恶魔"。只有这样,我们才能真正地了解自己,成为一个真实的自我。同时,我们也应该尊重自己内心的欲望,并学会控制它们,而不是试图去抑制它们。我们的欲望是我们内心深处的一部分,我们应该学会和它们和平共处。

除了对欲望的深刻探讨,三岛由纪夫在《假面的告白》中还通过叙事技巧给读者带来了极大的阅读乐趣。整个小说的结构非常巧妙,三个不同的视角逐渐揭示出"我"的真实面目,让读者在阅读中不断地思考和猜测,直到最后真相水落石出。这种叙事方式不仅让故事更加引人入胜,也让读者更加深入地了解"我"的内心世界。

《假面的告白》告诉我们,快乐的欲望不是单纯的物质欲望,也不是单纯的精神追求,而是一种内在的渴望,是一种对自我完整和自我价值的追求。快乐的欲望可以来源于对自己的不满和不安,也可以来源于对他人的认同和接受,还可以来源于对自我控制和自我完整的追求。无论从哪个角度来看,快乐的欲望都是一种内心深处的力量,是人类不断向前进步和完善的动力。

理性失效时，我们使用什么？

——《西西弗神话》读后感

《西西弗神话》是法国作家阿尔贝·加缪的一部令人深思的哲学随笔集。

西西弗斯的故事取自希腊神话：柯林斯国王西西弗斯死后获准重返人间去办一件差事，但是他看见人间的水、阳光、大海，就再也不愿回到黑暗的地狱，触怒了众神。在召唤、愤怒和警告都无济于事的情况下，神决定对他予以严厉惩罚：把一块巨石推上山顶，石头因自身的重量又从山顶滚落下来，屡推屡落，反复而至于无穷。神认为这种既无用又无望的劳动是最可怕的惩罚。

在加缪的笔下，西西弗斯是一位荒诞的英雄，并非是悲剧的英雄。他被注定要推着一块巨石上山，而每当他成功地将巨石推到山顶时，巨石又会滚回到山脚下，他不得不重新开始推。面对这无尽的重复和痛苦，西西弗斯并没有绝望，相反，在这个荒诞而无意义的任务中，西西弗斯展现出了非凡的精神力量和乐观的态度。他是一个注定要失败的与命运相抗战的人，他没有怨恨，没有犹豫，不存任何希望。他明明知道劳而无功，却朝着不知道尽头的痛苦，脚步沉重而均匀。他清醒地知道，无数次的胜利其实是无数次的失败，但他只是激起了轻蔑："没有轻蔑克服不了的命运。"到这里，每个人心境都开朗了，一股力量油然而生。在先前大段论述人类悲剧的语句笼罩的阴影下，一缕阳光洒到了字里行间，洒到了人间、每个人的身边。加缪显然还想把这缕阳光放大，彻底地驱走客观荒诞带给每个人的阴霾——失去希望并不就是绝望。

加缪是个优雅的人，不同于太宰治的颓废，也不同于卡夫卡惊慌的情绪，他手持勇气，可我总能在他的语句中看到他的冷静，他所表现出的敏锐、怜悯以及痛苦。人靠什么存活？一个勇敢的人为何要痛苦？还是不够勇敢？因为认同这荒谬，认同荒谬作为病痛存在的合理性，不要妄想被治愈，要带着病痛活下去。在荒谬中，自我坚持是如此的微弱，人从存在时就命运已决，被永久地放逐，毫无意义地走向死亡的审判庭。永无止境地曝晒在烈日之下的西西弗斯，一位伟大的荒谬的英雄，乐观地推着石头上山，这太崇高，人类可能在英雄的口中得到了部分启示，即人生可能存在某种永恒的信念（如果真有存在的话），即诸神也无法剥夺的抬头活着的权利。

加缪的语言极具魅力，他的笔触充满了冷静、敏锐以及怜悯。他鼓励人们在面对荒诞和苦难时保持勇气和希望，而不是被困在绝望中。他认为虽然存在荒诞和痛苦，但我们仍然可以傲视这些困难，坚持活下去。他通过西西弗斯的形象探讨了人类存在的意义以及理性失效时的选择。在面对荒谬和无望的生活时，我们可以选择怀疑、绝望或者堕入无尽的痛苦，在此岸毫无作为地期待缥缈的彼岸被视为一种糟糕的妥协。然而，加缪认为我们可以选择采取一种不同的态度，即使用愚蠢和无用的激情来对抗无用的人生。正如加缪所说："理性失效时，就使用愚蠢，用那一堆无用的激情刺向无用的人生。"这种愚蠢并不是盲目和无知，而是面对绝望时的一种勇敢和坚持。理性失效时，我们可以选择相信自己的力量，以及继续努力和坚持。他告诉我们，人类的存在注定是孤独和无意义的，人实在太局限了，理性试图进入人生的深处时，理性总无法逃脱失败，生活中有太多需要去回应、去触摸的矛盾、疑问，不自觉地囿于这难缠的苦役，偶尔总能惊觉点什么，又很难搞清楚。但我们不能放弃对生活的抗争和希望，尽管人生可能是无意义的，但我们仍然有选择抬头活着的权力，用微弱的力量创造属于自己的阳光之路，我们要像西西弗斯一样，直面荒诞，傲视阴天怪雨，傲视无力感，勇敢地活下去。

福克纳如此评价加缪："他就是不能忍受永无止境的寒冷。他就是不愿沿着一条仅仅通向死亡的路走下去。他所走的是唯一的一条可能不光是通向死亡的道路。他遵循的道路通向阳光，那是一条完全靠我们微弱的力量用我们荒谬的材料造成的道路。"虽然加缪也说不要沉湎于过去，而此刻，我耳边响起的却是西川的那句:"想到故我今我同为一人并不使我难为情,做到如此我尚需时日。"

每个人都有自己的一片森林

——《挪威的森林》读后感

《挪威的森林》是日本作家村上春树创作的长篇小说,首次出版于1987年。这本书用纪实手法和诗意语言描写了少男少女在复杂的现代生活中对于纯真爱情和个性的追求,赢得了全球众多年轻读者的共鸣,也成了日本销量最高的书籍之一。这本书不仅仅是一部爱情小说,更是一部关于成长、迷茫和放下的故事。

这本小说让我们看到了青年男女们在面对感情时的困惑,以及对成长的无奈。有人在一段感情里迷失了自己,最终因抑郁结束了自己的性命;有人却从中获得了新生。读完这本书,我深深地被其中的三个主题所感染:一味沉浸过往,必将深受其害;要放下过往,与世界和解;就算被世界离弃,也要微笑面对。

在书中,渡边这个男主角爱上了两个女人,直子和绿子。直子是一个沉静、内敛的女孩,绿子则是一个热情、奔放的女孩。直子和绿子都是对渡边影响深远的人,他们的相遇、相处和最终分别,构成了整个故事的主线。直子和绿子的形象塑造虽然有所不同,但都体现了作者笔下女性角色的复杂性和内在世界的丰富性。

直子曾把对木月的爱转移到渡边身上,最后发现心中的那道坎始终过不去,最终为自己关上了一扇窗,与世界告别。这样的结局让人唏嘘不已,也让我们意识到当一个人过于沉浸于自己的过去,会对自己的未来造成不可预测的影响。直子在爱情的路上迷失了自己,在家庭的维系上也陷入了矛盾和困惑。她在最后选择离开,或许是想逃避这些困难和痛苦,但她也让我们明白了:人生来就是一个个体,幸运的话,有父母疼爱,有爱人相伴;不幸的话,就算是被世界离弃,也要微笑面对。自己的路,总是要自己走完,没有一个人能陪伴着我们一直走下去。

而绿子则是一个热情奔放的女孩。她在渡边身边不断地穿梭,对他的感情始终如一。她鼓励渡边放下过去,重新开始生活。她的形象让我们明白,人总是要在一次次的经历中幡然醒悟、成长。只有挥别过去,才能重获新生。绿子的坚定和乐观,让我们感受到了生命的无限可能性和生命力的强大。

在渡边的故事中,我们看到了一个青年男子在面对复杂的现代生活时,对纯真爱情和个性的追求。渡边的爱情历程中,他经历了对直子的痴迷,对绿子的憧憬,以及对玲子的理解和包容。而在这个过程中,他也逐渐认识到了自己的迷茫和无奈。

除了直子和绿子,还有其他一些人物对于整个故事的发展起到了重要的作用。比如渡边身边的朋友们,他们各自的故事也是书中的亮点之一。他们有着不同的性格和经历,但都在为着自己的梦想奋斗,或者面对自己的困境而勇敢前行。他们的存在让我们意识到,生命中的每一个人都有着自己的故事,都在为着自己的梦想而奋斗,都值得我们去关注和尊重。

每个人都有自己的一片森林,这个森林是指我们内心深处的世界。这个世界充满了我们的经历和感受,也蕴藏着我们的梦想和希望。但是,当我们沉浸于过去的痛苦和伤痕中时,就会失去自己的方向和勇气。渡边就是一个典型的例子,他陷入了对直子的痴迷之中,无法自拔。他始终无法释怀对直子的感情,导致他陷入了深深的抑郁之中。这说明,如果我们一味沉浸过往,就必将深受其害。

但是,我们也不能逃避过去,我们需要学会放下过往,与世界和解。所有的经历和感受都会为我们积累一份宝贵的经验,让我们更加从容地面对生活。正如村上春树所说,当我们经历了一些事情之后,我们的眼前风景已经和从前不一样了。因此,无论我们曾经经历过怎样的伤痛,我们都需要放下它,与世界和解。

最后,就算我们被世界离弃,也要微笑面对。在绿子的身上,我们看到了一个勇敢、自信的女子。她热情奔放,敢于追求自己的梦想和爱情。她不会让任何人或任何事物束缚自己,她始终保持微笑,坚定地走自己的路。她的经历告诉我们,即使全世界都离弃了我们,我们也要保持信念,坚强面对。因为我们的人生路,始终要自己走完。没有人能一直陪伴我们,但我们可以用微笑来面对一切。

《挪威的森林》这本书,让我们看到了青春的痛苦和迷茫,也让我们看到了青春的美好和希望。每个人都有属于自己的一片森林,里面有我们曾经走过的道路,也有我们未曾到达的地方。只有我们自己才能找到自己的路,没有一个人能够代替我们走完整个人生的旅程。我们要像绿子一样,勇敢抓住爱情,果断放手不爱的人。我们要像直子一样,面对人生的挑战,不断地探索自己的内心世界。每个人都有自己的人生轨迹,都在不断地成长和改变。我们要像渡边一样,勇敢地追求自己的梦想,不断地前行。只有这样,才能在自己的一片森林里,找到真正属于自己的归宿。生命中的每一个瞬间都值得珍惜,只有抱着乐观的态度,才能让自己的生命变得更加美好。无论是过去的经历还是未来的挑战,我们都应该勇敢地面对,用微笑来迎接人生的每一个挑战,让自己的生命变得更加精彩。

每个人心中都有一个叫"耶路撒冷"的地方

——《耶路撒冷》读后感

《耶路撒冷》是诺贝尔文学奖第一位获奖女作家、瑞典国家级小说大师塞尔玛·拉格洛夫根据真实事件改编的经典小说。瑞典文学院是这样表彰塞尔玛·拉格洛夫女士的:"她的作品中高贵的理想主义、丰饶的想象力、亲切而优美的风格,令她脱颖而出。"

小说讲述了一位来自芝加哥的实用神秘主义者,在来到小镇之后引发一场宗教复兴,导致众多家庭变卖祖宅——在小说最后一章——踏上移居圣地的旅程。通过描绘极富威望的英格玛森家族的兴衰跌宕,逐渐触及整个教区的百态群像,牧师、教师、店主、客栈老板各色人等一一登场。有时,现实永远比小说精彩。《耶路撒冷》根据20世纪达勒卡里亚人宗教朝圣的真实历史事件改编。塞尔玛·拉格洛夫乐于分析寻常人的情感动机,而非挖掘怪异的心理状态。这就能解释人们读到《耶路撒冷》中发生的种种不同寻常的历史事件时,为什么没有排斥,而是欣然接受。

小说潜在的精神动力是理想主义与原始的情感冲动之间的矛盾,这种情感冲动根植于旧有的乡村社会,是一种对家园与故土的依恋之情。不幸的是,这种美德在动荡不安的美国没有被珍视,只能一定程度上在马萨诸塞与弗吉尼亚的老社区,以及临近费城的贵格会教派的家园中感受到。达勒卡里亚乡绅对家园的依恋即是生活本身。在《耶路撒冷》中,这种情感一方面与宗教信仰相持不下,另一方面争夺着爱情的空间。

英格玛森家族两代人的命运贯穿全书。他们的爱情故事与书中描述的宗教热情一样摄人心魄。令人无法释怀的是拍卖会上的一幕,英格玛的儿子为了保住家族的祖业,背叛了他的爱人格特鲁德,转而与他人缔结连理。这两代英雄在我们眼中都富于悲剧感,但从另一方面看,我们也为之付出了悲悯。他们内心深处暗藏的两股激流交替着左右他们的行为,我们则为之辗转反侧,痛心不已。有时,他们选择遵从内心的渴望,譬如书中描绘的这生动一幕:卡琳·英格玛森当着众多追求者的面,在茶歇时,突然不顾习俗的规约,公然宣布自己心有所属。书中尽是如此扣人心弦、精彩绝伦的描写:宣教屋集会的场面;赠表和解的情境——大英格玛临终前自认为错怪了哈尔沃,把自己的旧怀表赠予他;"暴风夜"的舞会;沉船事件;格特鲁德弃绝爱人,重新皈依宗教的场景;哥哥赎回庄园,只为给弟弟一家留有退路的场景。在故事结尾处,每每读到耶路撒冷的朝圣者们与故乡依依惜别的场面,谁能不为之动容,谁又能不随之啜泣?

塞尔玛·拉格洛夫以女性温婉而细腻的同情心,以及童真的视角来看待她的人物。《耶路撒冷》一书中透露的强烈悲剧张力,最终在拉格洛夫女士富于同情心的幽默中轻松化解了。这种幽默沉潜在作品的深处,譬如在我们几乎被她成功地引入宗教狂热的云端之时,会突然间在字里行间捕捉到一抹笑意。没有谁比她更相信狂热是徒劳的——她既不会对人们犯下的愚蠢的错误视而不见,也不会对其加以指责,而是带着一颗包容的心坦然接纳。读到小说最后,看到孩子们无济于事地大喊大叫,会心一笑中悲从中来:"我们不想去耶路撒冷。我们想回家。"

但,每个人心中都有一个叫"耶路撒冷"的地方,不去那里,还能去哪里呢?

莫要低估女性的力量

——《第二性》读后感

波伏娃的《第二性》是一部令人深思的作品。作者以深刻的洞察力从女性的角度通过对其经历和命运的探索，向我们展示了女性在社会中的处境和挣扎，引发了对性别平等、自我认同和社会期望等问题的思考。

首先，作者指出了"爱情"这个词对男女两性意义的差异，男人将其视为消遣，而对女人而言，爱情却是她们生活的全部。这种认识差异是造成男女分裂的根源之一。实际上，真正的爱情应该建立在两个自由的个体互相承认的基础上，每一方都能保持自我，同时又能感受到对方。这样的爱情关系能够展示个体的独立性以及丰富世界的价值和目的。波伏娃指出，女性的命运与脆弱的事物的命运密切相关。当女性失去这些事物时，就等于失去了一切。男性们竞相宣布，对于女性来说，爱情是她们最高的实现。然而，这种说法只是一种残酷的欺骗，因为男性并不关心女性所奉献的，女性所奉献的爱情并不能使她们与男性平等。波伏娃认为，在实现性别平等之前，爱情可能是女性最好的出路，但同时也是一种诅咒。她描述了无数爱情殉道者为了满足社会对爱情的期待而牺牲自己的故事。

波伏娃还指出了男性和女性在成长过程中的差异。男性被期望踏上一条艰难但可靠的道路，而女性则被诱惑包围，不被要求成长和进步。这种不公平的待遇使女性陷入困境，很难发现自己的力量和价值。这让我思考如何打破这种束缚，让女性有机会追求自己的梦想和目标。

在宽厚的女性身上，听天由命常常被表现为克制。她们容忍一切，从不谴责任何人，因为她们相信人或物都只能是现在这个样子。有自尊的女性能够将听天由命转化为一种美德，她们能够忍耐和适应，而不是去破坏和重建。

这种谨慎的态度带来了一种无益的保守,女性更倾向于维持、调整和安排,而不是去革命。然而,这样的保守也限制了女性的发展和自由。女性在社会中却往往被视为劣等和依附的存在。尽管女性承认整个世界是由男性所塑造、统治和支配的,但她们并不认为自己有责任。她们被限制在肉体和家庭中,没有机会在群体中昂首挺胸地站立。因此,她们常常被认为是"永远长不大的孩子",在她们眼中,世界是不透明的,她们无法把握周围的现实。成年人究竟是什么?在波伏娃看来,成年人只是被年龄吹涨的孩子。女性常常被轻浮和所谓的"肮脏的物质第一主义"所困扰。她们认为小事是重要的,因为她们没有接触到大事的机会。她们将自身的魅力和机遇归功于她们的外貌和美丽。她们常常显得懒散和无精打采,但对女性有益的忙碌却与纳粹的时间流逝一样空洞。当女性从事一个值得她们投入的事业时,她们完全可以像男性一样表现出主动性、高效率以及沉默寡言,同时也像男性一样保持禁欲。

女性的命运往往被命定为体面的服从,她们甚至没有意识到自己周围现实的本质。这是因为时间没有给她们带来任何创造性的流动,她们认为未来只是过去的复制。她们受到周期性现象的支配,时间仅仅加速了她们的衰老和生育能力的消逝。女性对于这种旨在破坏的无情力量并不相信。此外,作者还揭示了女性对于男性的崇拜和顺从的心理。在每个社会中都有一个至高无上的男性神,而父亲、丈夫、情人只是这个神的微弱反射。女性崇拜这个神,满足了她们童年时对顺从地屈膝跪拜的梦想。

书中的一句话"她的双翼已被剪掉,人们却在叹息她不会飞翔"深深触动了我。波伏娃描绘了女性经历的限制和束缚,她们被社会期待塑造,被局限在特定的角色和责任中。然而,即使受到种种限制,女性仍然展现出了无限的勇气和潜力。她们渴望获得自由,希望有机会展示自己的价值和能力。正是女性的这种坚忍使她们在现实中表现出了令人羡慕的忍耐力。她们比男性更能够忍受肉体上的痛苦,而且能够在需要时勇于禁欲。尽管缺乏男性的攻击性和鲁莽,许多女性以她们在被动反抗中表现出的顽强和镇静而闻名。面对危机、贫困和不幸,她们比丈夫表现得更积极,她们尊重时间的持续性,不限定自己的时间。当她们将沉着和坚韧用于一项事业时,有时会取得惊人的成功。

书中还谈到服饰对女性的重要性,它们不仅是外在形象的表达,更可以让女性通过幻觉来重塑自我。这提醒我们不要轻视外表的力量,它对女性的自信和自尊心有着重要的影响。

此外,我也被书中对女性焦虑的描述深深触动。女性的焦虑源于她们对现存世界的不信任,因为她们感受到这个世界的危险和不稳定。然而,这种焦虑却常常被误解为自私和自恋。这使我反思社会对女性的偏见和对她们感受的无视。

《第二性》引发了我对性别平等和女性自由的深思,我意识到女性的力量是巨大的。女性不仅需要摆脱社会对她们的框架和限制,还需要敢于追求自己的梦想和价值。只有当女性拥有自己的事业和追求时,她们才能真正展现出她们的力量和价值,不再被动地接受社会的定义和期待。女性的力量不容小觑,我们不应该低估女性的力量和贡献。她们应该得到平等的待遇和机会,去展现自己的独立性和价值。女性应该被赋予平等的机会和权利,她们的潜力和价值应该被充分发挥。我希望有一天,女性能够通过自己的"强"去爱,找到真正的自我,并追求自己的幸福与成就。但我也明白,实现这一目标并不容易,需要我们共同努力和持续的反思。

你是我最初的信仰

——《非洲的假面具》读后感

"你是我最初的信仰",这是一句来自非洲大陆的歌词,表达了非洲人对他们信仰的忠诚和坚定。然而,在当代非洲,传统文明与现代文明之间的失衡、文化的多样性和身份迷失,使得"信仰"这个词语在现实中变得愈发复杂和深刻。

我最近读了 V.S.奈保尔的《非洲的假面具》,该书以现实的刻画、历史的闪回以及叙事的方式,从乌干达、尼日利亚、加纳、科特迪瓦、加蓬一路写到南非,揭示了非洲的面貌。作者通过对非洲的文化、历史、社会、经济等方面的深入探讨,深刻而有洞察力地揭示了非洲传统文明与现代文明之间的失衡,非洲文化的多样性和身份迷失,让我更加深刻地感受到了非洲文化的多元、魅力与复杂性。

非洲文化的多样性和身份迷失

在《非洲的假面具》中,V.S.奈保尔深入探讨了非洲的文化多样性。非洲是一个极其多样化的地区,拥有着丰富而多元的文化。然而,随着现代化的推进,非洲文化在很多方面受到了威胁。作者指出,非洲拥有着丰富的文化和传统,但现代化的浪潮却让这些文化和传统逐渐消逝。在许多非洲国家,人们都开始接受西方的文化和价值观,传统的价值观、习俗和信仰都受到了挑战,许多非洲人在追求现代化的同时,也失去了自身文化的根基,不再关注自身的传统文化。这也造成了非洲传统文明与现代文明之间的失衡,导致了非洲文化的多样性和身份迷失。

在传统文化方面,非洲大陆的文化多元,不同国家、不同民族的传统文化也各具特色。在书中,作者讲述了哈萨克族的文化、阿齐博人的传统舞蹈、摩洛哥的皮革制作、尼日利亚的巫术文化等。这些文化和传统,是非洲人民的根,也是非洲文明的重要组成部分。V.S.奈保尔在书中使用了许多形象生动的例子来解释这种失衡,比如他说:"那些一直生活在非洲的人们,已经无法完全忘记自己的传统文化,但他们却开始披上一层西方文化的假面具,试图迎合现代化的潮流。他们开始用英语沟通,使用西方的电子产品,而非洲的传统工艺和技术却逐渐失落。"这一段话非常有力地描述了随着现代化的发展和文化的交融,传统文化正在逐渐失传,非洲文化的多元正在受到威胁。

在身份迷失方面,非洲的问题更加深刻。非洲大陆的人口众多,不同国家、不同民族的人民也各具特色。然而,在当今社会中,为了适应现代社会的发展,许多非洲人民放弃了传统文化,甚至放弃了自己的身份认同。这种身份迷失的现象,使得非洲人民在现代社会中感到孤独、无助和迷茫。在这本书中,V.S.奈保尔还谈到了非洲国家的政治和经济状况。他指出,许多非洲国家的政治制度不稳定,经济发展缓慢,而这些问题也反映了传统文明和现代文明之间的失衡。非洲国家需要更加关注自身文化和历史,重新找到根基,以适应现代化的需求。

非洲传统文明与现代文明之间的失衡

非洲的现代社会正在发展,但是与此同时,传统文明与现代文明之间的失衡问题也越来越突出。在书中,作者提到了非洲的一些发展问题,如基础设施建设、医疗卫生、教育等。这些发展问题,是非洲最需要解决的问题之一。但是,在现代化的过程中,许多非洲国家放弃了传统文化,导致许多传统文化的遗产被抛弃。这种失衡,对非洲传统文明的发展和保护带来了很大的挑战。除此之外,现代化的发展也带来了一些问题。例如,现代化的发展使得非洲的城市化进程加速,大量农村居民涌进城市,导致城市负荷加重,城市社会问题也越来越多。这种现象在非洲一些城市比较明显,如喀麦隆的雅温得、罗安达等。城市化带来了现代化的便利,但同时也带来了一些问题。

非洲的假面具

在非洲的许多国家,传统文化和现代文化之间的冲突越来越突出,导致了非洲的假面具问题的出现。很多非洲人民为了适应现代社会的发展,放弃了传统文化,同时也丧失了自己的身份认同。这种现象在当代非洲社会中非常普遍。很多非洲人民戴上了假面具,隐藏了自己的真实面孔。这种隐瞒自己的真实面孔,使得非洲社会更加复杂和深刻。

作为一个非洲后裔,奈保尔的作品充满了对祖先的敬意和对现实的思考。他从人性的角度出发揭示了非洲的面貌,透过"假面具"这个意象,表达了对非洲身份迷失的深刻感悟。在书中,作者用"假面具"这个形象来描述现代人对于自我身份的认知,他认为人们把假面具戴上,不断地逃避和否认真实的自我。他揭示了这种假面具背后的真相,以及人们接受它的原因。他用真诚的笔触展现了非洲人民的真实面貌,同时也表达了对于自我认知的思考。

尽管非洲的文化和传统面临着巨大的挑战,但V.S.奈保尔并没有放弃对非洲的信仰。他相信,非洲的文化和传统有着重要的价值,这些价值应该得到保护和传承。他说:"非洲的文化和传统是非常丰富的,它们是非洲人民的精神和灵魂。我们不能简单地放弃它们,而应该保护和传承它们。"

《非洲的假面具》是一本充满权威性和洞察力的书,充满智慧和深度。它除了向我们展示一个真实而美丽的非洲外,同时提醒我们身份认同和文化遗产的重要性,告诫我们尽管现代化的浪潮带来了许多好处,但我们也应该意识到,传统文明和现代文明之间的失衡是非常危险的。我们需要更好地保护和传承自身的文化和传统,以适应现代化的需求。V.S.奈保尔以他独特的文笔和深刻的思考,获得了诺贝尔文学奖的殊荣,他的作品不仅仅是一部文学作品,更是一部揭示人类内心的哲学著作。

平凡的坚守最伟大

——《平凡的世界》读后感

《平凡的世界》是作家路遥创作的一部全景式地表现中国当代城乡社会生活的百万字长篇小说。全书共三部。1986年12月首次出版。

这是一部宏大而深入的小说,它从普通人的角度出发,通过对孙少安、孙少平两兄弟的描写,展现了中国社会的真实面貌和普通人的生存状态。这是一部充满人性温暖的小说,它讴歌了普通劳动者的伟大,他们将苦难转化为一种前行的精神动力,展现出美好的心灵与坚韧不拔的奋斗精神。

作为一部反映中国社会历史的小说,《平凡的世界》的背景是中国20世纪70年代中期到80年代中期十年间。这是中国社会发展的重要历史时期,也是一个充满矛盾和纷争的时期。作者通过对孙少安、孙少平两兄弟的生活经历和命运轨迹的描写,刻画了当时社会各阶层众多普通人的形象,展现了他们在生活与工作中遇到的各种困难和挫折,以及在这些困难和挫折中所表现出来的顽强和坚韧的意志力。作者通过这些普通人的故事,展现出中国社会的真实面貌,揭示出这个时期社会的各种问题和矛盾,以及普通人在这个时期所面对的生存状态和压力。

《平凡的世界》是一部充满人性温暖的小说,展现了中国农村的生活和变迁。在孙少安和孙少平的成长过程中,我们可以了解到中国农村的贫困和落后,以及人们为生计而奋斗的艰辛。作品中的主人公孙少安、孙少平是挣扎在贫困线上的青年人,但他们自强不息,依靠自己的顽强毅力与命运抗争,追求自我的道德完善。其中,孙少安是立足于乡土矢志改变命运的奋斗者,而孙少平是拥有现代文明知识、渴望融入城市的"出走者"。他曾经对自己的身份感到困惑和迷茫,他渴望离开家乡,追寻自己的梦想,但最终他还是回到了家乡,成了一个普通的农民。他们的故事构成了中国社会普通人人生奋斗的两极经验。这些故事展现了普通人的力量和智慧,让我们看到他们在面对巨大困难时所表现出来的勇气和坚毅,感受到他们对生活的热爱和对美好未来的追求,这些变化也反映了中国社会的变迁和进步,让我们更好地了解中国的历史和社会。

《平凡的世界》所传达的精神内涵,正是对中华民族千百年来"自强不息、厚德载物"精神传统的自觉继承。在这个物欲横流、功利至上的社会,很多人都忽略了生命的意义和价值,很少有人愿意去追求自己的理想和信念。而《平凡的世界》告诉我们,每个人都应该有自己的梦想,无论这个梦想看似平凡还是伟大,都应该用自己的努力去实现它。在实现梦想的过程中,我们会遇到很多困难和挫折,但只要我们坚定信念、勇敢前行,就一定会战胜一切困难。这样的小说对底层奋斗者而言,无疑具有"灯塔效应"。这样,我们就不难理解《平凡的世界》能产生如此广泛而深刻的社会影响的原因。

在这个时代背景下,这部小说向我们展示了平凡的人生最伟大的坚守,让我们认识到努力奋斗、自强不息是一种精神信仰的体现。它让我们看到了平凡人的伟大,也让我们明白了人生最重要的是坚守自己的信念和追求。在这个世界上,没有什么是轻而易举的,唯一的出路就是坚持不懈、不屈不挠地向前走。无论是在哪个时代,我们都需要像孙少安和孙少平一样,用自己的勇气和毅力,去创造美好的人生。

《平凡的世界》不仅是一部文学作品,更是一个时代的缩影和历史的见证。作者以传统的价值观念及现实主义的创作手法为主,注重故事情节的连贯性,注重完整人物形象的塑造,同时又不放过情节上的浪漫主义因素。这种写作方式使小说具有了恢宏的构架和饱满的细节,使读者在阅读中不仅能够感受到主人公的命运,也能够领略到当时社会的历史变革和文化氛围。他们的故事,不仅仅是他们自己的故事,更是中华民族的故事,是一个国家、一个民族、一个时代的缩影。作者是以巴尔扎克式的"时代的书记官"的态度来写作的,他用客观、准确、真实的笔法描写当时社会的变化和人们的观念转变。作品中丰富的细节和真实的情感,让读者深入体会当时社会的变化和人们的生活状态。作者的创作风格是简洁而朴素的,但是他的笔触却能深刻地刻画出人物的性格和情感。他关注的是人性的本质,而不是人物的外在形象。他注重细节的描写,通过这些细节来展现人物的复杂性和矛盾性。此外,他的创作还融入了一些浪漫主义的元素,使得小说更加生动有趣。在整个故事中,作者没有通过浮夸的手法来渲染主人公的命运,而是以平凡的日常生活为基础,描写了人物的性格、情感和命运的变迁,使小说更加真实和感人。这种温暖的现实主义的方式,使《平凡的世界》成为一部值得反复品味的经典作品,也让我们在平凡的生活中,深刻地认识到了在这个时代背景下,平凡人生最伟大的坚守。

《平凡的世界》不仅是一部艺术作品,更是一部具有社会意义的作品。它传达了人类奋斗和坚守的精神,展现了人性的美好与希望。它启迪了无数人,让人们相信只要坚持不懈地追求,就一定能实现自己的理想。它是一部能够引人深思的作品,也是一部值得推荐的经典小说。

去找寻永恒的爱和希望

——《到灯塔去》读后感

《到灯塔去》是英国女作家弗吉尼亚·伍尔夫于 1927 年创作的长篇小说,是作者倾注心血的准自传体意识流小说。这部小说以到灯塔为中心线索,通过描写拉姆齐一家人和几位客人在第一次世界大战前后的生活经历,探讨了爱、希望和人生的意义。小说采用不同的意识流写法,展示了每个人在有限的时间和空间中的思考和感受。

在《窗》这一部分中,时间仿佛静止,拉姆齐夫人的存在给人以温暖和真实感。她用静止的方式展现了自己的感情,使得这个故事更加深刻动人。而在《岁月流逝》中,作者以简洁的语言交代了拉姆齐夫人的离世和时间的流逝。这段描写令人心情沉重,它告诉我们岁月的无情和生命的脆弱。最后,到达灯塔成为故事的高潮。灯塔象征着光明、希望和幸福,而时间和死亡则带走了许多人的记忆。

拉姆齐夫人在婚前生活优渥,但她选择嫁给了拉姆齐先生,并在英国生育了八个子女。她不仅相夫教子,还要照顾一众穷朋友和其他穷人,她像一个灯塔,用自己的光照亮他人,为他人指引方向。最终,她英年早逝,燃尽了自己。年老的拉姆齐先生带着两个子女,终于实现了拉姆齐夫人的夙愿,登上了灯塔。这象征着人们战胜时间和死亡,完成内心的精神旅程。小说告诉我们,在个人能力有限的情况下,只要真诚地追求探索,在自己力所能及的范围内,人生仍然有意义。爱战胜了死亡,人类的奋斗战胜了岁月的流逝。

同时,小说还通过莉莉·布里斯科这位年轻的女画家的故事,表达了追求梦想和实现自我价值的重要性。莉莉一直想为拉姆齐夫人画一幅肖像,但却因为刻意而未能如愿。直到她看到拉姆齐一家到达灯塔的景象,回忆起拉姆齐夫人的形象,她才终于找到了灵感,成了一名真正的艺术家。这让人们明白了只有在追逐自己的梦想和内心渴望时,才能实现自我价值和快乐。

此外,小说描绘了战争给人们的苦难与磨砺。在战乱中,拉姆齐一家度过了十年的艰辛时光。然而,他们没有忘记小儿子詹姆斯想要去灯塔的愿望。战争结束后,拉姆齐夫人去世,拉姆齐先生带着子女去灯塔处,完成了詹姆斯的心愿。这种坚持和勇气让人们明白了生命中的困难和挫折并不是阻碍,而是成长和成熟的催化剂。

伍尔夫在小说中巧妙地运用了意识流的手法,展现了人物内心的复杂情感和思想活动。她以细腻而洗练的笔触描绘了海洋与黑夜的景象,将时间围绕着一个中心流逝,使读者身临其境,感受到了追求爱和希望的艰辛和美好。灯塔在小说中象征着理想、幻影、真实的自我、心灵的声音、生活的意义、人生的虚无、死亡的无奈和永恒的孤独。它是人们追寻的答案,虽然看似不可及,但人们必须去寻找它,因为它引领着我们,给我们指明方向。时间的洪流似乎掩埋了一切,但仍有一些东西永远不变,那就是对于人生的希望和承受一切的勇气。

《到灯塔去》通过生动细致的描写和深入人心的情感表达,让人们感受到了人生追求和成长的意义。这部作品以其独特的意识流写作风格和深刻的主题触动了读者的内心,让人们明白了在追寻永恒的爱和希望的过程中,我们需要坚持和勇敢,给予别人温暖,才能收获更多的快乐和幸福。

人生就是自己的往事和他人的序章

——读《文城》有感

八年前的《第七天》是余华被公认的"最差的一本书",但是我看过之后感触很深。平心而论,在当今的中国文坛之中,余华依然是最令我期待的好作家。暌违八年,他出版了这本《文城》。封面上写着这样一段话:"人生就是自己的往事和他人的序章。时代的洪流推着每个人做出各自的选择。这是一个荒蛮的时代,结束的尚未结束,开始的尚未开始。"

作为中国最知名的作家之一,余华的代表作《活着》销量已超过2000万册,《文城》同样受到热捧。小说以清末民初的乱世为背景,通过雪灾和匪祸构建了一个艰难的生存环境,描写了一群善良之人在苦难中的生命历程。有小人物的主流价值观,充满残酷的命运,也不乏真正的恶人,反映了社会的黑暗和个人的奋斗。小说的主题是人性的探索和人伦的关爱,揭示了人性中的光明和阴暗,呼唤了人们在苦难中的共同生存和互相帮助。

人伦关系是小说的重要主题之一,婚姻、亲子、朋友关系构成了小说中人们生命中的重要部分。这些关系的破坏导致了人们的痛苦和不幸,而它们的维持则是人们坚强生存的动力。小说中的人物或叙事者对苦难的沉默也是小说的一个特点,这种沉默不是无声的抗议,而是内心一种深深的痛苦和无奈。

小说中的主要人物都经历了不同程度的苦难,他们都是身处乱世中的平民百姓,面对着生死存亡的大劫难,但他们并没有被苦难击垮,反而在苦难中展示了爱和善良。他们在面对困难时,仍然坚守自己的原则和信仰。他们的善良不仅是一种维持人伦的善良,同时也是对人性的尊重和对道德的坚持。在小说中,作者通过这些善良的人物,传递了一个重要的信息:在苦难的世界里,唯有善良才是我们最宝贵的财富。

作为小说中的主人公之一,林祥福是一个富有善良的人。他在自己成功之后,却发现内心深处的空虚和无助,于是他决定回到自己的故乡,帮助那些需要帮助的人。虽然他在这个乱世中遭遇了许多艰难困苦,但是他依然用自己的智慧和善良去救助那些需要帮助的人。林祥福的坚韧不拔和善良,让人们感受到了人性的力量和美好。

陈永良作为另一个主人公,则是一个有着强烈复仇欲望的人。在他的心中,复仇已经成了终极目标。他对于被欺骗的事情一直耿耿于怀,并一直寻找报仇的机会。尽管他的内心充满了愤怒和仇恨,但是他依然能够坚持自己的信仰和原则。他的坚定和毅力,让人们感受到了人性的另一种美好。

顾益民则是一个感恩图报的人。他在乱世中遭遇了诸多苦难,但是他依然坚持自己的信仰和原则,为他们所在的小镇和村庄做出了巨大的贡献。他的善良和勇敢,成了整个小镇的榜样和楷模。

小说中人物的善良是有根基的,他们的善建立在五伦之上。还有许多其他的人物,如小美、林百家等等,他们的命运也都充满了悲剧和苦难。但是他们依然坚持自己的信仰和原则,为了人伦圆满而牺牲自我,内心始终保留着对生命的热爱和对善良的向往。通过这些角色的生动刻画,作者成功地表现了人性的多元和复杂。

他们的故事,在这个信奉"不相信爱情,只相信金钱""对谁好不如对自己好""我只想躺平"的时代里,显得有那么一点不合时宜,却像一股吹进领口的冷风,能让人打一个哆嗦,停下来环顾四周。《文城》到底在哪里?其实,文城就在人心。看完《文城》,恍然大悟:"原来还有这种活法!"

小说中的人物或者叙事者对于苦难的沉默也值得我们思考。小说中的"和尚"为自己当土匪做出解释,也仅仅停留在慨叹乱世身不由己。这种沉默的存在让读者看到了人们在面对苦难时的无奈和无力感。但小说中的人物仍然坚持着自己的信仰和原则,他们的善良和牺牲让人们看到了人性最真实的一面。在小说中,作者也展现了人类对于苦难的沉默。这种沉默也许是一种无奈和无力的表现,但是在一些人物身上,却表现出了一种坚定和无畏的精神。小说中的小美曾被卖作童养媳,她的遭遇让人们看到了人性的丑恶。小说中还有张一斧这样的恶徒,他们的出现让人们看到了世界上存在着邪恶和罪恶。但即使是在这样的世界中,善良的人们依然坚守着自己的原则和信仰,他们在艰难的环境中展现出了自己的勇气和坚定。

在阅读《文城》时,我深深地感受到了作者余华对于人性的深刻洞察和对于人伦关系的深刻思考。小说中的人物或许只是一个个虚构的角色,但是他们的命运和经历,却能够让我们更好地理解生活的意义和世界的本质。

余华在创作过程中对历史和生活进行了深入的研究,小说中的情节和描写都有着严格的历史依据。作者借助雪灾和匪祸的描写,展示了社会的黑暗面,揭示了个人在苦难中的生存状态。小说情节紧凑、气氛紧张、描写细致,读来让人倍感深思和触动。小说中的描述也体现了作者深厚的文化底蕴。作者为了寻找资料曾经去过北京琉璃厂的一家中国书店购买并阅读了大量书籍,书中的很多细节都是依据资料中清朝康熙年间无锡太湖区域曾有过40余日的大雪而写成的。小说中顾益民如何把身上的腐肉去掉,也是在中医书上摘抄下来的。作者在创作过程中的严谨态度和对历史文化的尊重,让小说更加具有文化内涵和艺术价值。

这是一部充满人情味和文化内涵的小说。在《文城》中,我们看到了人性中的善良和正义,看到了人伦关系的重要性,也看到了社会的黑暗和个人的奋斗。在小说中,每个人物的命运和经历,都是自己人生中的一个序章。他们通过自己的坚定和勇敢,为自己的生命注入了意义和价值。同时,他们也影响着其他人的人生,为其他人的生命带来了改变和启示。正是这种相互关系和影响,让我们的人生更加充实和丰富。小说中人物的善良与罪恶、勇气与沉默、信仰与原则等因素构成了一个现实世界中的人性图景。小说的价值不仅在于对历史的还原和文化的传承,更在于对人性真正的解读和对当代社会的启示。希望这样的小说能够让人们更加珍视善良、勇气和信仰,让我们更加坚定地面对现实世界中的苦难和挑战。

人生是一场自我救赎

——《悉达多》读后感

《悉达多》这部小说给我留下了深刻的印象,让我深刻地认识到人生是一场自我救赎的旅程。作者黑塞通过主人公悉达多的亲身经历,揭示了一个人在追求无限、永恒的人生境界时所面临的挑战和困惑。悉达多虽然是一个王子,但他内心深处的痛苦和迷茫却让人感同身受。

在小说的开始,悉达多被描绘成一个充满权力和地位的王子,是一个高度理性的人,但同时,他也深深地困扰于自己有限的感性,感到自己的生命缺乏内在的意义,他不甘心生活在烦琐的宫廷生活中,对尘世的一切感到无比的厌倦。他想要超越自己的肉体和感性,追求更高尚的精神存在。他拥有一种强烈的向往,渴望摆脱自己的局限,寻求真正属于自己的归宿。于是,他选择了放弃王位和家庭,出家修道,以期找到内在的平静。

悉达多的修行之路并不平坦,他经历了一段漫长而艰辛的旅程,他在这个过程中深刻地认识到了自己的局限性和无限性。他从一个理性的信奉者逐渐转变为一个更加感性、更加接近人性的人。他经历了许多痛苦和磨难,需要克服无数的困难。在修行的过程中,他经受了贪念、嫉妒、愤怒等各种负面情绪的考验,但他始终没有放弃,始终处于一种内心的宁静状态。最终,他领悟到了人生的真谛,摆脱了过去的束缚,在内心找到了一种平衡,也找到了自己的真正归宿。整个过程中,悉达多充满了勇气和自信,他不断地追求自我救赎,不放弃自己的信念和追求。在他的内心中,有一种强烈的愿望,这种愿望让他不断前行,用自己的生命去探索真正的意义和价值。

悉达多是一个寻求真理的人。他对自我、对生命、对宇宙的追求,使他从一个皇子变成了一个苦行僧。在这个过程中,他体验到了无限的、永恒的人生境界,也体验到了有限的、苦痛的人生境界。他经历了无数的苦行和修行,逐渐发现了自己的两个"自我",一个是理性的、无限的自我,一个是感性的、有限的自我。理性的自我代表了人的内在精神的追求,它渴望超越有限的人生境界,走向无限的、永恒的境界。感性的自我则是人的外在肉体的需求,它只能体验到有限的、苦痛的人生境界。这两个自我的冲突成了悉达多内心的矛盾。

在我看来,这个矛盾也体现了人生的本质。作为一个有限的生命体,人渴望超越自我,追求无限的、永恒的境界,但又无法避免肉体的局限和苦痛。只有在这个矛盾中找到平衡,才能在有限的生命中达到无限的、永恒的境界。作品中,悉达多通过修行和苦行,逐渐平衡了两个自我,最终达到了悟道的境界。这个境界是无限的、永恒的,它不受时间和空间的限制,也不受肉体的束缚。这个境界,是每一个人都渴望达到的。

通过对《悉达多》的阅读,我深深地感受到了人生是一场自我救赎。人生的意义不在于追求物质的财富和享受,而在于寻找无限的、永恒的人生境界。这个境界,只有通过对自我进行调和和救赎,才能达到。这也让我深深地感受到了人文主义的魅力,它呼唤人们去关注内心的精神追求,去寻找真正的人生意义。同时,《悉达多》也展示了作为西方人的作者对东方思想智慧的接受和借鉴。这种跨文化的交流和融合,让我深深地感受到了文化多样性的魅力,也让我更加认识到了自身的文化身份。

对我来说,这部小说也是一种启示。在我看来,人生也是一场自我救赎的旅程。人们在面对生活中的种种困境时,往往会感到迷茫和无助。但如果我们拥有一种强烈的向往和信念,就能够克服这些困难,找到自己的真正归宿。通过自我救赎,我们能够找到一种内在的平衡,也能够发掘出自己的无限潜力。在阅读这部小说的过程中,我深刻地认识到了自己的不足和不完美。但与此同时,我也深深地感受到了人性的美好和伟大。通过这种对内心的探索和对人生的思考,我也让自己更加理解了自己,也更加明确了自己的方向和追求。我相信,在未来的旅程中,这本书会成为我的灵魂导师,引领我走向更加完整、幸福的人生。

沙漠并不孤独，因为我在这里

——《哭泣的骆驼》读后感

"沙漠并不孤独，因为我在这里"这句话出现在三毛的经典小说《撒哈拉的故事》中，而最让我感动的就是其中的一篇中篇小说《哭泣的骆驼》。这篇小说让我不禁感叹，沙漠并不孤独，因为三毛在这里，她用文字和故事为这片荒漠带来了生命和灵魂，让人们在沙漠中感受着人性的温暖。

《哭泣的骆驼》讲述了西撒哈拉的一段爱情故事，但它不仅仅是一段爱情故事，更是一部反战小说。小说中，游击队队长巴西里和他的妻子沙伊达被卷入了一场自决战争，战火不断，沙伊达和巴西里的爱情也因此面临着巨大的考验。在小说的结尾，巴西里被同志杀害，而沙伊达因为被误认为是鲁阿的情人，竟然在鲁阿的枪下死去。整个故事充满了悲凉和悲壮，每个人都在这场战争中失去了太多，而最终的结局也让读者深深感受到了战争的残酷。但在这残酷的战争中，却有那么一些人，像鲁阿一样，宁愿冒着生命危险去拯救别人；或者像沙伊达一样，宁愿死在自己爱的人的枪下。这些人的存在，让读者看到了人性的美好，也让我们相信，在这个世界上，还是有众多的人向着光明前行。

三毛的写作风格一直以来都是格外的朴实和真挚，而她的写作也总是充满了人性的关怀。在《哭泣的骆驼》中，我们可以看到三毛为了捕捉那些沙漠中真实的生活，甚至亲自去过西撒哈拉。用她自己的话来说就是："我发现一个人的生活，不一定要去追求金钱。在沙漠中，人们的生活也可以很清贫很简单。"在她的笔下，我们看到了另外一种生活方式，也看到了人性的温暖。

《哭泣的骆驼》不仅让我们看到了战争的残酷和人性的温暖，它更是一部反战小说。作者通过巴西里和沙伊达的爱情故事，让我们更加深刻地理解到了战争带来的破坏和伤害，并且在小说的结尾，三毛让沙伊达死在了鲁阿的枪下，用深沉的笔调描绘了战争带来的痛苦和灾难，让读者感受到了战争对人们生活和生命的无情破坏。但是，她并没有让读者绝望，相反，三毛用真挚的笔触勾勒出了一个个生动的人物形象，用朴实的语言讲述了一个个故事，让读者深深感受到了人性的温暖和那种强烈的文化冲击。她在故事中塑造了一群勇敢、坚韧、不屈不挠的人们，他们在战争中保卫着家园和爱情，用生命捍卫着自由和尊严，他们的故事和精神，让读者在苍凉和悲伤中找到了希望和勇气。

　　三毛的文字充满了对生命的热爱和敬畏，她用沙漠和骆驼的形象，表达了对生命和自然的深情。在她笔下，沙漠不再是死寂和绝望的代表，而是生命和自由的象征。骆驼也不再是冷漠和麻木的动物，而是有着灵魂和情感的生命。三毛的文字，让我感受到了生命的价值和意义，她让我明白，每一个生命都有其存在的意义和贡献。在我看来，三毛是一位真正的艺术家，她用自己的生命和灵魂，为读者献上了一份美丽和感动。她在沙漠中寻找生命的真谛，用文字和故事传递着对生命和自然的热爱。《哭泣的骆驼》让我明白，艺术不仅仅是美的享受，更是对生命和自然的敬畏和感恩。三毛的文字，让我对生命和自然有了更深刻的认识和理解，她让我感受到了人类和自然的共同命运和责任。

　　在阅读《哭泣的骆驼》的过程中，我不断地被故事和人物所感动，我感受到了战争对人们的摧残和伤害，也感受到了爱情和自由的强大力量。三毛的文字，让我在苍凉和悲伤中找到了希望和勇气，她让我明白，即使在最黑暗的时刻，生命和爱情仍然是最坚强的力量。

善良的人都晚熟

——《晚熟的人》读后感

中短篇小说集《晚熟的人》是由中国著名作家莫言创作的,该作品于2020年8月首次出版。此书是莫言在2012年获得诺贝尔文学奖后的首部作品,其中包含了十二个故事,讲述了自获奖后八年来的种种经历。在这本书中,莫言不仅延续了自己一贯的创作风格,同时也注入了新的元素,融合了汪洋恣肆和冷静直白、梦幻传奇和具象写实的风格。莫言将自己作为一个人物写入小说,通过独特的视角观察这个复杂而充满迷惘的世界。同时,他的描绘也从油画般的浓烈转向了线条般的简洁。

《晚熟的人》充满时代感,它不仅是一部描写农村变革的小说,更是对人性弊病的深刻思考。在改革开放以来的这个时代中,农村的变革和发展一直没有停止。这种变革不仅仅是经济上的,更是在农民的观念和身份上的变化。与鲁迅小说中的农民不同的是,《晚熟的人》中的农民更加现代化,更加开放。他们不断地与时代同步,不断地更新自己的思想和观念。这些变革和进步给人们带来了巨大的机遇,但同时也滋生了一些人性弊病,例如拜金逐利、虚伪欺诈等等。这些弊病不仅仅存在于农村,也存在于整个社会中。在这个时代背景下,我们应该更加注重人性的价值观,更加关注我们自己和周围人们的行为,让我们共同追求真善美,让我们的社会更加和谐美好。

莫言说:"我不够成熟,不够圆滑,不够老练。没关系,我只不过是一个晚熟的人。"在《晚熟的人》这本书里,莫言提到了晚熟的人的特征,他认为人还是晚熟点比较好,过早成熟会耗费一个人的纯真。本性善良的人都晚熟,并且他们是被劣人所催熟的。《晚熟的人》中就揭露了一系列的社会乱象,塑造了一批在时代大潮中兴风作浪的人:蒋二借莫言获奖的机会成立了高密东北乡地龙文化公司,通过利用各种政策漏洞大发其财;同样作为乡村企业家的袁武开办养猪场,排放污水,污染环境,还为了牟利用药物把猪催熟;无德无才的金希普利用人们对文学的推崇和对诗人的尊重,以文学为幌子信口开河、招摇撞骗,弄得很多人信以为真,还骗走了宁赛叶的两万元钱。莫言把人物放在新的时代特征中去写,写出社会大变革中变质的人性和膨胀的欲望,使得人物塑造更具有当代性。

《晚熟的人》是一部既有沿袭又有创新的小说,但整体上并未脱离莫言独特的创作机制。小说延续了先锋文学元叙事模式,采用了多重视角,对文本历时性进行了解构,并完成了另类的真实性还原。最为重要的是,小说既有西方印象派痕迹,又有中国白描元素,是在魔幻现实主义的中西合璧中实现共通。在小说中,莫言对人性思考的母题进行了坚守。他通过描述主人公的成长历程,描绘了一个人在不同生活阶段中的不同情感和心态,以及面对生活挑战时的应对方式。这个过程中,莫言将人性的复杂性呈现得淋漓尽致,探讨了人类存在的意义和价值。此外,在小说中,莫言还对社会现实进行了深刻的反思。他通过对主人公所处时代的社会背景的描绘,反映了那个时代的社会现实和人们生活的艰辛。同时,他也在小说中表现出了对社会不公和人性扭曲的深刻关注,呼吁人们应该关注道德和人性的重要性,以及对社会不公的反抗和改变。

莫言是中国当代知名作家,他始终强调自己是一个讲故事的人。他的《晚熟的人》无疑传承了优秀传统,在故事书写与人物塑造中时刻伴随着人性的思考。在这部小说中,每个故事都是开放性的,深层提问远比故事本身更为深刻。莫言敏锐地审视着这个时代,通过善与恶、真与假、美与丑的文本呈现,引发读者共鸣、共情,这也是其作品最大的魅力所在。

莫言的故事中,几乎所有人物都有着"逻辑自洽"的荒唐言语,但小说中的"莫言"在与他们的交际中,所表现的态度也十分模糊,这也是他对现代社会不确定性的思考与回应。他深入人性,通过小说中的人物塑造,展现出当代社会对于善与恶、真与假等概念的深刻思考。他所呈现的文本引发人们对于这些问题的共鸣与思考,并在思考中找到答案。

莫言的作品中,人物与故事紧密相连,他通过深入的人物描写和细致的情节安排,将故事中的深层含义呈现出来。他关注的不仅仅是故事本身,更重要的是通过故事,反映出当代社会的各种问题。他的作品具有强烈的社会意义,引起人们对社会现象的思考和反思。

莫言是一位深具思想性的作家,他的作品不仅仅是讲故事,更是通过故事反映社会,引发人们对于人性和社会问题的深刻思考。他通过小说中的文本、人物、情节等元素,创造出引人入胜的作品,是当代文学中不可忽视的重要存在。

什么都是，什么都不是

——《情人》读后感

提到玛格丽特·杜拉斯，人们的第一反应必然是《情人》这本小说。这本小说在获得1984年龚古尔文学奖的前一年就销售了420万册，翻成42国语言，杜拉斯也由此声名鹊起，赢得了全世界的读者。《情人》这本书是她的自传体小说，写这本小说时她已经七十一岁了，这本书是作者写给自己的一首青春挽歌。那是一个令人震惊的不伦故事：十五岁的法国少女和三十多岁的中国男人发生在越南的爱情故事。书很薄，花上一个多小时就能看完，但要看懂并非易事。女作家运用电影化手法、多重视角叙述、矛盾前后颠倒的手法，使得故事迭代不断，时间跳跃错乱，加上作者富于传奇色彩的一生和惊世骇俗的叛逆性格，让阅读极具挑战性。

王小波对这本小说也推崇备至。他在自己的一本杂文集里写道："到了将近四十岁时，我读到了王道乾先生译的《情人》，知道了小说可以达到什么样的文字境界。……杜拉斯的文章好，但王先生的译笔也好，无限沧桑尽在其中。"他还引用了小说开篇的第一段文字，那段文字确实极美。后来他在另一篇文章里，第二次提到："我总觉得读过了《情人》，就算知道了现代小说艺术……法国有一批新小说作家，立意要改变小说的写法，作品也算是好看，但和《情人》是没法比的。有了这样的小说，阅读才不算是过时的陋习——任凭你有宽银幕、环绕立体声，看电影的感觉终归不能和读这样的小说相比。"然后，他又在另一本书中第三次提到了《情人》："我对现代小说的看法，就是被《情人》固定下来的。现代小说的名篇总是包含了极多的信息，而且极端精美，让读小说的人狂喜，让打算写小说的人害怕。……"王小波能给予一本小说如此高的评价，实属难得。

我们看杜拉斯,如果只看到满纸情人,那显然还不能理解她的深刻。爱情只是表象,她一生的主题一直都是写作,她的写作可以毫不夸张地说是自我救赎的一种方式。她的一生,已然成了一个社会符号。杜拉斯的童年是不幸的,童年的创伤是她成为作家的摇篮。《情人》看似描写了一个少女的不伦爱情故事,实际上却是控诉了一个荒诞而绝望的家庭对少女的残酷摧残。她的母亲对她的大哥哥极度溺爱:"我的母亲只把她那个唯一的大儿子叫作'我的孩子'。另外两个孩子,她说'两个小的'。"然而,她的大哥哥却是个不学无术的败家子,不但有暴力倾向,而且"他偷。他赌。……他偷了仆役的钱,去抽鸦片烟。他还偷我们母亲的东西。他把衣橱大柜翻了个遍"。面对大哥的淫威,怯懦的二哥一味选择隐忍逃避,所以杜拉斯把二哥的病逝归咎到大哥哥身上,她始终认为二哥是被大哥杀死的。父亲在她七岁的时候就去世,两个哥哥又都是没有收入的无业游民,全家的生活开销全部来自母亲那点可怜的工资。母亲虽然是个独立、自主又要强的女汉子,却在时代重压下过得不尽如人意。少女在这个令人绝望的家庭中感到孤独、压抑又痛苦,她渴望有人理解她,有人疼爱她。正是在这一特定背景下,中年富商登场了。那天,少女在渡船上凭栏远眺,她头戴平檐男帽,脚蹬镶金条带的高跟鞋,身着用母亲的旧裙子改造的"时装",略施粉黛。这一身打扮,虽然充满个性,却也风尘味十足,深深吸引了男主的眼球。少女和富商之间疯狂的情爱,并不能弥补家庭带给她的伤害,似乎也只能给她带来一丝短暂的欢愉。她把一切都看在眼里,她也看懂了一切,她期待被救赎,期待被倾听,可是,她找不到合适的对象。绝望之中,她发现了自我救赎的途径——写作。杜拉斯曾说过:"写作是走向死亡,身处死亡之中。我写女人是为了写我,写那个贯穿在多少世纪中的我自己。"童年的苦难是她创作的源泉,少女不在意母亲和别人对自己的态度,在写作这条道路上,她异常执着地追求自己的梦想,她只想做自己。童年不幸的孩子,心灵更敏锐,想象力更丰富,创造力更强大,他们渴望有人救赎。如果没有,那就自己创造故事,在故事中完成自我救赎。显然,杜拉斯深谙此理,她的每一部小说都在反反复复写自己,写一个童年时极度缺乏关爱,成年后极度自恋的女人的故事。小说中的一点一滴,一字一句,晦暗的,苦涩的,她都毫不避讳地层层剥开,剥开童年,剥开人生,让那些悲惨的往事血淋淋地示于人前。

杜拉斯不幸童年的源头是家庭。对于母亲充满着矛盾的感情,她感到既痛恨又无奈。她恨她过时的服装,恨她偏爱大哥,恨她对自己的暴虐。《情人》中的母亲是一个为了生存下去已经竭尽全力的问题女人,她时而狂躁,时而忧郁。"我母亲几次发病,病一发作,就一头扑到我身上,把我死死抓住,关到房里,拳打,耳光,把我的衣服剥光,俯在我身上又是闻又是嗅,嗅我的内衣,说闻到中国男人的香水气味,进一步还查看内衣上有没有可疑的污迹。她尖声号叫,叫得全城都可以听到,说她的女儿是一个婊子,她要把她赶出去,要看着她死,没有人肯娶她,丧尽廉耻,比一条母狗还不如。她哭叫着,说不把她赶出家门,不许她把许多地方都搞得污秽恶臭。她说,不把她赶走那又怎么行。母亲把房门关起来,在房间里狠命地打我。小哥哥哭喊起来,叫母亲不要再打了。小哥哥的恐惧崩溃才使得母亲平息下来。"

母亲是杜拉斯人格形成的重要因素,她虽然憎恶母亲,但她始终清醒地懂得自己归属于这样的家庭,归属于这样的母亲。母亲之所以是这样的性格,这是因为丈夫离世,两个儿子又不争气,生活的重担全部压在母亲一个人的身上,后来又雪上加霜地被骗光钱财买了海边那块地。尽管生活如此不堪,法国女人骨子里的优雅丝毫不打折,比如她省吃俭用地拿出钱拍家庭照;每隔一段日子就把房屋内外冲洗干净,让孩子们欢欣鼓舞;对学习优秀的女儿,无论是在印度支那还是法国,一直让她接受最好的教育。身处社会最底层,母亲对生活永远充满着希望,就像文中所写:"尽管绝望是那么彻底,向往生活的幸福依然那么强烈。"童年时期的杜拉斯是不理解母亲的,直到后来杜拉斯才明白,原来母亲也是深爱她的。小说写道:"我们三个孩子都爱着她,尽管我们三个人没有共同之处,但是我们爱她,这是相同的。"读到这里,我们就不难明白为何她的笔触总是在暗淡苍凉中又隐隐透露着些许小美好。"白昼的景象我已记不清了。日光使各种色彩变得暗淡朦胧,五颜六色被捣得粉碎。夜晚，有一些夜晚，我还记得，没有忘记。那种蓝色比天穹还要深邃邈远，蓝色被掩在一切厚度后面，笼罩在世界的深处。"爱恨交织的混乱描述，正是她脑海中那些明灭闪断的童年回忆。这些凄美的文字，像是游荡在心里的回声，重复在脑海的梦魇，呢喃在耳边的细语……于是我们同杜拉斯一起沉沦，迷失在她错乱纷杂，远近交叠的痛苦记忆深处。

写作是杜拉斯从小立志一生首要的事情。她一直在写作，写作，怀着希望写作，怀着绝望写作，把一个故事重写一遍，再写一遍，每一遍都是新的开始。写作，抚慰了杜拉斯童年时的一切痛苦。村上春树说："我觉得写小说，很大一部分就是一种自我治疗的行为。"心理学家告诉我们，幸运的人一生被童年治愈，不幸的人一生治愈童年。写作，就是让自己内心真情流露，是自我探索、自我觉醒的过程；写作，就是接纳自我，与自我和解的过程；写作，就是重新遇见自己，重新了解自己，从中汲取能力，获得提升的过程。

纵观杜拉斯的一生，就是她自己不停创作的一部长篇小说。杜拉斯似乎永远以冷静的旁观者身份在叙说自己的故事。杜拉斯的一生，是无法定义的一生。她始终以叛逆的精神与现实世界反复交手，撕扯、和解、决裂、拥抱、分手、言和，周而复始。杜拉斯曾说过："当我越写，我就越不存在。我不能走出来，我迷失在文里。"杜拉斯从不隐瞒她的每一个情人，但对于她的第一个情人——中国富商，却一直珍藏。直到分别半个世纪之后的一天，垂垂老矣的中国情人来到巴黎，但他终究没敢去见杜拉斯，只是禁不住给她打了个电话。他在电话中对她说，和过去一样，他依然爱她，他根本不能不爱她，他爱她将一直爱到他死。许久过后，她拿起笔在稿纸上写道：我已经老了，有一天……他对我说："我认识你，永远记得你。那时候，你还很年轻，人人都说你美……我觉得现在你比年轻的时候更美……我更爱你现在备受摧残的面容。"这就是《情人》开头的一段文字。爱情是没有技巧的，有的只是真心、忍耐和缘分。真正的爱，不一定是瞬间的感动，它一定是恒久的一种委身，彼此牺牲，彼此成就，彼此尊重。那一刻，杜拉斯才明白，原来她也是深爱他的，《中国北方的情人》就是她在他去世后为了纪念那段爱而不得的凄美爱情而写的。写作即放下，是一种解脱，更是一种洒脱，写作让杜拉斯放下了过往，与过去握手言和，让心灵得到了救赎，同时也活出了生命的厚度。

弗洛伊德说过："成人的创作行为，是使本身并不愉快的事情成为人心中追忆和重复的主题。艺术家们的创作大多是为了表达自己'痛苦'的经历和情感。他们用这种艺术创作的行为把自己被动体验的痛苦变为一种主动揭示。"

1996年3月3日，杜拉斯离世。直到生命的尽头，杜拉斯依然在谈论写作、生命和爱。我实在想象不出，除了写作，还有怎样的方式，能超越这份终极的诗意、浪漫与绝望呢？

杜拉斯说过这句："我自以为我在写作，但事实上我从来就不曾写过。"她还说过那句："写作，什么也不是。"

这次我懂了。

生命不仅需要光，也需要黑暗

——《不合时宜的沉思》读后感

尼采的《不合时宜的沉思》是一本充满睿智和哲思的著作。他以独特的方式探讨了光明与黑暗、历史与现实之间的关系，并提出了一种超历史的思考方式。

作者在书中以生动的比喻和深刻的思考，阐述了生命中黑暗的存在和它所带来的深刻意义。通过对动物和人的对比，他指出人常常被过去的回忆所困扰，而动物却能够即时遗忘，活在当下的幸福中。尼采首先以牧群为例，描述了它们对于时间的无关乎和对于眼前事物的愉快和不快的态度。与此相比，人类在动物面前自鸣得意，却渴望像动物一样不厌烦、不生活在痛苦中。然而，人类却不能学会遗忘，对过去的留恋使得他们无法真正活在当下。

尼采以时间的书卷和数字的除尽为比喻，揭示了人类与动物在时间观念上的差异。动物不受历史的压迫，每一个时刻都表现出最真实的自我，如此诚实而纯粹。而人类却要面对过去的重负，过去压迫着他们，使他们步履艰难。尼采认为，人类在与同类交往时，渴望摆脱过去的负荷以引起他人的嫉妒。通过对动物和人的对比，尼采表达了对于过去的回忆和对现实的渴望之间的矛盾和纠结。他以牧群和孩童的幸福为理想，反映了人类对于一个失去的乐园的怀念。他告诉我们，生命不仅需要光明的时刻，也需要黑暗的存在，这样才能真正体验到生命的丰富和意义。

我们常常被过去的回忆和未来的期待所困扰，无法真正活在当下。尼采通过对动物的描写，呼唤我们学会遗忘，享受当下的幸福。生命中的黑暗不仅是人类的软肋，也是我们成长和进步的机会。只有在黑暗中才能真正领悟到光明的珍贵，只有在遗忘过去的束缚后，我们才能真正活在当下，体验到生命的美好。生命不仅是一连串光明的时刻,它也需要黑暗的存在来衬托光明的价值。

尼采认为,只有在极小的幸福中,那种持续而真正使人幸福的感觉,才能超越短暂的情绪和想法,比那种在完全不快、渴望和匮乏之间产生的极大幸福更加无可比拟。然而,在极小幸福和极大幸福之间,总是有一种东西使幸福成为幸福,那就是遗忘的能力,在存续期间不被历史所束缚地感受。他提到,只有通过遗忘过去,才能在瞬间的存在中找到安居乐业,就像一个胜利女神那样坚定地站在一个点上。那些无法遗忘一切过去的人,将无法体验真正的幸福,更糟糕的是,他们将无法为他人带来幸福。尼采以一个极端的例子来说明遗忘的重要性:设想一个无法遗忘的人,注定在任何地方都看到一种生成,这样的人不再相信自己的存在,他将迷失在生成的河流中,无法抬起手指。这个例子表明,遗忘是行为的基础,就像光和黑暗对于有机物生命的重要性一样。

尼采指出,一切行为都需要遗忘,就像一切生命都需要光和黑暗一样。一个只想历史地感受的人,将像被迫放弃睡眠的人或者只以反刍为生的动物一样,无须回忆地生活,真正幸福地生活是有可能的。然而,无须一般遗忘地生活是不可能的。尼采强调了度的重要性。无眠、反刍、历史感都有一个度,超过这个度,生存者将受到伤害,并最终走向毁灭,无论是个人、民族还是文化。为了确定这个度,并确保过去不成为当下的掘墓人,必须设定被遗忘的界限。人们必须准确地了解一个人、民族、文化的塑造力有多大,即从自身出发独特地成长、改造过去的和异己的东西并化为己有,治愈伤口,弥补失去的东西,从自身出发模仿破碎的形式的那种力量。尼采指出,有些人很少具备这种力量,以至于他们因为一次经历、一次痛苦,甚至一次轻微的不义而永远无法痊愈。另一方面,有些人即使遭遇最严重和最糟糕的生活事故,甚至自己的恶意活动,也能很快恢复平静和良知的安宁。

生命中光明和黑暗是相互依存的。生命不仅需要光明的欢乐和幸福,也需要黑暗的遗忘和痊愈。只有在遗忘过去的同时,我们才能真正体验到幸福和安宁。这让我反思自己的生活，意识到过去的伤痛和遗憾也是构成我现在的重要部分，我需要学会遗忘并从中得到力量。生命中的黑暗并不可怕，它是我们成长和进步的机会，只有经历黑暗，我们才能更好地欣赏和珍惜生命中的光明。

尼采提出了一个引人深思的命题：生命不仅需要光，也需要黑暗。他认为一个人或一个民族的健康和强大，不仅依赖于历史的经验和知识，也需要有意识地遗忘和超越历史的束缚。过去所学习和经历的事物越多，一个人的内在根基就会越强大。然而，如果一个人过于执着于过去，过于固守自己的历史观念和目标，他就会限制自己的视野，无法看到更广阔的世界。相反，一个人应该学会遗忘和超越过去，开放自己的视野，接纳不同的观点和经验，使自己的内在根基更为强大。尼采将这种超越历史的能力称为"非历史的感受能力"，他认为这是一种更为重要和原初的能力。那些能够非历史地感受的人，虽然视野可能相对狭窄，但他们生活在一种纯粹的幸福中，没有被过去的包袱所困扰。而那些过于执着于历史的人，则往往陷入困境，无法摆脱自己的正义和真理的枷锁。

生命需要平衡，光明和黑暗都是生命所必需的，它们相辅相成，互为存在的条件。过于执着于光明，会使人陷入盲目的自信和狭隘的思维；而过于沉浸于黑暗，会使人迷失自我，无法找到前进的方向。只有在光明与黑暗的边界上，才能找到真正的健康和成长。

尼采认为，非历史的因素就像一个裹在外面的大气层，生命只有在这个大气层中才能诞生。然而，当这个大气层毁灭时，生命也将消失。通过人类的思维、反思、比较和总结，我们限制了非历史因素的作用，通过在云雾内部产生一道明亮的闪电，我们才能成为真正的人类。然而，在过多的历史学中，人类又失去了自己的本真，没有了那个非历史的外壳，我们将永远无法开始，也没有勇气开始。

尼采用一个男人为例，描述了一个为强烈的情欲所迷惑的人，不论是对一个女人还是对一个伟大的思想，这种情欲将如何改变他所处的世界。当他回首往事时,他感到茫然,听到的是陌生的声响,感知到的事物也与以往不同。一切赏识都变了,贬值了,他不能再赏识那么多的东西,因为他几乎感觉不到它们。他开始怀疑自己是否一直以来都是一个有着异样语词和见解的傻瓜。他奇怪的是,自己的记忆不停地在一个圆圈中旋转,但却无法跳出这个圆圈。尼采认为,这种状态是世界上最不公正的状态,它狭隘,对过去的东西没有感激之情,对危险视而不见,对警告充耳不闻。它是夜晚和遗忘的死寂海洋中的一个小小旋涡。然而,这种状态不仅是不公正行为的根源,也是任何正义行为的根源。没有一个艺术家能够实现自己的作品,没有一个统帅能够取得自己的胜利,没有一个民族能够实现自己的自由,如果不首先在这种非历史的状态中追求并为之努力。

尼采引用歌德的话,指出行动者总是没有良知,没有知识。行动者为了一件事而忘记其他大多数事情,对抛在身后的东西不感兴趣,只知道一种义,即现在应当生成的东西的义。因此,任何一个行动者都对自己的行为有着无限的喜爱,即使这个行为通常无法估量地伟大。尼采认为,如果一个人能够嗅到、呼吸到任何伟大历史事件产生的非历史大气层,那么他可能能够超越历史,站在一个超历史的立场上认识自己。这就像尼布尔所描述的那样,清晰而详尽地把握历史是有价值的。人们知道,即便是我们中最伟大和最高贵的人物也不知道,他们的眼睛是如何偶然地接受自己来观看并强制地要求每一个人来观看所凭借的形式的。只有通过意识的强度,才能强制地要求。

尼采通过超历史的立场,呼吁人们认识到行动者灵魂中的盲目性和不义,并超越历史的束缚,以更深邃的方式面对生活。他指出,那些只盯着过去的历史观察来寻求希望和意义的人,只是历史的奴隶,无法真正理解生活的本质。相反,超历史的人不再寄希望于未来,而是通过对当前的观察和体验,以及对过去的反思,找到生活的意义和价值所在。

这种超历史的立场与传统的历史观念截然不同。传统观念认为,存在的意义在于进步的过程,而超历史的人则认为世界在每个瞬间都是完整的,并且每个时刻都具有自己的终点。他们不追求过去和未来所能教导的东西,而是将过去、现在和未来看作是同一种东西,作为不朽的类型、不变的价值和永恒同一的意义的构成。

尼采的观点让我深思,我们常常将生活的意义寄托于未来,追求进步和改变,却忽略了当下的珍贵和真实。生命中的黑暗和困难是不可避免的,但它们也是我们成长和进步的机会。我们需要接受黑暗,并从中汲取力量和智慧,才能真正理解生活的本质和意义。生命的意义不仅取决于外界的光明和成功,还包括内心的黑暗和挑战。只有当我们真正接纳和面对黑暗,我们才能找到真正的幸福和满足。

在书中,尼采指出,就像人们使用不同的语言来满足特定的需求一样,超历史的思想家从内部出发,以独特的方式照亮各个民族和个人的历史。然而,随着时间的推移,他们可能会感到厌倦和饱和,甚至对历史感到厌恶。尼采提醒我们,尽管历史中充满了痛苦和无聊,但这就是我们存在的意义,而世界就是污泥。然而,我们仍然应该享受生活,作为行动者和前进者,以及对过程的敬仰者。尼采认为,超历史的人们可能比我们更有智慧,但我们至少在追求生活的目的上前进。他提醒我们,纯粹的历史研究对于了解一个历史现象可能是死的,因为它只关注于妄念、不义和盲目的激情,而忽视了历史的力量。历史应该追随新生活潮流,成为一种有益的、应许未来的东西,而不是成为像数学那样的纯粹科学。尼采强调了历史学对生活的重要性,它需要为个人、民族和文化的健康服务。如果历史学过于过剩,生活将会支离破碎并退化,同时也使历史学失去了意义。

通过阅读《不合时宜的沉思》,我对历史与生活之间的关系有了更深刻的理解。生命不仅需要光明的一面,也需要黑暗的一面来塑造我们的存在。尼采的思考方式挑战了传统的历史观,让我意识到历史应该为生活服务,而不是成为一种束缚。这是一本启发人心的著作,它引发了我对历史和生活的深思。生命需要光明和黑暗的交织,这才能展现出其真正的意义和价值。

他们曾为真理而前赴后继

——《鼠疫》读后感

《鼠疫》(La Peste)是法国作家阿尔贝·加缪创作的长篇小说,也是其代表作,1947年首次出版。

阿尔贝·加缪通过描述一个突发瘟疫的城市,展现了人类在面对灾难时的各种态度和行为。在这个孤岛上,人们的生活被疫情彻底改变,他们被迫与外界隔绝,面临着死亡的威胁,展现了人性在面对灾难时的不同选择和反应。

故事发生在奥兰城,一个本来平静的城市突然被一场瘟疫所侵袭。人们不得不与疾病作斗争,城市被隔离封锁,形成了一个"孤岛"。小说中的人物形象非常丰满,他们有不同的反应和行动:有些人抓住机会大发横财,利用疫情牟取私利;有些人选择消极抵抗,对疫情漠不关心,甚至放弃治疗;也有一些人选择积极应对,勇敢地抗击疾病。这些不同的选择,反映了人性的多样性和复杂性。

小说中最令人印象深刻的是那些敢于直面困境、勇敢反抗的人。尽管他们面对的是绝望和死亡,但他们仍然选择坚持真理和正义。他们不满足于现状,而是积极寻求解决办法,团结一致共同抗击疫病。他们在绝望中坚持真理和正义,展现了伟大的自由人道主义精神。他们不畏困难,不屈服于命运的安排,而是勇敢地站出来,为了生存和自由而战斗。他们的勇气和决心激励了其他人,最终带领着整个社会走上了共同抵抗疫病的道路。

通过《鼠疫》,加缪深刻地揭示了人性的本质和社会的现实。他通过瘟疫这个象征性的灾难,揭示了人类面对困境时的种种反应和行为。小说中的人物形象丰满,情节紧张感十足,让我陷入其中,深深地思考着人类面对灾难时的选择和道德观念。

　　这部小说不仅仅是一部文学作品，同时展示了人性的复杂性和脆弱性，更是对人性和社会的深刻思考。它呼唤着人们在面对困境时保持勇气和希望，坚守真理和正义。在灾难面前，一些人可能会变得自私和冷漠，但也有人能够坚守正义和人道，为了大家的利益而奋斗。只有当人们齐心协力，共同面对困难时，才能战胜灾难，重建希望和未来。《鼠疫》带给我了启示和思考，使我更加珍惜生活，并认识到人们的团结和勇气是战胜一切困难的关键。

　　总之，阿尔贝·加缪的《鼠疫》是一部引人深思的作品，通过描述一个瘟疫肆虐的城市，通过描写灾难背景下的人性和勇气，展现了人类的多样性和复杂性，以及勇气和希望的力量，引发了我对团结、人性和价值观的思考。这部小说让我明白了面对困境时，坚持真理和正义的重要性，同时也让我对人性的复杂性有了更深入的理解。这部小说让我思考生活的意义和价值，同时也对人性和社会有了更深刻的理解。它是一部值得一读并深入思考的作品。

倘若有生生世世不落的晚霞

——《众神的晚霞》读后感

《众神的晚霞》是日本国民作家渡边淳一颠覆经典"情爱"风格,继直木奖获奖作品《光与影》之后的又一突破力作,2020年由青岛出版社引进出版。

这是渡边淳一的重磅长篇小说,主线是不同于以往的"生离死别",细诉了在现实与人性双重考验下,医者的爱与仁心和亲者的爱与奉献,相当于从另一个角度探入了"情爱"更深层次的核心。作品介于纯文学和通俗文学之间,既有流畅易懂的故事线,也有可深层次探讨的文学价值,是日本文学独特形式"中间文学"的代表作。

曾经是医生的渡边淳一从医生角度出发,以村中先生为第一人称来叙述故事。村中医生原本就职于东京某著名大学的实验室,发生意外后,不得不辞去工作,离开大学进了一家私人医院,担任外科医生。在小说中,村中所面对的不仅仅是医学难题,还有道德与伦理的困境。他所管床的几个危重病人相继死去,死因各异,但都不是正常死亡。这引发了一系列疑问和争议,让村中备受攻击和质疑。他被贴上了刽子手的标签,但也有人认为他是救死扶伤的医中圣手。这些争议和流言的传播,使得村中内心备受煎熬和痛苦。通过主人公村中医生的视角,我们得以深入了解医生面对生死抉择时的内心挣扎和道德困境,从而对于生死观展开思考。

小说通过村中的经历,渲染了生命的尊严和选择的权利。当一个人身陷疾病的折磨时,他是否应该选择有尊严地离开人世,还是选择继续承受身体和精神上的痛苦?这是一个艰难的选择,也是每个人长久以来一直思考的问题。小说中的村中,经历了种种考验和挣扎,最终选择了让病人自主决定,并为他们提供了安乐死的选择。这种选择并非鼓励病人放弃生命,而是尊重个体的意愿和尊严,给予他们一个不再痛苦、能够安详离去的机会。

每个人都知道自己要死,可没人愿意相信。如果我们相信这一事实的话,我们就会作出不同的反应。《众神的晚霞》这部作品,所传达的不仅仅是生死观,还有真挚的情感以及对生命的尊重。作品中的村中医生最终选择了尊重生命,他在面对病人时不仅仅是一名医者,更是一个关怀和陪伴的角色。全书的最后,村中对明朗说:"再见了,多多保重哦……好好活着。"这是对生命的尊重和对病人的关爱,让那个伫立在生死边缘,却又奋力呼吸的村中,刺穿了曾经那些混沌的意识,冲破了那个无形的枷锁。通过他的视角,我们看到了医者的爱与仁心,亲者的爱与奉献,以及生命在现实与人性双重考验下所展现的坚强和脆弱。

除了对生死观的思考,作品还涉及病痛对家庭和社会的影响。当一个家庭中有长期病痛缠身的患者时,这不仅对患者本人是沉重的负担,也对家庭的肉体、精神和经济带来了巨大压力。这引发了我对社会对于病人和家庭的支持体系的思考,我们是否能够提供更多的帮助和支持,让病人在面对困难时得到更好的关怀。

《众神的晚霞》是一部挑战传统的作品,它不仅在艺术层面上给予了读者很好的阅读体验,同时也在思想层面上触动了我们对生命和死亡的认知。它以医生的视角,揭示了人与生命的关系。无论是医者还是患者,每个人都有自己独特的故事和选择。这部小说让我们思考生命的意义和价值,思考生死、痛苦与快乐。在繁忙且充满压力的现代社会,我们需要停下来思考生命的意义,珍惜每一刻,活出自己想要的样子。痛苦地活还是快乐地死?每个人都有自己的答案,因为每个人的人生和境遇都不同。但无论如何,我们都应该尊重个人的选择权和尊严。无论是活着还是离开,我们都应该是出于对自己和他人的尊重和关爱。倘若有生生世世不落的晚霞,我们能否选择在其中找到快乐和安宁?小说中的晚霞是象征着希望和美好的,它让我们想象着一个无尽的生命的延续。或许在那样的晚霞里,我们可以找到真正的快乐和宁静,远离痛苦和煎熬。

痛爱之间，有望不尽的天地

——《卡拉马佐夫兄弟》读后感

《卡拉马佐夫兄弟》是俄国作家陀思妥耶夫斯基创作的长篇小说，通常也被认为是作者文学生涯的巅峰之作。这本小说并非仅仅是一场谋杀案的揭露，而且是一场心灵的搏斗，一个人内心深处的矛盾和挣扎。陀思妥耶夫斯基以深入的心理描写展现了人性的多样性和人物内心的矛盾。每个角色都展现出了不同的特点和情感，他们既有着善良和深情，又被欲望和冲动所困扰。每个角色都是矛盾的，他们既有可憎之处，也有令人感动之处。这使得小说更加真实和生动。

每个角色都被赋予了复杂而矛盾的个性。老卡拉马佐夫虽然贪婪、好色，道德观念荡然无存，却时而展现出圣人般的慈悲和悲伤。大哥米卡自视甚高，自认为具备理想和道德，却常常被冲动和粗俗的欲望所驱使。二哥伊凡嘲笑旧有的伦理和爱情观，却在自己陷入疯狂的爱恋时无法自拔，最终被自己的聪明才智所折磨。陀思妥耶夫斯基将复杂的人性层层剥开，揭示出每个人行为背后的深层原因和动机。

我被小说中对爱与痛的描绘所震撼。爱与痛交织在人们的内心深处，构成一片无法尽览的天地。作者通过卡拉马佐夫兄弟及其他角色的故事，展示了爱的复杂性。从兄弟之间的爱恨交织，到卡拉马佐夫父亲对儿子们的爱与疏离，再到伊凡痛苦的爱情和阿莉奥莎无私的爱，小说中展现了各种形式的爱的存在。

同时，痛苦也是无处不在的。角色们都经历了痛苦和折磨，他们内心深处的痛苦反映出现实生活中人们所面临的各种矛盾和困惑。这种痛苦并非简单的苦恼，而是与人性的纠结和道德的挣扎紧密相连。小说通过揭示人性的脆弱性和缺陷,引导读者思考生活中的伦理和道德问题。痛与爱在这个作品中交织,无法分割。每个角色都是既令人同情又令人愤怒的。他们的行为并没有单一的解释,而是蕴含着无尽的可能性和复杂的人性。正如崔庆龙所言,人的内心是如此微妙而多变,我们需要提升自己的心灵分辨率,才能看清其中的细微差别。

陀思妥耶夫斯基以复杂的人性为基础,通过描写人物的疯狂特性,向我们展示了人性的本质。这种"疯癫"或许正是人性真实的一面,而社会的教化和规范将我们束缚在理性的囚笼中,限制了我们对复杂情感和行为的理解和接受。我们逐渐失去了心智化的能力,对待生活和他人变得非黑即白,缺乏同情和理解。

阅读《卡拉马佐夫兄弟》让我深入思考人性的本质和人类行为的动机。我不禁反思自己的内心世界和行为,是否存在与小说中角色们相似的矛盾和冲突。这本书并没有给出明确的答案,但却引发了我对自我的思考和对人性的无尽追问。它不仅是一部能够检验心智化的作品,更是一场让人练习心智化的冒险。它展示了人类内心深处的复杂性和多面性,鞭策着我们去思考和探索自己内心的深度。

总之,这是一部充满智慧和思考的作品,它使我感受到了爱与痛之间的复杂性和深度。这本书不仅是一部文学作品,更是一场关于人性和道德的探索之旅。痛爱之间有着无尽的天地,我们需要去探索和理解其中的奥秘。

为了太阳底下的良知

——《杀死一只知更鸟》读后感

"明知不可为而为之,为了太阳底下的良知。"这句话正是美国女作家哈珀·李在1960年发表的长篇小说《杀死一只知更鸟》中所传达的核心思想,体现了人类最伟大的品质——勇气和正义感。

小说的主人公是一个小女孩斯库特,她的成长是整个故事的主线。她的父亲阿迪克斯是一个律师,他给斯库特和她的哥哥杰姆灌输了正义和勇气的观念。斯库特在这个过程中慢慢地成长起来,她学会了如何看待周围的人和事,学会了思考,也学会了勇敢地站出来,面对那些不公平和不合理的事情。她对父亲信任和尊重,继承了他的精神,成了一个独立思考和行动的勇敢女孩。

整部小说都围绕着一个黑人男子汤姆的冤案展开。这个案子的背后隐藏着美国南方种族隔离制度下的种种问题,警察和法官的指责,白人对黑人的歧视和偏见。阿迪克斯改变了整个案子的走向,他拯救了一个弱者,挑战了强权。阿迪克斯是一个不平凡的人物,他坚定地站在正义一边,他以自己的职业道德和良知为底线,这种勇气和自我牺牲让我对他充满了敬意。

作为一个律师,阿迪克斯在梅科姆小镇上的生活是体面且受尊重的,他大可以拒接这个案子,可他的良知告诉他,汤姆是一个弱者,他必须去帮助汤姆,即便这样会让他失去现在拥有的平静与闲适,甚至当偏见吞噬了人们的理性时,他还会受到生命威胁。对待弱者的态度,可以看出一个人的品行,而为了保护弱者甘愿做出牺牲,则可以被称为"英雄"。《菜根谭》里写道,"济饥饿之人,胜结纳贤豪",花费巨资去结交圣贤豪杰,不如拿出半瓢之粟去救济饥饿之人,建造千间房屋招徕贵客,不如修几间茅屋庇护孤苦的寒士。

阿迪克斯是一个正直善良的律师，他的内心深处充满了正义感。他明知道为汤姆辩护是一件很危险的事情，但他还是义无反顾地投入到了这个案件中。他不希望看到一个无辜的人受到冤枉，他相信每个人都应该得到公正的对待。这份正义感让他在小镇上备受尊敬，也让他的孩子们学会了如何做一个有担当的人。

但是这个故事并不只是一场正义的战斗，它还有其他的层面。它揭示了人性的复杂性和互相矛盾的一面。小说中还出现了许多贪婪、狭隘、无情的人物，他们的行为让我们感到震惊和愤怒。他们只看重自己，完全不顾他人的感受，他们的出现让小镇上的人变得不再那么美好。但这些人的出现也让我们更加明白人性的复杂性，明白我们每个人都有着自己的缺点和瑕疵，我们需要不断地努力去改变自己，让自己成为一个更好的人。小说中还有一个令我肃然起敬的人物，是尖酸刻薄、极其丑陋的孤独老太太杜博斯。她每天以激怒斯库特和杰姆两兄妹为乐，辱骂他们的父亲阿迪克斯。在又一次谩骂中，杰姆忍无可忍，冲进杜博斯太太家破坏了她的花园，阿迪克斯为了表示歉意，与老太太达成协议，让杰姆每天去老太太的病榻前为她读书。于是，杜博斯让杰姆来为她读书，分散注意力，一次次延长自己脱离吗啡的忍耐时限，直至离世。一个人病到杜博斯老太太那种程度，随便用什么来缓解病痛都是无可厚非的，在生命的最后时刻，那个曾经憎恨她的孩子杰姆甚至为她哭泣。阿迪克斯说："她是我见过的最勇敢的人。"这个片段深深打动了我，让我思考起生而为人，却形形色色与众不同的人。为何人类可以不同于地球上的其他生物，或许是因为"有一种东西不能遵循从众原则，那就是人的良心"。即便知道有些事情注定失败，但只要无愧于心，就值得去做，也值得世人的一份敬重与怀念。

小说的名字"杀死一只知更鸟"看起来跟主题并不相符，但是却是在表达一个寓意。在小说的开头，斯库特的父亲告诉她，杀死一只知更鸟是一种罪恶行为。为什么杀死一只知更鸟是罪恶的？因为知更鸟只是给人们带来美好的歌声，什么坏事也不做，毫无恶意。它们不吃人们园子里的花果蔬菜，不在玉米仓里做窝,它们只是衷心地为我们歌唱。同样地,在这个社会里,黑人也是无辜的,他们并不是因为自己的原因而受到歧视和不公。这本书告诉我们,我们需要去尊重每一个人的生命,不管他们的肤色、性别、宗教信仰、社会地位等。

《杀死一只知更鸟》是一本充满正义、勇气和复杂人性的小说,它让我们反思人类的价值观和道德标准,同时也让我们思考自己的人生。我们需要像阿迪克斯一样,保持一份正义感和责任感;我们需要像孩子们一样,保持一份天真和纯真;我们需要像杜博斯老太太一样,保持一份宽容和仁慈。它告诉我们,作为人类,我们的责任不仅是为自己争取利益,更是为他人和社会奉献。我们应该不断反思自己的行为,发扬人性中最为崇高的品质,坚定地站在正义一边。我们需要在明亮的太阳底下,做一些良心认可的事情,只有这样才能获得真正的自由和尊严。

文明和野蛮的界限，知性与欲望的守衡

——《欢愉》读后感

《欢愉》是 2017 年 2 月湖南文艺出版社出版的图书，作者是美国作家莉莉·金。该小说基于美国著名人类学家玛格丽特·米德的真实人生故事写就。阅读完《欢愉》后，我被它所传递的优雅、性感以及理性与激情的冲撞深深吸引。

小说以一种独特的视角，描绘了三个人类学家在新几内亚的经历。他们的感情纠葛，以及人类学研究领域的新发现，展现出了理性与激情的共存，体现出了一种非常纯粹的人性。小说中描写的三位年轻的人类学家，通过对新几内亚部落的考察，不仅学到了新的知识，也发现了自己的生活观念和价值观念。他们之间的三角恋情，既是对传统道德和伦理观的挑战，也是对性别自由、个性独立的探索。这本小说既是一段动人的爱情故事，也是一部关于文明与野蛮、理性与欲望、自我约束与放纵之间关系的思考。

在《欢愉》这本小说中，作者通过细腻的笔触，勾勒出了班克森、内尔和芬之间的情感世界。他们之间的互动，让人深感人性的复杂和多样性。他们在不同的场合中，表现出不同的特点和个性，但无论在哪个情境下，他们都不可避免地与自己内心的欲望进行着搏斗。这种内心的矛盾和挣扎，让人深刻地领悟到了人性的本质和价值。班克森是一个非常有思想、有追求的人，他对内尔的感情是一种纠结的、充满矛盾的情感。他对自己的感情、对内尔的感情、对学术研究的追求之间进行了深刻而痛苦的思考。他一边要承受内心的欲望，一边要遵从社会的道德标准，他的人性被不断地拷问和推动。在小说中，作者从班克森的角度来描述他对内尔的感情，他认为内尔的美丽和智慧是很有吸引力的，但是他也知道这种感情会影响到他们的学术生涯。在这种情况下,班克森不得不去抑制自己的感情,去调整自己的心态,去找到一种平衡点。同时,内尔也需要在自己的思想和情感之间找到一种平衡点,既要保持自己的独立性和自由,又要考虑到自己的情感和责任。

而在这个过程中,三人之间的关系也开始复杂化。班克森和内尔之间的情感开始慢慢地发酵,他们之间的微妙暧昧让整个故事的氛围变得更加复杂。尽管三人都知道这样的感情是不被社会所容忍的,但是他们仍然无法控制自己的情感。他们的感情似乎已经超越了理性的控制,开始用一种更本能的方式来呈现。最终他们三人通过探讨,找到了一种守护自己欲望和自律的平衡点。他们之间的关系是互相激发和影响的,他们在探索文明和野蛮的交界处,探索人类的欲望和自律之间的平衡点,同时也在寻找自我和自我认知的过程中,逐渐成长和成熟。他们不仅在学术研究上取得了重要的成果,也在思想上获得了真正的成长。

小说中的三个主角各自代表了一种不同的价值观念,他们的相互作用与碰撞展现了一种人类情感的复杂性和多样性。班克森和内尔之间的冲突既是情感上的,也是学术立场上的。在这样的大背景下,他们不仅需要面对情感的考验,还需要面对职业道德和学术道德的挑战。三人之间的感情关系是一种非常复杂而微妙的平衡,要想维持这种平衡非常困难,但他们却在这样的平衡中找到了自己的欢愉。

人性的复杂性和多样性引发我们思考:人类的欲望和自律之间的平衡点需要我们不断地去实践和探索。小说以一种非常独特的方式呈现了人类情感的复杂性和多样性,用细腻的笔触和深刻的洞察力描绘了三位年轻人类学家之间的感情和思想,把欲望和理智、知性和野蛮等对立面融合在了一起。在审视他人生活的过程中,主人公们也发现了自己的内心世界,这种内省和探索的精神,他们一直在坚持和追求。这种精神值得我们去学习和借鉴,启发我们去探索人类文明和自我意识的边界。在这个过程中,我们需要理性思考,同时也需要感性追求。只有这样,才能让我们的人性得到释放和发挥。小说中的班克森、内尔和芬三个人物,无论在学术研究上还是在情感上,都给我们带来了很好的启示和思考。我们需要在自我认知和自我发展的过程中，去探索和寻找自己内心的平衡点，让自己的人性得到真正的发挥和体现。

"我就是看那家伙不爽。"

——《恶意》读后感

> 情不知所起,一往而深,是最美的爱情。恨不知所起,深入骨髓,是最冷的人性。原罪被放大,总有一角照出自己。
>
> ——东野圭吾《恶意》

《恶意》是日本推理作家东野圭吾创作的长篇小说,于1996年首次出版。这本小说讲述的是作家在出国前一晚被杀,警方很快锁定了凶手,但事情的真相绝非如此。其主体部分表现为第一人称不定内聚焦型叙述,并充分体现了内聚焦叙述的特点。故事在结尾戛然而止,使得读者不能迅速从叙事语篇的指示中心抽离出来,这种抽离的缺失往往会更加引人深思,更能使人体会小说的主题,即人性的恶意。

《恶意》深刻揭示了人性的善恶。故事中无边的恶意深不见底,有如万丈深渊,让人不寒而栗。作者笔下的野野口修是一个自我意识过剩的人,从小就有怀才不遇的情绪。善良的日高邦彦一直把他当作好朋友,并帮他走上作家的道路。但野野口修却一直嫉妒待人友善招人喜爱的日高。野野口修在知道日高邦彦的文学成就时,对自己的渺小心有不甘——没有实现作家梦,加上病入膏肓,命不久矣。这种复杂心理很快又将嫉妒转化为仇恨,这种恨意不断膨胀,引发了杀害日高的恶果。杀害日高,为了诋毁他而制造各种谎言,这就是犯罪嫌疑人野野口修全部的人生。

实际上,犯罪嫌疑人野野口修的杀人动机并不是很多读者认为的那句"我就是看那家伙不爽",而是更为复杂,说到底就是怀有"嫉妒之心"。野野口修与作家日高邦彦曾经是很好的朋友,都想做一个作家,但当日高邦彦取得文学上的成就时,野野口修就开始嫉妒了。这是常人都有的心理,但嫉妒的程度会因人而异。有的人仅仅止于嫉妒，心里默默难受一下就过去了，有的人的嫉妒之心却会长久持续，野野口修就是这种人。当日高邦彦的文学成就越来越大时，野野口修的嫉妒与恨意就愈加膨胀，最后做出了杀人并窃取日高邦彦成就的行为。日高不求回报的善和野野口修心胸狭隘的恶无形之中形成了鲜明对比，由此展现出人性善恶的因果关系。人固然有善恶的分别，但如果要让人直面犯罪嫌疑人这种"恶"，令读者震惊。这种恶意和复杂性不仅存在于小说中的人物，也存在于现实生活中的每一个人。我们都有着自己的嫉妒之心，也都有着可能犯下罪行的潜在能力，但并不是每个人都会走向犯罪。从小说中看来，嫉妒是人性中最大的恶，它能让人失去理智，做出极端的行为。野野口修在日高邦彦取得文学成就后，开始嫉妒，最终演变成了仇恨和杀戮。因此，我们需要在自我反省中不断提醒自己，避免陷入嫉妒的泥潭，犯下不可挽回的错误。小说中通过犯罪嫌疑人的角色深刻地展现了人性的恶意，让人们深刻地认识到了这种恶意的可怕性。《恶意》将这种恶通过文学的形式放大，并展现给读者，引起读者的思考。

　　读完这本小说，我深深地感受到了人性的复杂性和可怕性。"只有阳光和人性是不可直视的。"这句话深刻地表达了人性的复杂性和难以捉摸的性质。此书名为"恶意"，究竟恶意是什么？用书里的一句经典台词"我就是看那家伙不爽"可以来表达"恶意"。野野口修这样的恶意是没由来的，是发自内心的一种敌视，更是一种已经扭曲的冷酷的人性——有些人的恨是没有原因的，他们平庸，没有天赋，碌碌无为，于是别人的优秀、天赋、成功、善良与幸福便都是罪了。人性的善恶是一种非常微妙的东西，它不仅仅取决于个人的心理状态，还取决于外部环境和社会背景等因素。因此，我们无法简单地对人性进行二元分析，而应该根据具体情况进行分析。

　　总的来说，《恶意》是一部充满思考和启示的小说。它让我们深刻认识到人性的复杂和恶意的可怕，同时它也展现了人性的善良和美好。只有在阳光和人性共存的时候，人类才能拥有和平和幸福。因此，我们要时刻保持善良和美好，让人性的光明面继续照耀我们的生命。

我们该如何度过一生？

——《一个孤独漫步者的遐想》读后感

读完卢梭的《一个孤独漫步者的遐想》，我不禁思考起人生应该如何度过。他引用了古希腊哲学家梭伦的一句诗句："学而不倦，不觉老之将至。"这句话打动了我，因为它提醒我们在一生中不断学习和探索的重要性。

卢梭在文章中谈到了他自己的经历和教训，他认为逆境是一位伟大的老师，但它也要求我们付出代价。无论逆境还是顺境，无论挫折还是成功，这都是成长的机会，应该勇敢面对并从中学习。他提到青年时期是学习智慧的时期，而老年则是运用智慧的时期，这让我意识到人生是一段不断学习和成长的旅程，我们应该在年轻时努力学习和探索，以便在老年时能够运用所学。

卢梭在书中表达了自己对人生的独特见解。他从童年时期的不适感开始，逐渐意识到自己无法在这个世界上找到真正的幸福。他的想象力游离于现实之外，渴望找到一个能够让他安定下来的宁静之所。

作者认为这种想法是源于他童年接受的教育，以及一生中的苦难和不幸。他与那些追求知识的人不同，他们追求的知识更多是外在的，为了展示自己的学识而研究宇宙和社会。而卢梭认为，真正的学问应该是对自身的反省和认知，而不是为了炫耀或教育他人。

卢梭不断进行自我研究，对自己的人生进行探索。他认为人应该从自己的信念出发，行动的标准取决于我们所相信的东西。他不断寻求人生的终极真理，试图为自己的人生指明方向。然而，他很快意识到，他不应该过于纠结于追求这个真理，而应该接受自己在这个世界上找不到绝对的答案的事实。

然而，卢梭也承认他的学习经历来得晚，并且对他来说是痛苦的。他感叹自己学会了更深刻地理解人类，却也更深刻地感受到了他们所带来的苦难。他提到自己被他人的偏见和花招所困扰,被捉弄摆布,这让我感到心酸。他对人们的愚蠢和软弱信任让他深陷困境,对这一切的揭露让他看清了现实的惨淡真相。

卢梭认识到时间和理性让他不得不接受自己的不幸,并且意识到他已经无法改变现实。他承认自己在这个年纪所拥有的经验对现实和将来已经没有意义。这让我想到,或许我们应该更早地面对现实,接受现实,并在有限的生命里寻找真正的价值和意义,以便更好地度过一生。

卢梭也提到老年人应该学习如何对待死亡,因为这是他们在这个年纪最缺乏的知识。他指出大多数老年人比年轻人更依恋生命,因为他们将所有的精力都投入到现世的生活中。然而,当生命走到尽头时,他们会意识到所有的努力和成果都要放下。最重要的是,我们要学会面对死亡,思考我们的人生目标和价值观,在一生中应该更加重视精神和内心的培养,而不仅仅是物质的追求,并在有生之年活出真正有意义的人生。我深感人生的意义和价值在于个体对自身的认知和内心的安宁。我们不能奢求在这个世界上找到完美的幸福,但我们可以通过自我反省和研究,找到适合自己的生活方式。我们应该积极思考自己的信念和价值观,并以此作为行动的准则。

卢梭的思考给了我启示,让我更加关注自己的内心世界,深入思考人生的意义和目的。无论在人群之中还是独自一人,我们都可以通过探索和自我反省,找到自己的人生归宿。我们不必追求外在的成功和社会认可,而是要专注于个体的成长和内心的满足。只有这样,我们才能真正度过一个有意义的人生。

卢梭在书中描述了他对隐居生活的向往和对社会虚荣的厌恶,从而决定进行一场内心的洗心革面。他反思了自己在尘世中的迷茫和不满,以及对财富和名利的冷漠。他意识到追逐物质和虚荣只会带来更多的不满和空虚,而真正的幸福和满足来自内心的宁静和对自然与造物主的思考。改变并不仅仅局限于外在的物质上,更需要进行内心的观念改革。他下定决心,用余生来修整自己的内心,使之成为他希望的样子。卢梭重塑了自己的道德体系,摒弃了世俗的虚荣和浮华。他开始寻求真正的孤独,并意识到只有在完全离群索居的状态下才能完成自己的作品。他需要静默沉思的时间,而社会的喧嚣无法容忍这样的沉思。

卢梭决定在四十岁的时候告别繁华世界,选择隐居生活。他舍弃了物质的追求,穿上简朴的服装,摒弃了贪婪和觊觎之心。在隐居的生活中,他恢复了与自然的联系,用心抄写乐谱,并从中找到了真正的快乐和满足。尽管有时外界的力量或意外事件会打断他的生活方式,但他已经找到了一种新的生活方式。他享受这种独自生活的好处,并且发现众叛亲离反而给了他意想不到的好处,让他得以实现自己原本无法想象的事情。

我从卢梭的遐想中明白到,我们在追求幸福和满足时,应该从内心出发,而不是追求外在的物质和虚荣。通过与自然的接触和对生命的思考,我们可以找到真正属于自己的快乐。隐居生活可能不适合每个人,但我们可以学习卢梭的冥思和自省,从中寻找到自己内心真正渴望的生活方式。

卢梭在书中描述了他与现代哲学家的交往,以及对他们观点的怀疑和不满。他发现这些哲学家的观点狭隘、偏执,并且缺乏真实的信仰。卢梭意识到,他不能永远陷入这些诡辩之中,他需要找到自己的信仰和行为准则。

卢梭决定寻找自己的信仰,并将其作为余生的行动指南。他意识到时间正在流逝,他的理解力已经达到巅峰,但接近衰落的边缘。他深知,如果不抓住当下的机会,等到晚年才觉悟时,他已经无法发挥出自己的力量。因此,他决定在物质和精神层面都进行改革。

卢梭希望能清晰地表达自己的观点和原则,并希望在接下来的生命中坚守这些深思熟虑后的信念。他意识到,现在是他改变自己的时期,无论是在外在物质上还是在精神和道德上。他希望通过这个改变,能够在余生中以最好的状态去追求他认为正确的事情。

在这个喧嚣的世界中,我们常常被他人的观点和诱惑所左右,容易失去自己的信仰和方向。卢梭的思考让我意识到,我们应该坚守自己的信念,寻找内心深处真正的声音,并将其作为人生的指南。无论外界如何变化,我们应该始终坚守自己真实的信仰和原则,以此度过一生。

卢梭在书中描述了他对人生意义的思考和探索。他发现自己陷入了一个迷宫般的困境,迷失在困惑、难题、异见、迂回曲折和黑暗之中。他曾多次考虑放弃,但最终决定以勇气面对人生的宿命。卢梭在他的探寻中,决定只关注对他来说真正重要的感情。他抛弃了公认的审慎法则,因为他觉得采取这种谨慎的态度并不适合他。他坚持选择勇敢面对人生的选择和可能的错误。他相信自己的努力是为了避免犯下任何罪过,并追求内心真诚的信仰。

尽管卢梭承认他的判断可能受到童年偏见和个人希望的影响,但他坦然面对这一点。他相信,即使一切都只为今生而服务,他仍然能够在有限的时间里发挥自身的价值,不愿成为彻头彻尾的傻瓜。他不愿为了尘世间的短暂享乐而抛弃自己灵魂的永恒命运。在他眼中,尘世间的享乐并没有太大的价值。

我们应该审视自己真正重要的价值和信仰,并勇敢地面对人生的选择和挑战。我们不应该为了短暂的快乐而迷失自己的方向,而是要追求内心的真诚和灵魂的永恒。我们的一生应该用来追求更高的目标,发挥自身的价值,而不是沉溺于世俗的享乐和虚浮的追逐。

卢梭在书中描述了他自己对于哲学问题的探索和思考,他承认自己并不能完全解决那些哲学家们经常讨论的难题,但他决心将自己的精力集中在更为深奥和难以理解的课题上。卢梭选择采纳他认为最有理有据、最令人信服的观点,而不会浪费时间在那些他无法解决的异见上。他强调重要的是要有自己的观点,凭借成熟的理智做出判断。即使这样做可能会犯错,他也愿意承担后果,因为他没有任何罪过。这成为他安全感的基础性原则。通过艰难的研究,卢梭将自己的研究成果写成了《信仰自白:一个萨瓦省牧师的自述》。这本书在当时遭到了凌辱和糟蹋,但他希望未来能够得到人们的重视。卢梭认为,如果理智和信仰能够再次兴起,那么这本书也许会被重视。

卢梭通过深思熟虑得出的道理让他获得了宁静,从那时起,他将这些道理视为自己做人做事的准则。他不再为自己无法解决的和无法预见的驳斥而烦恼。对于那些驳斥异见,他认为它们只是故弄玄虚和钻牛角尖,相比于他内心深信的基本原则,它们并不重要。

面对人类智慧难以理解的高深课题时,卢梭相信自己所坚守的信念与他的心灵和整个生命相得益彰。他观察到了天性、世界结构和物理秩序之间的默契,发现了与之相对应的道德秩序。这种道德秩序成为他承受人生苦楚的精神支柱。无论命运如何,无论他人如何,他都坚守着这个让他幸福的体系,因为他相信在其他体系中他将无法生存,也将成为最不幸的人。

我深刻体会到了他对人生意义的思考和对自己信念的坚守。尽管他未能解决所有问题,但他的思考过程和勇于坚持自己信仰的态度给了我很多启示。我们每个人在人生中都会面临各种困难和批判,但只有坚定地相信自己的价值观和原则,才能度过一生,不论外界如何变化,依然保持内心的宁静和幸福。

卢梭在书中描述了他对自己人生轨迹的痛苦反思和对现实世界的质疑。他发现自己的理智和希望在苦难中被摧毁,被他人的偏见和谬误所束缚,在这样的情境下,他思考着如何保护自己免遭绝望的侵蚀。

卢梭认识到自己在周围人的眼中可能是平庸凡人,但他也怀疑自己是否是唯一有智慧的人。他对周围事物的真实性产生了怀疑,但他也不会轻易放弃相信它们。面对迫害和困难,他选择与之对抗,而不是被动地接受命运的安排。

卢梭在书中也描绘了自己曾陷入绝望的状态,但他发现这些危机只是暂时的,无法动摇他的内心。他重新审视自己过去的思考和对真理的追求,感觉自己在这个过程中获得了新的智慧和成熟的判断。他相信自己的情感来源于成熟的心智和对真理的追求,而不是被舆论左右。

我们每个人都有自己的痛苦和困惑,但我们也可以通过反思和追求真理来找到内心的平静。让我们珍惜思考和成长的机会,用心去体验生命中的平静时光,以更深刻的智慧和热忱面对人生的挑战。

卢梭在书中表达了他对自己人生的反思和困惑。他描述了自己内心的忧伤和烦恼,以及自己在面对困境时的选择和决定。卢梭认识到人类的理解力是有限的,无法完全掌握所有问题的答案。因此,他选择专注于自己能力范围内的事物,不去过多纠结于超出自己能力的问题。他坚持这个决定是出于理智和明智的考虑,他相信自己的心灵和理性可以顺应这个决定。

卢梭提到了他遭受的迫害和嘲笑,他指出那些迫害他的人所宣扬的道德并没有根基也没有实际效果。他指责那些迫害者只是追随一种内心教义,而这种道德纯粹是侵略性的,只适用于进攻而非防守。对于已经处于逆境中的他来说,这样的道德并没有任何用处。

卢梭坚信纯洁是他在逆境中的唯一依靠。他认为如果他放弃纯洁,转而采取恶毒的言行,那么他会让自己的不幸加剧。他认为学习毁灭的艺术并不能解脱他自己的痛苦,反而会让他自己瞧不起自己。他相信通过保持纯洁和正直,才能够在困境中找到真正的自我和内心的力量。

我们应该专注于自己能力范围内的事物,不去过多纠结于超出自己能力的问题。我们应该坚持自己的价值观和纯洁的内心,不被外界的诱惑和迫害所动摇。只有通过保持纯洁和正直,我们才能够在人生的旅程中找到真正的自我和内心的力量。

卢梭强调了理性思考的重要性,他认为我们应该通过理性思考来得出我们信仰和准则的基础,并坚持这些结论。他提到外界的教义学说无法撼动我们的精神世界,我们应该坚定地守住自己的信念。在面对孤独、憎恶和羞辱的时候,卢梭告诉我们要坚持对自己的心灵进行治愈以及寻找关怀、关心和真挚情感的方法。他认为我们不需要接受任何新的想法,因为新想法只会打扰我们的内心平静。

虽然我们可能无法像卢梭那样不断学习到新的知识,但我们可以在品德方面不断学习和进步。耐心、温柔、顺从、尊严和公正是我们应该学习和追求的品质。这些品质是我们可以带走并在一生中不断积累的财富。最终,我们应该以一种高尚的方式离开这个世界。尽管我们无法达到完美,但我们可以通过学习和坚持道德准则来使自己的生命更有意义和价值。

卢梭的《一个孤独漫步者的遐想》给了我很多启发和思考。通过思考人生的意义和如何度过一生,我意识到建立内心善美的坚实基础和追求高尚道德品质的重要性。让我们以卢梭的思想为指引,用我们凡人的力量去追求更高尚、更有价值的人生。

我是一个什么样的人？

——《地下室手记》读后感

《地下室手记》是陀思妥耶夫斯基创作的一部长篇小说，通过主角地下室人的第一人称叙述，探讨了自由意志、人的非理性以及历史的非理性等哲学议题。《地下室手记》不仅是陀思妥耶夫斯基的代表作，也是他创作生涯的一个转折点。这部小说预示了他后来五本重要的长篇小说，如《罪与罚》《白痴》《群魔》等。它被认为是陀思妥耶夫斯基思想的钥匙，打开了他创作生涯的新篇章。这部小说以"我是一个什么样的人？"为题目，深入揭示了地下室人内心深处的自卑和病态心理。

地下室人是一个四十岁左右的退休公务员，他的内心充满了自卑感，却又常常对自己进行剖析。他通过长篇独白的方式，向读者展示了他扭曲的思维和病态的自我反省。他认为人的行为是非理性的，自由意志只是一种幻觉，人类行为的驱动力更多是本能和欲望。他对社会的批判和对自己的自我怀疑使他陷入了地下室的孤独与困惑之中。地下室人的自卑感源于他对社会的不满和对自身价值的怀疑。他感到自己被社会边缘化，被忽视和遗忘。这使他产生了一种反叛的情绪，他故意违背社会规则，以证明自己的存在感。他对自由意志的讨论引发了我对人类行为的思考。我们是否真正具备自由意志？或者我们只是被外界因素所驱使，无法真正掌控自己的行动？

小说中的地下室人对历史和人的非理性也进行了深入的探讨。他认为人是非理性的生物，无法像理性的机器一样运作。这让我想到了人类的情感和冲动在决策中所起的作用。我们的决策和行为常常被情感主导，而非纯粹的理性思考。这使我开始反思自己的行为背后是否有情感的驱动，以及这种情感是否会影响我的决策和人际关系。

除了哲学议题,小说中的第二部分还讲述了地下室人的一段往事和他与妓女丽莎的相识。这段回忆给地下室人的生活带来了一丝曙光,但最终也以悲剧收场。通过这段往事,地下室人感受到了自己内心的渴望和无法实现的理想。他对自己的孤独和对社会的不满逐渐加深,进一步凸显了他内心的矛盾和病态。这部分让我感受到地下室人内心的渴望和对真正的人性的追求。他希望通过与丽莎的接触找到真实的情感和人际关系,但最终却在自己的病态心理中失败了。这让我思考人与人之间连接和沟通的重要性,以及我们内心深处的渴望是否会影响我们与他人的关系。

鲁迅提到"审问者在堂上举劾着他的恶,犯人在阶下陈述着它自己的善",这个观点在《地下室手记》中得到了淋漓尽致的展示。主人公自称"我"是一个"无知者",他忘记了二加二等于四,他执着地否定常规的真理,他居住在地下室并鄙视一切光鲜亮丽的事物。主人公似乎享受自我屈辱,将苦难当作自己唯一的朋友。

然而,陀氏并非只是在嘲笑主人公的荒诞行为,他更深刻地揭示了理性的局限性。小说中有一句话深深地触动了我:"理性当然是个好东西,这用不着争辩,但理性终究不过是理性,它只能满足人的理智能力,但意愿却是整个生活的表现,即整个人的生活连同理性、连同一切内心骚动的表现。"理性固然重要,但它仅仅是人的理智能力的体现,而意愿则是整个生活的表现。陀思妥耶夫斯基试图通过主人公的思想和行为来探讨人的自由意志和存在的意义。

阅读《地下室手记》时,我被陀氏对一切看似不合理的事情进行有理化的方式所吸引。他让人们开始思考合理与否的标准从何而来。他提醒我们,书籍、电影等美好的事物并不能真正改变生活,它们只是让生活可以继续下去的一种方式。人是复杂的,教育并不能完全改变一个人,因为每个人都有自己的个性和独立的人格。每个人的行为都受自己意志的支配。

书中的一部分内容让我感到生涩难懂,可能是因为我的生活经历还不够,无法产生共鸣。但另一部分却深深触及了我内心深处卑劣、丑陋的一面,它的文字尖锐而直击灵魂,让我不得不直面自己。这是每个人都能体会到的,但又难以言表的感觉。这种体验让我感到幸运,因为它促使我更加真实地了解自己。

《地下室手记》是一部思想深邃的作品。通过地下室人的独白,陀思妥耶夫斯基揭示了人类内心深处的病态和自卑。他对社会的批判和对自己的自我怀疑引发了我对人性的思考。这部小说充满了哲学意味,引发了我对自由意志、人的非理性以及历史的非理性等问题的思考。同时,地下室人的孤独和矛盾也引发了我对人类存在的意义和人与人之间的关系的思考。《地下室手记》是一部引人深思的作品,它深刻地触动了我的内心,让我对自己和世界有了新的认识。

现实再不堪，还好有唐诗

——《再见那闪耀的群星：唐诗二十家》读后感

群星耀眼似银河，盈盈书香入我心，
二十笔墨流金光，文化璀璨耀古今。

李白的豪情壮志翩翩，白马啸西风勇敢添。
王之涣的《登鹳雀楼》，高瞻远瞩意境鲜。
孟浩然的《春晓》朴实，微风吹绿野花眠。
杜牧的《秋夜将晓》萧瑟，寂寞寒秋月儿圆。
王维的山水诗情深，人在山水间流连。

唐诗如繁星点点满天，每一颗都独具魅力。
从初唐盛世到晚唐衰，诗人们创造了辉煌。
他们用笔墨书写时光，抒发思想情感的深。
山水之美，人生辗转，世间万象，尽收眼底。

再见那闪耀的群星，唐诗之美永流传。
感悟其中的人情世态，体味岁月的风韵。
唐诗二十家，留给我无尽的思考，
犹如一颗颗明珠，闪烁着自己独特的光芒。
此书如一幅画卷展开，让我走进了唐朝的风光。
再见那闪耀的群星，唐诗之美永流传。

向死而生，孤独，又何妨？

——《百年孤独》读后感

《百年孤独》是一部由哥伦比亚作家加西亚·马尔克斯创作的长篇小说，它被公认为马尔克斯的代表作品，同时也是拉丁美洲魔幻现实主义文学的代表作之一。这部小说以其独特的风格和深刻的思想内涵，为读者刻画出了一个充满神秘、奇幻和诗意的世界。

《百年孤独》是一部伟大的文学作品，它不仅代表了马尔克斯的创作成就，也体现了拉丁美洲文学的特色和魅力。读者可以通过这部小说，领略到拉丁美洲的历史和文化，感受到马尔克斯的独特魅力和文学才华。作品描写了布恩迪亚家族七代人的传奇故事，以及加勒比海沿岸小镇马孔多的百年兴衰，反映了拉丁美洲一个世纪以来风云变幻的历史。作品融入神话传说、民间故事、宗教典故等神秘因素，巧妙地糅合了现实与虚幻，展现出一个瑰丽的想象世界，成为20世纪重要的经典文学巨著之一。

"它（孤独）在我一个人的时候，知道自己是谁。"孤独是《百年孤独》的主题，也暗合了小说中所有人物的命运。每个人物都在孤独中诞生、成长、衰老、死去。他们的一生都在探寻自己，探寻生命的意义。然而，在这个孤独的过程中，他们却总是陷入各种各样的欲望和烦恼中，渐渐地迷失了自己，也迷失了生命的意义。

"孤独是所有欲望的终点。"家族中的男性成员，他们在某种程度上是第一代何塞·阿尔卡蒂奥·布恩迪亚的精神继承者。何塞·阿尔卡蒂奥·布恩迪亚是人类男性祖先的象征，他先以勇敢智慧开创世界，在困境中同恶劣的自然条件搏斗，建设家园，是家庭和社会的支柱。可后来他被吉卜赛人从外界带来的象征人类文明的种种科学技术所吸引，以献身精神如痴如醉地投入到科学实验中,虽然探寻到一些科学真理(如圆形地形说等),但同时也陷入了崇尚经济利益(炼金术)、暴力(发明武器)、征服(认识世界奇迹)等欲望中。始祖是人类文明的起点,是人类文化的源头。在始祖时期,人类的想象力和幻想能力开始得到充分的发挥。这些思想和幻想在其后的男性子孙身上得到了继承和发展。他们承载了男性征服自然世界的各种欲望,包括放纵生理欲望、崇尚暴力战争、权力无限的统治欲、实业建设的创造欲、强烈的反抗性、精神寄托的依赖性和强烈的求知性等。第二代何塞·阿尔卡蒂奥和第四代奥雷里亚诺第二在生理欲望方面表现得尤为突出。他们放纵自己的欲望,把生理需求置于其他一切之上。第二代奥雷里亚诺则崇尚暴力战争,认为通过暴力战争才能获得统治地位。第三代阿尔卡蒂奥则追求权力和统治欲。他们渴望拥有无限的权力和掌控一切的能力。而第三代奥雷里亚诺·特里斯特则是实业建设的代表。他们希望通过自己的努力建设很多重要的基础设施,如铁路和制冰设施,为人类创造更多的便利和资源。第四代何塞·阿尔卡蒂奥第二则表现出强烈的反抗性,他们为获得人权而斗争,并陷入了人类"崇高"劳动中。第五代何塞·阿尔卡蒂奥则依靠宗教寻求解脱,寄托自己的精神需求。而第六代奥雷里亚诺则有强烈的求知欲,探索世界的奥秘和科学的本质。这些男性子孙们继承了始祖时期的想象力和幻想能力,把这些想象阶段的幻欲发挥到了极致。他们丰富的内心世界和独特的个性使得他们在人类历史上留下了深刻的印记。令人触目惊心的现实是,家族中的男性成员只有两种命运,一是死于暴力、战争等非命之手,另一种则是陷入孤独的深渊无法自拔。这种命运的残酷,源于男性在现实中无法满足自己的欲望,而导致心灵的扭曲和自我伤害。对于那些不幸死于暴力之手的男性,他们实际上是在面对整个男性欲望的交汇时,无奈地被卷入其中,最终走向灭亡。这种死亡方式,虽然不是男性自己亲手所为,但却是男性自我戕害的象征。这种自我戕害不仅仅体现在暴力行为中,更深层次的是男性内心的挣扎和痛苦。男性在现实中无法满足自己的欲望,导致内心的矛盾和自我伤害,这是男性自我戕害的真正来源。即使是那些幸免于难的男性,也无法逃脱

"孤独"的困境。他们在生活中会面对巨大的压力和挑战,无法得到彻底的解放和满足。这种孤独不仅仅是身体上的孤独,更深层次的是心灵的孤独。他们无法与周围的人建立起真正的联系和沟通,无法得到真正的支持和理解,这是一种极其痛苦的经历。

《百年孤独》中男性角色的自我叛逆包含两种潜在意旨。第一种是俄狄甫斯情结,即男性对母性的依恋与崇尚。这种情结在小说中得到了充分的表现,比如第二代何塞·阿尔卡蒂奥和庇拉·特内拉接触时想象的是母亲乌尔苏拉,以及第三代奥雷里亚诺·何塞与其姑母阿玛兰坦·乌尔苏拉酿成的家族悲剧。这些情节展现了男性对母性的依恋及强烈的占有欲。第二种意旨是类似禅宗出世,觉悟自性的宗教情结。在小说中,男性角色常常陷入孤独不能自拔,用与世隔绝的禁欲来逃避人类罪恶的惩罚。这种情节表现了男性角色希望通过禁欲来寻求内心的平静和纯洁,试图逃离这个充满罪恶和矛盾的世界。这种自我叛逆似乎是作者在否定了男性价值体系之后,重新构筑的或回归母性或彻底出世的两种终极模式。这种双重认同可能是作者对于男性角色身份和性别角色的深刻思考和反思。同时,这种思考也反映了当时社会对于男性角色身份和价值观的困惑和变化也是文学艺术的重要价值之一。

在这个家族中,乌尔苏拉被视为一个极其重要的存在,因为她代表了整个家族的母性形象,并且在家族史的记录和见证中发挥了至关重要的作用。如果没有她的存在,整个家族就无法延续下去,这是因为她是家族的支柱,也是家族的始母,具有女性几乎一切的优点。她的重要性也表现在她建立了一个与原男性统治秩序有继承性和否定性的女性统治秩序。实际上,乌尔苏拉才是世界人类不仅从生命意义更是从秩序意义上真正的创始人。在小说中,乌尔苏拉的形象被塑造得非常完美,她不仅是一个家庭的母亲和妻子,还是一个女性统治秩序的缔造者。她的存在对整个家族有着深远的影响,她的智慧和决策能力使她成为整个家族的领袖和指导者。在丈夫退缩脱离男性统治秩序时,乌尔苏拉并没有跟从他的步伐,而是选择了建立一个全新的女性统治秩序。这个秩序不仅继承了原有的男性统治秩序的优点,还具有了女性的特点和优势，使得整个家族更加和谐、稳定和发展。因此，乌尔苏拉不仅是这个家族的母亲和领袖，更是整个世界人类的创始人。她的存在和决策使得人类社会得以进一步发展，她的形象也成了女性社会地位提高的象征。

乌尔苏拉是一位极其重要的女性角色，她是书中所有女性形象的代表，也是人类始母的象征。其他女性角色，尤其是布恩迪亚家族成员更是"乌尔苏拉"的延续和补充，每个女性角色都代表着不同的特质和品质。阿玛兰坦是一位高傲的女性，她拥有着高贵的出身和独特的气质。她的高傲体现了她对自己家族的自豪和自信，也是她作为一位女性所表现出来的独立和自我意识。丽贝卡则是一位野性的女性，她拥有着自由和独立的灵魂，她不受任何束缚和限制，喜欢追求自己的梦想。她的野性体现了她作为一位女性所具备的勇气和决心。雷梅黛丝（俏姑娘）则是一位美丽动人的女性，她拥有着迷人的外表和温柔的性格，她善良、聪明、善解人意。她的美丽体现了她作为一位女性所具备的柔美和娇媚。雷纳塔·蕾梅黛丝（梅梅）则是一位充满热情的女性，她拥有着勇敢和积极的性格，她充满活力、朝气和激情。她的热情体现了她作为一位女性所具备的热情和激情。雷梅黛丝·莫科特则是一位纯真善良的女性，她拥有着善良和纯真的灵魂，她总是保持着一颗纯净的心。她的纯真善良体现了她作为一位女性所具备的纯真和善良。每一个女性角色都具备着自己独特的特质和品质，她们代表着女性相对于男性的特质的承载，也是书中女性形象的重要代表人物。

乌尔苏拉夫妇的"创世记"在双重层面上具有象征意义。首先，它象征着人类之初的原始氏族母系社会，反映了女性在人类进化和文明的初期发展中所起的启蒙性引导作用。在早期的人类社会中，女性是家庭和社会的主要支柱，她们负责守护婴儿和孩子，传授知识和技能，领导宗教仪式和社会活动。因此，乌尔苏拉夫妇的"创世记"可以被视为对母系社会和女性地位的一种肯定和强调。其次，这个"创世记"也象征着人类进入文明时代之后，男女两性对人类发展的作用。在这个阶段，男女关系的变化，以及性别角色的转变，对社会的演变和进步产生了深远的影响。男性成了社会的主要决策者和领袖，而女性则在各个领域中发挥着越来越重要的作用。乌尔苏拉夫妇的"创世记"在这一层面上可以被视为对男女平等和相互依存的一种倡导和表达。因此,乌尔苏拉夫妇的"创世记"具有深刻的历史、文化和社会意义,反映了不同阶段人类社会中不同性别的价值和作用,同时也呼吁人们在当今社会中保持性别平等和相互尊重。

《百年孤独》是一本广受欢迎的文学作品,它不仅仅是一部文学作品,更是一部深刻的哲学著作。在这本书中,作者马尔克斯以富有诗意的笔调,深刻探讨了人生和孤独的问题,引领我们思考这些永恒的话题。"我们的欲望是我们孤独的根源"这句话深刻而真实。我们每一个人都有无尽的欲望,而且这些欲望不断地推动我们去追求更多的东西。但是,欲望也会让我们倍感孤独,因为我们总是在不断地追求东西,而这种追求让我们感到无法满足。然而,正是这种欲望,让人类不断地追求更好的生活,不断挑战自我,才有了我们今天所拥有的文明和进步。没有欲望,人类将会变得懒惰、退化,失去向上的动力。因此,我们需要承认欲望的存在和作用,但同时也要注意控制和平衡这种欲望。孤独是我们生命中不可避免的一部分。在我们的人生中,总会有一些时候我们感到孤独。但是,我们也不能让孤独压倒了我们的生活。我们需要意识到,孤独是一种很自然的情感,而不是一种难以忍受的痛苦。我们可以通过与他人交流、参加社交活动等方式,来减轻孤独的感觉。

通过阅读《百年孤独》,我们可以更深刻地认识到人生和孤独的本质,感受到生活中的美好和意义。我们需要在追求欲望的同时,不忘控制和平衡,认识到孤独的存在并学会面对它,才能真正活出有意义的人生。

一个人的觉醒,从独来独往开始

——《在细雨中呼喊》读后感

　　《在细雨中呼喊》是余华于1991年创作的第一部长篇小说。它以一个孩子的视角,展现了一个底层人物的命运,展现了身处"文化荒原"时期人们情感的绝望,让人们看到了人类普遍的生存状况,并在象征的层面上,映射了人与社会的交往方式,以及个体在世存在之必然状况。

　　读完《在细雨中呼喊》,我对余华的文学天赋感到震撼。他通过细腻的叙述和深刻的洞察力,展现出一个少年孙光林的命运与内心,让读者深入感受到他的孤独和无助。在这个静默的世界中,我听到了生命的呼吸声,感受到了人性的复杂和命运的无常。小说采用了儿童的视角回忆童年,时间发展没有生命的痕迹,孙光林的童年是一个静态的过程,孤独感是童年的唯一线索。他在家庭的破碎和社会的冷漠之中,孤独地成长着,为生命的挣扎和毁灭所困扰着。这种静态过程让孙光林的童年充满了忧伤。但是,正是这种忧伤让他开始思考人生的意义,开始对命运进行深刻地解读,独特地阐释,对人性进行了无情的剖析和批判。他的觉醒开始于孤独,但最终却带给他勇气和坚定的信念。

　　小说主人公孙光林是一个十二岁的孩子,他从小生活在一个不和谐的家庭中,六岁时被送到一个阴阳失调的军人家中收养。在极度恐惧之中,十二岁的他又回到了南门。整部作品的基调黯淡而带着沉重的忧伤,死亡和绝望在作品中遍布。

　　《在细雨中呼喊》最让人感受深刻的是孙光林的觉醒过程。他从一个孤独、无助的小男孩,逐渐成长为一个有思想、有信仰、有勇气的青年。这个觉醒的过程,伴随着他经历的种种困境、苦难,也伴随着他逐渐获得的对人生、对世界的理解和认识。

孙光林的觉醒,始于他的独来独往。在童年时期,他经常一个人躲在墙角、树下、水沟里,独自思考。这种独处,使他得到了休息,得到了自由,也得到了反思。他开始思考人生、自己的命运,思考社会的不公和人性的复杂。他看到了父母的悲惨命运,看到了社会的不公和残酷,看到了人性的善恶和矛盾。这些思考,让他开始认识到自己的处境,开始有了对命运的怀疑和反抗。

孙光林的觉醒,进一步加深了他的思考和反抗。他开始有了对生活的信仰和追求,开始有了对真理和正义的追求。他开始学习,学习知识,学习文化,学习理论。这些学习,帮助他认识到自己的不足,认识到自己的束缚和局限,也帮助他认识到自己的潜力和可能。他开始思考自己的未来,开始计划自己的生活,开始希望自己有所改变。

孙光林的觉醒,最终引导他走向了勇气和拯救。他决定离开南门,去寻找自己的未来。他决定面对命运,去改变自己的命运。他决定承担责任,去拯救别人的命运。这种勇气和拯救,让他成了一个真正的人,一个真正的英雄。他不再孤独,不再无助,不再被命运所控制。他因为独来独往而觉醒,因为觉醒而勇敢,因为勇敢而成功。

这个过程充满痛苦和挣扎,但也是一个觉醒的过程。孙光林的孤独和痛苦让他变得更加敏感和理解他人。他开始关注社会的底层人物和弱势群体,试图用自己的方式去帮助他们。他的人性开始得到升华,从一个孤独的人变成了一个关心他人的人。通过孙光林的命运和内心世界,我们可以看到每个人的内心和命运,也可以看到人性的复杂和命运的无常。

《在细雨中呼喊》中有很多对生命的描述,这些描述中透露出的是对生命的敬畏和珍视。生命是脆弱而宝贵的,它在任何时候都可能消失,但它的存在也让这个世界变得更加美好。在这个世界上,每个人都有自己的价值和意义,我们应该尊重彼此,理解彼此,关爱彼此。

小说中的意象构筑非常巧妙,通过孙光林的观察和感受,呈现出了熙熙攘攘的人类世界和生命的无常。在细雨中,孙光林看到了无数的生命,有的正在诞生,有的正在挣扎,有的正在死亡。这些意象既象征着孙光林的内心,又折射出了整个社会的冷漠和无情。作品的主旨就是通过这些意象,表现出人类生命的脆弱和无常,我们无法逃脱生命的挣扎和毁灭,在面对这些时,挺身而出才是真正的觉醒。

这本小说的艺术特色在于它构筑了一个具有意象意义的沉甸甸的世界。作者通过对生命诞生、生命挣扎、生命毁灭的动态过程的展示,使作品充满了摄人心魄的悲剧力感。小说世界里漂浮着凝重的生命意象,让人们感受到生命的脆弱和无常。孙光林的童年是一个静态的过程,这里的时间发展没有生命的痕迹,但是余华清晰地把它放置在一个具体的环境里——"在细雨中",让这些空间具有了一种时间的持续性。

《在细雨中呼喊》是一部充满人性关怀和社会批判的小说。它通过主人公孙光林的觉醒过程,反映了社会的残酷和人性的复杂。它表达了对命运的反抗和对生活的追求。它倡导了勇气和拯救,强调了个体的责任和社会的正义。这部小说的价值,不仅在于其文学艺术的成就,更在于其对人生的启示和思考。我们需要静下心来,去聆听内心的声音,去寻找自己的真正的思想和感受。我们需要勇敢地面对困难和挑战,去探索生命的意义。我们需要珍惜自己的生命,也要珍惜他人的生命,让这个世界变得更加美好。

《在细雨中呼喊》告诉我们:一个人的觉醒,从独来独往开始。

以罪为名,爱的献祭

——《赎罪》读后感

《赎罪》是当代英国小说家伊恩·麦克尤恩的长篇小说,发表于2001年,讲述了一个关于爱情、罪恶和战争的故事。作者通过描述布里奥妮对自己的罪过感到的内疚和对罗比与塞西莉亚之间爱情的理解,深刻阐述了爱情中的献祭和救赎。

这本书的主题是"以罪为名,爱的献祭"。这个主题我认为可以从误解、谎言、赎罪和救赎等方面来展开。

误解是人类沟通中普遍存在的问题,而在《赎罪》中,误解却成了主角的悲剧起点。年幼的布里奥妮误解了姐姐塞西莉亚和罗比的关系,进而发生了一连串让人痛心的事情。布里奥妮在幼年时目睹了姐姐和罗比的亲密行为,但她并不理解这个行为的含义,误以为罗比是一个危险的人。后来,她偷偷地读了姐姐的信件,发现塞西莉亚和罗比的恋情是真实的,但她没有及时纠正自己的错误,反而选择沉默不语,导致罗比无辜入狱。这一误解成了布里奥妮一生的阴影,也成为她创作小说《赎罪》的灵感来源。这个误解不仅导致了塞西莉亚和罗比的离别,也导致了布里奥妮的内疚,以及整个故事中的一系列悲剧。这让人不禁想起莎士比亚名剧《误解》中的情节,千丝万缕的误解让人类在相互交往中屡屡受挫。通过布里奥妮的描述,我们可以看到误解对人们的伤害有多么深刻,而在现实生活中,误解往往是因为人们缺乏信任和沟通,人们常常会在误解中迷失方向,失去自我,甚至失去生命。

小说中还有谎言的存在。谎言是误解的产物,而在《赎罪》中,谎言更是罪恶的温床。布里奥妮的谎言导致了罗比被错误地定罪,而这个谎言也成了罗比和塞西莉亚无法在一起的导火索。从塞西莉亚的家庭到罗比的处境,每一处都隐藏着谎言和欺骗。然而,麦克尤恩并没有选择用谴责的态度来呈现这些罪恶,而是以一种淡然的笔触描述人性的复杂和辗转。他并没有试图让读者感受到任何"对错"之类的情感,而是呈现出一种中立的态度,让读者自己去思考人性的真相。同时,小说也揭示了战争中的谎言,战争导致了人们的死亡和家庭的破碎。这些谎言撕裂了人类之间的信任,也让人们对自己和别人的行为产生了怀疑和困惑。

赎罪是本书的核心主题。布里奥妮认为自己的错误导致了罗比被误判入狱,因此,她决定写一本小说,以求为自己早年的错误赎罪。她认为,只有通过艺术和文字的力量,才能使人们理解她的内心痛苦,也才能让她获得一些救赎。在小说中,布里奥妮选择创作《赎罪》作为自己的赎罪方式,而罗比则选择参军赎罪。在小说的结尾,我们看到布里奥妮在寻求塞西莉亚的赦免,而这也是她希望能够得到赎罪的方式之一。赎罪是一个长期的过程,它需要人们不断地反思自己的行为,努力弥补自己的过错,并向受害人道歉。本书通过布里奥妮的经历,告诉我们赎罪是必要的,而赎罪也需要勇气和毅力。这些行为都展现出了人类对于罪过的愧疚和悔改,人类有时候会用各种方式来自责、自惩以达到赎罪的目的。正如小说中所呈现的,赎罪不是一种简单的行为,它需要真正的悔意以及一种深刻的理解和认知,只有在内心真正地接受自己的罪过后,才能真正地得到赎罪。

救赎是本书最后的主题,也是赎罪的另一种面向。罗比和塞西莉亚无法在一起,但他们的故事却传承下来,成了布里奥妮小说的主题。通过布里奥妮的小说,我们看到了塞西莉亚和罗比的爱情故事,也看到了他们的救赎。在小说中,罗比和塞西莉亚的爱情在某种程度上得到了救赎,而这也成了布里奥妮赎罪的一部分。救赎需要时间,需要努力,需要信念和勇气,只有经过这一切,才能真正得到救赎。正如小说中所说,"救赎需要付出代价,但是这个代价却是值得的"。而在现实生活中,救赎也是人类相互帮助和关爱的结果。

小说有很多令人难以忘怀的场景和形象。比如:罗比在海滩上与小男孩一起拼凑沙雕的场景,展现了他纯真和善良的一面;塞西莉亚在医院中的场景,展现了她的善良和对生命的热爱;小说最后,布里奥妮到罗比和塞西莉亚的墓前道歉的场景,是整个小说中最感人的场景之一。这些场景和形象贯穿整个小说,揭示了人性的复杂性和不可预知性。

  《赎罪》是一部描写人性复杂性的小说,它以微观的个人历史为切入点,从误解、谎言、赎罪和救赎等方面展开,揭示了20世纪的历史图景和人类心灵的真相。小说中的每个角色都有着自己的赎罪和救赎之路,他们的故事令人唏嘘,也让人感到人类的悲欢离合和复杂性。在阅读这部小说的过程中,我们不仅得到了文学上的享受,更是对人性有了更深刻的认识和理解。

永远相信爱情,但不要相信爱情的永远

——《包法利夫人》读后感

《包法利夫人》是法国作家福楼拜创作的长篇小说,于1857年首次出版。

小说讲述了一个女性在追求完美爱情过程中走上毁灭之路的故事。这个故事告诉我们:爱情是生命中最美好的情感,是人类心灵的源泉。爱情能够让人感到快乐、幸福,让人在世俗的生活中感受到真正的温暖和幸福。然而,爱情却又是如此的不可预测和不安全。一旦陷入爱情,人就会变得盲目和冲动,失去理智和判断力,甚至可能会被卷入一个毁灭性的漩涡中。

小说中的爱玛就是一个很好的例子。她从小受到优良的教育,具备了高雅情趣和追求完美的品味。可是,她却对自己的丈夫包法利不屑一顾,期望自己能够获得一段传奇式的爱情。她的内心深处渴望真正的幸福,但是却没有找到正确的方向。她的两次偷情并没有给她带来幸福,反而让她陷入了债务困境。最终,她无路可走,只好服毒自尽。爱玛为了追求自己的爱情,不惜牺牲自己的尊严和贞操。她在欲望和现实的冲突中,逐渐失去了自我,最终走上了毁灭的道路。这样的结局让人深感惋惜,也让人思考到底什么才是真正的幸福。

小说揭示了一个人在追求完美爱情过程中往往会陷入欲望、现实的冲突,无法自拔,最终可能会导致失败或毁灭的困境。爱情是美好的,但也是脆弱的,一旦被现实打破了幻想,就可能带来极大的伤害。因此,我们应该相信爱情,但也要理性看待,不要把全部感情和生命都奉献给爱情,而是要学会在现实和理想之间寻找平衡点。

此外,《包法利夫人》也揭示了女性在实现自我价值过程中的困境。在时代背景下,女性的社会地位不高,往往需要通过嫁入豪门或者追求完美爱情来实现自我价值。爱玛就是这样一个女性,她把自己的全部感情和生命都奉献给了爱情,追求完美、理想而又浪漫的爱情,成了束缚她一生的镣铐。在这个浮躁的社会中,很多人都追求着完美的爱情和生活,但往往忽略了自己的内心和现实。小说阐释了一个普遍存在于人生中的困惑:追求完美和实现自我价值是很难平衡的。正如爱玛一样,她不仅想要追求一份完美的爱情,同时也希望自己能够得到更多的尊重和自由。但是现实却并不如她所愿,她最终失去了自我,也失去了生命。这让我意识到,我们需要在追求完美的过程中,时刻保持清醒的头脑,不要失去自我,也不要对现实过于苛求。因此,女性应该学会独立自主,应该正确对待爱情,不仅需要坚持自己的立场和原则,还需要珍惜和维护自己拥有的幸福和快乐,不要把全部希望寄托在爱情上,要有自己的事业和追求,才能真正实现自我价值。

请永远相信爱情,但不要相信爱情的永远。

阅读，作为信仰

——《阅读，作为信仰》读后感

这本书2020年由长江文艺出版社出版，作者是周国平。

这本书，是作者数十年智慧的沉淀，从阅读的重要性、教育中的阅读、文化中的阅读、如何阅读等角度，和读者进行了精彩绝伦的对话。关于阅读，他究竟讲了什么？主要有三个问题：为什么读？读什么？怎么读？

为什么读？

也就是读书的意义。讲了读书的三种目的：第一种是实用的目的。就是为了做课题，或者写论文，甚至是生活指导方面，比如教你怎么炒菜和炒股。第二层次就是消遣。说白了就是为了消磨时光，看一些《知音》《读者》之类的东西。第三层次就是把阅读作为一种精神生活。目的是通过阅读，自己的精神能力得到生长和发展，精神的需要得到满足，获得精神上的愉悦。当然，周国平最推崇的是第三种：作为精神生活的阅读。这才是真正的阅读。这一点，又分三种情况：一是作为智力生活的阅读，二是作为情感生活的阅读，三是作为道德和信仰生活的阅读。为什么要这样区分？因为他认为一个人的精神属性，就主要体现在智力，也就是理性能力；情感，也就是感受能力；意志，也就是实践能力等三方面。因此，首先是作为智力生活的阅读，就是能够让你的智力处于一种活跃的状态，激发和满足你的好奇心，培育和发展你的独立思考能力。主要是科学和哲学方面的书籍。其次是作为情感生活的阅读，这当然不是教你怎么去谈恋爱，也没有那些如何经营家庭的妙招。他的意思是说，我们通过阅读过一种情感生活，使我们的感受能力得到生长和发展，做一个心灵丰富的人。这主要是读文学作品。最后是作为道德和信仰生活的阅读。这主要是读哲学和宗教。他说，哲学有两个方面，一个是对世界的认识,另一个是对人生的思考。从道德来说,主要推荐阅读伟人传记,感受他们高贵的灵魂。

读什么?

他一贯主张读经典。为什么要读经典?引用德国哲学家费尔巴哈的话说,"人就是他所吃的东西"。意思很简单,你吃什么就是什么,你读什么就成为什么。那什么是经典?引用意大利著名作家卡尔维诺的观点:"经典就是你初读的时候就觉得像是重读的书。"那又如何才能判断经典呢?他的标准只有一个,就是两个字——时间。如果你还不知道哪些是经典的话,换句话说,你想请周国平推荐一下的话,尽管他是不太乐意做这件事的,但还是提到了几本:一是柏拉图的《裴多》,要读杨绛先生翻译的。顺便又推了一本杨绛先生的书,叫《走到人生边上》。在这里,我想说,《裴多》我是真的没有读过,而《走到人生边上》我不仅读了,并且对我影响还很大。你最好还要读杨绛先生的《我们仨》。这是我的一点小插曲。继续回到周国平,他说的第二本书是《圣经》,尤其是《新约》。第三本是《蒙田随笔全集》,最后一本是《托尔斯泰日记》,也顺便提到了《爱因斯坦晚年文集》,或者《爱因斯坦文集》第二卷。说实话,这些书,我都买了,但还没有来得及读。不急,慢慢来。

怎么读?

他的意见是直接读大师作品。为什么要读大师的原著?因为最可靠。他的意思是说,千万不要去读什么心得、感悟、解读的东西。那些都是二手货,甚至是三手货。在这里引用叔本华的话:"谁向往哲学,就必须到原著那肃穆的圣地去找不朽的大师。"要说捷径,这才是捷径,严格地说,是唯一的路。走别的路,最后还是要回来,能回来还是幸运的,往往就迷失在错误的路上了。问题又来了,我们能读懂大师吗?其实大师比我们想象的要平易近人得多。就好像在现实生活中,很多大人物是平易近人的,相反小鬼难缠,他们周围的那些仆人、秘书才是最难对付的,困难在于你要冲破他们的重重障碍才能见到大人物。在这里,又引用古希腊哲学家亚里斯提卜说的话:"有些人好像很喜欢哲学,可是他们不去读哲学家的原著,却去读介绍性的东西,这些人就好像是爱上了一个女主人,可是为了图省事却去向女仆求爱,这是多么可笑。"如果你真要读本辅助性的书,比如哲学方面,他又顺带推荐了两本:一是罗素的《西方哲学史》,二是美国学者梯利写的《西方哲学史》。甚至也提到了他本人写的《尼采:在世纪的转折点上》。这本书我是读了,真的不错,为我打开阅读尼采的窗口,还记得,因此我就买了尼采的全集。具体又怎么读大师作品?两点:一是不求甚解,二是为我所用。这个意思很简单:实在难的,跳过;同时,也不要跟着大师跑,要独立思考。周国平的口号是:读大师的书,走自己的路。

最后,周国平还总结了一个"三不主义":第一,不务正业,博览群书;第二,不走弯路,直奔大师;第三,不求甚解,为我所用。

读书,就是读自己。

其实,与大师对话,就是和自己谈心。

读书,就是读心。

读书,更是修心。

允许一切发生，做一个勇敢的人

——《女孩之城》读后感

《女孩之城》是美国作家伊丽莎白·吉尔伯特创作的一本让人深受感动的充满女性主义元素的小说，讲述了富家女薇薇安从追逐自由到成为拥有自由的女性的成长过程。小说通过薇薇安的经历，展现了女性在20世纪初期所面临的种种不平等和压迫，同时也探讨了女性在这个时代如何追求自由与权利，倡导了女性应该勇敢地追求自己的梦想，享受自由和平等的生活。

在小说的描述中，薇薇安和一群在剧院工作的女性建立了深厚的友谊，一起经历了身体和心灵的解放。她与舞女西莉亚、姑姑佩格、女演员艾德娜等人交往，她们各自有着不同的人生观和价值观，但是都热爱自己的生活和工作。她们鼓舞了薇薇安的勇气和决心，让她明白了自由和坚持的重要性，最终她成了一个拥有自由和权利的女性。后来，薇薇安因为遭遇性丑闻事件，被迫离开了纽约，开始了自我寻找和成长的旅程。她在路上遇到了很多不同的人和事，也遇到了很多自己内心的矛盾。但是，她从来没有停止过寻找自己真正的内心世界，也从来没有停止过追寻自由和独立。最终，她成为真实的自己，不再被社会期望所束缚，也不再被别人的眼光所左右。因为她最终明白了："世界不是直来直往的。长大的时候，你以为事情会按照某种方式进行。你以为有规矩可循。你以为事情一定是什么样子的。你想要直来直往地生活。但世界才不在乎你的规矩，或你的信仰呢。"

这本书通过薇薇安的视角，让读者深入了解这些女性的内心世界，也让人们反思女性在二战时期的地位和社会期望。作为一本女性主义小说，这本书成功地捕捉到了当时社会的氛围和女性所面临的困境，通过薇薇安的经历，展现了女性的力量和自我意识的觉醒。这本小说对于现代女性来说仍然具有重要的启示意义,它让女性明白了自由和权利的重要性,鼓励女性勇敢地去追求自己的未来。同时这本书也让人深切地感受到了女性在社会中所承受的压力和矛盾。女性不仅要承担起家庭的责任,还要面对社会对于女性的种种期望,比如貌美、温柔、善良等等。但是,女性也应该有权利去追求自己想要的生活,去表达自己的观点和意见。女性不应该被安放在社会的某个角落,而是应该被平等地对待和尊重。这本小说给予女性勇气和信心,让她们明白自由和权利的重要性,鼓励她们去追求自己的梦想和目标。同时,它也呼吁社会应该对女性给予更多的关注和支持,让她们能够享受到和男性一样的自由和权利。

在"黄丝带——三师助一"公益活动中,我也多次提到这本书,它给我最大的触动是让我深深地感受到了女性在社会中的地位和责任,也让我更加坚定了追求自由和独立的信念。我希望那些经历过很多挫折和磨难的女性都能够成为一个真实的自己,勇敢地面对自己的内心世界,也勇敢地去追求自己想要的生活,因为"每个女人心中都有一团火焰,危险又炫目。一些人熄灭它,一些人忽略它,而她们将其视作灯塔。"

允许一切发生,做一个勇敢的人。

只有哲学才能消除认知偏见

——《真实与虚拟：后真相时代的哲学》读后感

《真实与虚拟：后真相时代的哲学》是 2023 年 7 月中信出版社出版的图书，作者是金观涛。

看完这本书后，我深深被作者所阐述的观点所震撼。他指出，在现代社会的后真相时代，我们面临着对真实的判断变得模糊不清的困境。信息爆炸的网络世界使得真假难辨，我们仿佛被困在一个信息的牢笼中。作者认为，科学主义的幻想源于人类自主性的丧失，因此我们需要一种不会被科技进步颠覆的哲学来解决这个问题。我深刻地认识到了哲学在帮助我们克服偏见方面的重要性。哲学不光是一门学科，更是一种超越视野的思考方式，它帮助我们思考人类存在的意义，并超越轴心文明的限制。

这本书是作者《真实性哲学》三卷本的第二卷，他从对现实问题的反思出发，提出了一种新的科学认识论框架。他首先阐明了现代科学给我们带来的好处和面临的问题，并且试图通过哲学的视角审视科学的各个领域，包括元宇宙和人工智能等前沿科技的发展。作者还借鉴了"科学真实"的概念，探讨了社会真实和个人真实，并试图寻找一种将科学、人文社会和艺术统一起来的理论。这本书涉及了大量的现代科学知识，例如数学、逻辑学、量子力学和人工智能等。它旨在探讨科学真实的本质，认为哲学和现代科学可以并存发展，而且它不会因为新科学理论的出现而被颠覆，反而能够验证真实性哲学的有效性。作者在书中讲述了关于人的思想、虚假历史、超越突破以及语言与文明等课题，这些内容打破了我原有的认知体系，让我再一次意识到了自己的肤浅无知。

只有哲学才能帮助我们超越偏见，理解真实与虚拟之间的关系。它不仅为我们提供了一种思考方式,更让我们意识到自己的无知,唤醒了对真实的追求。它给我们带来了深刻的思考,打开了更广阔的真实世界。在这个信息泛滥的时代,我们如何辨别真实与虚拟?如何在科技进步的同时保持自主性和价值观的坚守?作者的观点让我认识到,只有通过哲学的思考和探索,才能找到克服偏见的方法。哲学能够帮助我们审视科学的发展,理解现代社会的价值基础,并寻找一种将科学、人文和艺术统一起来的理论。这种超越文明的视野和对科学发展的反思,将为我们重新建立现代社会的价值基础提供指导。

问题的本质是旧的,但解决问题的方法是新的。为了克服我们思维的局限,寻找文明的真谛,我们需要采用不同的方法。我们需要用不同的方法来解开思维的局限,寻找文明的真谛。金观涛老师所提到的"道"是指每个人都是文明的自觉继承者,而《真实与虚拟》就是我们寻找道路的指南之一。读完《真实与虚拟》,我开始意识到哲学思考的重要性。它不仅为我们提供了一种思考方式,更唤醒了我们对真实的追求,让我们意识到自己的无知,从而能够超越自我,建构自己的精神世界,面对自身的无知并向真知迈进。

总而言之,这本书让我深刻意识到哲学在克服偏见方面的重要性,让我对哲学的重要性有了更深刻的认识,也对科学与哲学的关系有了更清晰的理解。只有通过哲学的思考和探索,我们才能够找到真实与虚拟的界限,并保持自主性和价值观的坚守。这本书是一部值得深入研究的重要著作,它为我们提供了对后真相时代思考和未来发展的新视角。

做自己的太阳，无须凭借谁的光

——《傲慢与偏见》和《简·爱》读后感

我终于明白什么样的女性才能得到尊重获得幸福！

到底什么样的女性才能得到别人的尊重和认可，能够遇到真挚的爱情，以及拥有幸福的人生？这些问题，我想都可以从这两本书中得到答案。

一、没有爱情的婚姻才是真正的坟墓

无论在哪个年代，普通女孩都很难有主动选择自己婚姻与爱情的权利。很多女性会因为到了年龄，因为父母的逼迫，因为世俗的眼光，因为需要结婚而结婚。随便找一个自己并不爱，灵魂并不契合的男人，匆匆进入婚姻，过着并不幸福的生活。《傲慢与偏见》里女主人公伊丽莎白的闺蜜，就是这样一位普通女性，因为年龄大了，父母催婚，选择嫁给一个大家都很讨厌的男人。她说："我已经27岁了，我没有钱，也没有憧憬，对于父母来说，我已经是一个包袱了。"既现实，却又很无奈。但是伊丽莎白却不这么认为，她从头到尾都知道自己想要的是什么，她说："我是没办法接受在别人给她安排的婚姻里面，却从没得到爱情。"因此，她抗住母亲给的压力，也拒绝了很多门当户对的追求者，去等待那个能与她灵魂相契合的人。正如《傲慢与偏见》里所说的：没有爱情的婚姻才是真正的坟墓。

简·爱在婚礼上得知男主人公罗切斯特先生是有一个妻子的时候，才知道自己一直被蒙在鼓里，被动插足了别人的婚姻。简·爱不允许自己违背道德和法律，哪怕是为了她最爱的人，于是不顾罗切斯特的苦苦哀求，硬是偷偷溜了出来，逃离了那个她深爱的男人。最后，在知道了罗切斯特原配妻子死亡，他身受重伤，变成残疾之后，简·爱决定抛开一切，去照顾她深爱的男人，

并决定和他厮守一生。因为这时候他俩是真心相爱并做到了坦诚相待,两个灵魂是紧紧相依的。无论是简·爱,还是伊丽莎白,都清楚地知道,自己想要的爱情是能够与对方真正地互相吸引,坦诚相待,是两个颗心灵的完美融合;而不是用金钱或地位作为择偶标准,更不会依附对方。为此,她们敢于和自己的欲望反抗,和世俗反抗,只为追求自由而平等的爱情。

二、真正的爱情是建立在平等和尊重基础上的

在那个年代,女性的地位并不高,在男性主导的社会中,女性只能被动地接受他人的定义和期待,常常被贴上各种标签,比如贫穷、丑陋、无知等等。但是,《傲慢与偏见》和《简·爱》中的女主人公,都不是被动接受这些定义的人。伊丽莎白虽然出身中产阶级,但是她并不接受世俗的眼光,她有自己的思想和价值观,不会被他人定义。她对那些自以为是的高贵人士,表现出了极大的不屑和嘲讽,她反抗和挑战了社会上对女性的丑陋定义,自信并且独立地生活着。

同样的,简·爱也是一个自信、独立、坚定的女性,她不被别人的看法所左右,她只追求自己的价值和意义。她在得知罗切斯特先生有妻子的时候,坚定地选择离开他,因为她知道自己的底线和原则。当她被迫面对爱情和道德的冲突时,她不会为了自己的利益放弃道德,反而选择了自我牺牲和无私的爱。她们都是坚定追求自我价值的女性,不会轻易妥协和放弃。

三、我将永远忠于自己,披星戴月奔向你

这两个女主角——简·爱和伊丽莎白,都是非常有思想、有主见、独立自主的女性,她们不依赖男人,而是依靠自己的智慧和勇气,走向了自己想要的生活。

简·爱是一个非常独立和坚强的女孩,虽然她的命运很悲惨,但她仍然不放弃自己的生活,她积极读书,自学法语、钢琴和绘画,不断提高自己的能力,最终成为一名教师。她的命运虽然很不幸,但是她的心灵依然是强大的,

她用自己的努力和智慧,掌握了自己的命运,走向了自己想要的生活。

伊丽莎白也是一个非常有思想和勇气的女性,虽然她的家境不如达西先生,但她却拥有独立的思想和自己的主见。在她的眼中,婚姻不是为了钱和地位,而是为了真正的爱情和自己的幸福。她和达西先生之间的感情历程也非常的动人,两个人最终走到了一起,也是因为他们都是非常独立和自主的人。

读完这两本书,我深刻地认识到一个问题,那就是女性要有自己的独立思想和自己的主见,要有勇气去追求自己想要的生活。在这个时代,女性的地位已经得到了很大的提高,但是我们还需要更多的努力去实现自己的价值和梦想。我们要像简·爱和伊丽莎白一样,不断地提高自己的能力和智慧,不要依赖男人,而是依靠自己的力量,走向自己想要的生活。我们要有自己的思想和主见,不要被其他人的看法所左右,要有勇气去追求自己的梦想和幸福。

《傲慢与偏见》封面上写着:"我将永远忠于自己,披星戴月奔向你!"这句话对我来说非常有意义,它告诉我要忠于自己的内心和价值观,不要被其他人的看法所左右,要勇敢地走向自己的梦想和幸福。希望每一个女性都能像简·爱和伊丽莎白一样独立、自主、有思想,去拥有自己想要的生活,去创造属于自己的价值。

生活杂感

别春，迎夏，满架蔷薇香

承蒙陈教授美意，邀我分享蔷薇美照。

画面中，蔷薇花团锦簇，红白交错，竞相开放。红的鲜艳，白的淡雅。一小朵一小朵的粉，粉红，绯红，开在绿叶间，像繁星，又像一个个粉粉的小公主梦。光单独一朵就足够美，而簇拥起来的满架却令人惊艳！单瓣、复瓣，千朵万朵，那般轻盈圆润，如同小洋伞，轻旋轻收，别有一番韵味。

如《元曲鉴赏辞典》中描述道："海棠开过到蔷薇，春色无多味。"一刹那间，病中之人心中怅然若失。再抬眼望窗外，春日迟迟，卉木萋萋。春天的花事，如同一场热闹的社戏，闹了一阵子，徐徐拉下帷幕。余韵悠悠，意兴阑珊，不枉浓墨重彩，汪洋恣肆，谁能不负春光声势浩大？想必压轴花魁也只有蔷薇了。

春风倦怠，芳菲将歇的四五月间，蔷薇开始轰轰烈烈地开花。阳光下，它无拘无束；风雨中，它心无旁骛。如此旖旎迷人，如此隆重盛大，如此尽情绽放，席卷了所有的人间美好而来。

蔷薇仿佛听到了夏天的召唤。它紧随夏之足音，孜孜怒放，活在当下。王国维说过"最是人间留不住，朱颜辞镜花辞树"。莫伤感！路边的蔷薇谢了，还有院里的蔷薇，不久将迎来它姗姗而迟的笑靥。

"水晶帘动微风起，满架蔷薇一院香。"蔷薇花，骨子里有一股倔强的味道。每一朵花都精神抖擞，每一片叶都温润如玉，在狂风之夜悠闲地倚在墙上，并不收拢她的花瓣。柔美的蔷薇花，多像你我这般世间女子。柔美在外，遗世独立，柔美只是表象，坚韧才是内在。

"心有猛虎，细嗅蔷薇。"蔷薇告诉我，生命就是一场值得盼望、值得欢喜的等待。

晨起赶路，慢享时光

——散记于早起赶路地铁里

休养三周，复工第一天，进城普陀区枣阳路学习研讨。

早起赶路的人还真不少，11号线地铁车厢内人群摩肩接踵。许是久离人群，突然间，感慨万千。窃以为，人生最诗意的日子，往往在这熙熙攘攘的平常风景中。修炼的最高境界也不过是心境淡然自若，品味生活，笑看庭前花开花落。

汪曾祺先生曾在《慢煮生活》中写下如此美妙句子："我以为，最美的日子，当是晨起侍花，闲来煮茶，阳光下打盹，细雨中漫步，夜灯下读书，在这清浅时光里，一手烟火一手诗意，任窗外花开花落，云来云往，自是余味无尽，万般惬意。"每每心烦意乱时，我便会读一读这本书，感觉像是和一个久未谋面却心怀牵挂的老友，一起喝着咖啡，有一搭没一搭地聊着天，温馨又惬意。

现代生活节奏越来越快，满街皆是步履匆匆的赶路人，担心上班打卡迟到影响绩效，生怕错过重要商务合同……

于是，我们不再像小时候那样慢享时光，花上一整天的时间只为了看蚂蚁搬家；躺在院子里的板凳上，无聊得看老半天天空云朵的变化；雨天躲在屋檐下，看落在地上溅起的水花，还时不时地伸出小舌头去尝一下雨水的味道……

梁实秋说："人在有闲的时候，才最像是一个人。"这话可真有道理呀！如果我们一直奔波于世间烦琐，终会被世俗玷污，自己内心的那些珍贵的真实感受怎会不被忽略？我想，大概只有慢一点，闲一点，傻一点，才能看见一点那个本真的自我吧！我不想被烦冗庸俗的生活干扰，我只想寻一处空闲与自己独处。人间热闹，但我已经开始期待有一个美好的假期时光，到达一个最让自己向往的地方,开启让自己感到最舒适的模式,将生活调整到自己最喜欢的频率。在清早最温柔的晨光里被啁啾声唤醒,揉揉睡眼惺忪间,起身推窗,夹杂着花草的芳香扑面而来,柔软的阳光将我抱满怀……

　　实现小小心愿,还是要回归人间的,还是要热爱生活的,它是如此有情有趣,素而不寂,暖而不腻。心灵需要得到适时的放空,像春风拂脸般轻柔,像如水月光般皎洁。但愿终有一天,我们都不再羁绊于世俗名利中,慢下来,闲下来,做自己那个最真实的傻孩子。

春风，过客，秋水，星河

多情应属黄启远，有诗为证：

  吾与春风皆过客，君携秋水揽星河。

  三星在天客在远，红豆抛尽相思折。

  且以弱水许山盟，山高水远千千褶。

  怜少欢薄别梦浅，谁立红楼演离歌？

  全诗的意思是醉卧扁舟，只见一片星光璀璨的世界，缥缈迷离。不知道是天上的星辰倒映在水中，还是我身处梦境呢？我和春风在你的世界，只不过犹如过客一样，而你的眼里却只有天上无尽的星河。自己只是人生旅途中一个平凡的过客，不知谁是这个世界上与我相濡以沫，白头偕老，共度此生的人。说白了就是你要嫁人了，新郎却是别人而不是爱着你的我，文艺范一点来说就是爱而不得，有缘无分。我，春风，擦肩而过；你，秋水，琴瑟共鸣。春风和秋水分属不同空间，不同时间，隐喻着两个人不可能在一起的结果。

  然而，也许是黄诗过于缠绵悱恻，细腻沉静，直击心灵最深处，此后便被不断改编，颇有趣味，现举一例赏析。

  改编后全诗如下，作者未知。

  我与春风皆过客，你携秋水揽星河。

  愿有岁月可回首，且以深情共白头。

  三生有幸遇见你，纵然悲凉也是情。

  既许一人以偏爱，愿尽余生之慷慨。

  此处的春风可看作泛指一切美好的事物，但为什么我和春风却成了过客？因为原诗中的"三星"典出《诗经·绸缪》："三星在天，绸缪束薪。"意指新婚。我爱的人成了别人的新娘，于是我和春风都沦为了过客。你和新欢相拥星河，我与你的美好皆成过客，于是我才下定决心抛却定情信物红豆，结束这份感情。

"揽星河"美到极致，总让人不由得联想到李清照的《渔家傲》中的那句"天接云涛连晓雾，星河欲转千帆舞"，或是元代词人唐珙《题龙阳县青草湖》的"醉后不知天在水，满船清梦压星河"，还有曹丕在《燕歌行二首》（其一）中描述的"明月皎皎照我床，星汉西流夜未央"，极具艺术价值感。

但读过黄启远彼时写的另一首秋水辞后，你会发现，这首春风辞是不能随意乱改的，《春风秋水辞》彼此之间是有联系的。

附其一：

春风秋水不染尘，彩玉明月是前身。

一眼万年千树雪，除却相思不是君。

霓裳羽衣需汲酒，醉眼婆娑笑王孙。

飞鸿踏雪初信风，吹瘦古今独醒人。

黄诗人在秋水辞中引用了大量的典故，代入感、韵律感皆强。春风辞不仅首联使用了互文，而且首联颔联使用了罕见的循环互文。结构巧妙，叙事，用典，使我与春风皆过客，你携秋水揽星河。

倘若我们换个角度来解读改编诗，也丝毫不会影响对原诗的喜爱。可将改编诗中的"我"理解成指代世间所有曾经深情的痴男怨女，或许这就是这首诗触及人之灵魂为人所热爱的原因吧！我们都可能曾经因为在人群中多看了一眼，于是相信一眼万年，深爱过对方，最终的结局却是成为彼此的春风过客，擦肩而过，留下无尽的遗憾。

不妨学学苏老夫子用豁达的心境来看待吧——你与春风皆过客，我携秋水揽星河。虽然你和春风这些美好的人事与物都将成为我人生中的匆匆过客，但我依然可以在另一种清澈温软如秋水的意境中观星河享受人生，悠游快哉。

因此，我们要永远相信爱情，但不要相信爱情的永远。

春天·辰山印象

> 春深似海,又是月季烂漫时。月季,或浓或淡的香气,细细微微,纤弱的花瓣,多彩而鲜艳,唯美中透着灵气;朵朵缤纷、秀美,听随春风的召唤缀满枝头。
>
> ——题记

漫天飘落的花瓣是我如发的心思,微微的风,柔柔的光,粼粼的波光,甜甜的韵味,在孩子们的打量中,不停地变幻的是你羞涩的脸啊!

三五同学,相约树下,听花开,待花落,闻花音沁脾,解花意喜忧。盈盈一笑,深深的眸,一片片,一瓣瓣,轻逸洒脱,如蝶飞舞,心绪亦一并随之安好,飘扬。盼一场花瓣雨,挥洒自如,妆点内心的景画,安抚岁月的安详。斜倚树干,颔首,低眉,观落英如雨的缤纷优雅,拨动纤纤心柔,丝丝柔情,情愫暗生,时光静好。

湛蓝的天,白云或者有月亮的夜晚,然后漫天的花瓣雨,倏地就可以铺满孩子们的心,陶醉在满满的幸福里,醒来才发现原来一直安躺在父母的怀抱里。

纯色的月季,仿佛一朵纯色的云,又恰一颗纯洁的心,静静开在三月的春光里;不与百花斗艳,不和红梅争春。花香缕缕,意韵点点,隐入文人墨客的诗句中,"震维芳月季,宸极众星尊""唯有此花开不厌,一年长占四时春",苏老夫子永是多情,催人顿生忆念万千。

曾经想象过一个场景,也有满天的星光,也有微荧的玄月,吟诗如歌,着一袭唐装汉服,曲未成调,心已醉去。

日子,一如瘦容般朴素。眉眼间,涌动着一湾清泉;明眸处,浮着一丝笑意;心深处,怀着一泓明净。如茵的绿坪,桃红柳白正恣意舒展于春光里;而我只想听见孩子们放荡不羁的欢笑声,这一树繁花的缄默不言。

可有登天的长梯,用来攀登摘下日月星辰;有否千金的重锤,借来叩响晨曦中的铜钟。梦泽填壑,伐桂为柱,滚石奠基,我只想守护着你最初的愉悦。

春雨如丝,春风暖暖,自然灵秀,生命神奇,怀一颗感恩之心用心相待,花期亦有灵性亦有韵致。月季浪漫,浪漫月季,云卷云舒,花开花落,舒怡在大把的青葱时光。走过繁华四季,氤氲在袅袅心香里的不过是那一抹清欢。

喜欢月季,只是因为那个场景,星光、玄月、诗词、歌赋,还有那一袭如雪的素衣,树下的等待,漫长而寂寞,终等不到千年的绝唱。飞花如雨的光阴,瓣香心语恬淡绽放,一朵心事,寄予谁。幸福,牵握在沾满花香的掌心,时光的清弦浅吟,轻绕在眉弯,流连于心上。月季树下,伸手接一朵盈盈宛宛的悠落,凝思间,思绪已放飞远方,轻柔落羽深恋已久的江南。

雨还没有下,燕就来了,燕还没有鸣,春就来了,春才刚刚醒,孩子们就长大了!

春天味道

我印象中春天的味道,都是和一个名叫报福的小镇紧密联系在一起的。

报福镇在安吉,浙江的那个安吉,拍《卧虎藏龙》的那个安吉,白茶原产地的那个安吉。

每年的春天,我都会害场"相思病",口中寡淡,食之无味,只想去报福山中品茶。承蒙老天垂爱,因缘际会认亲当地老娘舅老舅妈一对!幸甚至哉!

茶是新的好,尤以明前为佳,安吉的白茶堪称茶中精品。几撮绿叶,如雀舌,在泉水中打转,唤醒沉睡了一季的灵魂。这是崭新的开始,也是春天的味道。新采制的白茶,经春雨洗涤,春光照拂,春泉滋养,色泽怡人,茶味芬芳。

品茶是有讲究的。放慢脚步,缓急有度。今年在幽静山林中,半道遇一对老年夫妇。肩背茶篓,手提花布小袋。看装扮,不似游人,疑惑之。搭讪中才得知,原来是为了采摘山中野茶而来。何谓野茶?乃山中野生的零星生长的茶。论品相,实在与"家茶"相去甚远,颜值不高,也不喜人。大凡是普通茶叶边上长了一层极浅极浅的小绒毛,叶片粗壮,纹脉清朗,色泽油亮,瞧不出张牙舞爪的野性,反倒是显得清秀质朴。未经炮制的野茶散发着一股天然的香味,闻之,顿时精神矍铄,有一股空山闻鸟语,牧童吹短笛的旷远幽香。

老夫妇俩是极好的。停下匆忙的脚步,不厌其烦地解答我们各种对于野茶的好奇。野茶源自野生茶树,数量稀少,尤显稀罕。夫妇俩从凌晨四点开始满山遍寻其踪,直到遇见我们时已是下午三点,辛苦劳作大半天,我见背篓和花布袋中所得并不丰盛。老妇人一眼望穿我的小心思,笑着说这是自娱自乐的节目,纯属兴趣使然,并不为几枚孔方兄而折腰。随即又赠我野茶嫩芽一小把,置几片于口中咀嚼,微微发涩,滋味鲜活,回味甘香,突感齿颊间烟岚之气恣意弥漫,每一片芽儿正在悠悠地倾诉缜密的心事。

交谈中,惊喜地发现,老夫妇竟然是老娘舅家的亲戚!只见老妇人低声吩咐老伴几句,倏地,老伴就闪入山林不见踪影了。不一会儿,头顶高处林间传来一声:"当心,笋来了!"转头一看,粗壮的毛笋沿着山径一路小"跑"而来。正惊愕着,老妇人悦色相告,今年是小年(笋量少的年份),当地民风淳朴,遇小年,不管谁家的山头,乡民遇笋即挖,俨然就是一条不成文的乡规民约。于是,我们一行寻的寻,挖的挖,抬的抬,扛的扛,吭哧吭哧硬是肩挑手提,运笋若干于山下,一干人等不及擦干汗珠,又马不停蹄地装满汽车后备厢运回上海。这,是春天的另一种味道。

光阴使人惆怅,春味让人依恋。

春天的味道,凝结在一叶茶,一根笋,一缕人情味。品尝春天的味道,只需在山林间席地而坐,深情凝望半山腰的茶园,还有那些终年忙碌的茶农,就会感到生命的成熟,不张扬。

春雨伴春眠

暖暖春光里,悠悠细雨,滋润万物,草木沁芳。它自山海而来,带着淋尽岁月的气息,于山崖间,清风漫卷,催开一树的梨花,点绿满目的翠竹。

绵绵春雨掩饰不了他电话里的欢喜:我这里下雨了,你那里呢?他问。别闹,我不想动,也不想看。我答。你快去看哪,多好的雨啊。你太浮躁,需要静心。他继续絮叨。

遂坐窗前看雨。果然,那声声落地的静谧里,百般纷繁被化解,万千喧嚣被隐藏。春夏秋冬,一年四季,有很多场雨,有时让人欢欣,有时让人沉静,有时让人怀念,有时让人惆怅,随着心绪漂浮渐行渐远。或许,不是所有的雨天,都值得让人期盼;不是所有的阳光,都值得让人眷恋;不是所有的过客,都值得让人留恋。人生的朝暮起落里,有很多冷暖酸甜,于岁月流逝间,化作了缕缕轻烟浮尘,回眸难触及,徒手难拾起。

然而,四季的路上,这个春天,因为他,遇见一场春雨,一场淋尽万物的雨,一场洗去风霜的雨,一场尽情绽放的雨,抑或心眸所念间,悄然而待的雨。

春雨淅沥,入夜梦来。"露兰薰夕梦,烟柳重春眠。"春雨入梦,香眠如许。听闻雨声,晓来雨过,溪流波皱碧粼粼,青黛影子还流连着屋宇。在花叶濡湿的根脉里,在冲洗一新的枝丫间,依稀可见萌动的生机。即使眯着倦眼打量——天空,花叶,一切尚是瘖寐,一切也还未苏醒,一切还是初萌时期,还经得起一觉的酣眠,即便倦怠,还有机会……

在坚硬如花岗岩般的生活战场里,打个小盹儿,眯睡一会儿,在春雨下的春眠才别具温柔,生出一种宠溺和原宥的暗示,现实得以暂时抽离,实在该感谢春风春雨的成全。或许,也只有春风伴春眠,才能有这样的馨香气爽,才能有这般福至心灵的诗意。春风伴春眠,是一种含而不露的宠溺,是一种细致的成全。

莫惊,莫扰……

冬天，你也太好玩了

冬天一降温，走在路上，风就刺骨，触手所及，冷冰冰的。相比春夏秋的炙热浓烈，冬天显得略微枯燥和寡淡。但梁实秋先生说："隆冬之中也还点缀着一些情趣。"大概也正因为这一点寒冷，才有冬趣。

尽管天地萧瑟，但冬天比以往更容易感到温暖和明亮。在这个冬天里，我要做这几件有趣的小事，被爱包裹着，静静地欢乐地过冬。

轻轻地踩雪，是小小的欢喜。当脚步踏在洁白的雪地上，发出咯吱咯吱的响声，仿佛是在和冬天的节奏对话，心中忍不住涌起一丝快乐，让它们化作温暖的记忆。

落雪时，做一个拥抱大雪纷飞的人。让雪花落在脸上，感受冰冷与纯净交织的美妙，仿佛拥抱着整个冬天。

一瓢热水就能拥有泼水成冰的快乐。在寒冷的冬日，将热水泼向空中，眼见水滴变成冰晶，仿佛在刹那间捕捉到了时间的停滞。

夏吃暖冬吃冰，炒冰、冻梨、冰糖葫芦……吃了冰的，心更热。在寒冷的冬天，享受冰冷食物的口感，让嘴巴和心都充满了温暖。

每次洗澡时，享受瞬间被热气包裹的感动。当热水滑过身体的每一个部位时，感受到身体和心灵都被温暖包围，一切烦恼都被洗净。

寒风中吃个烤地瓜，做一个热气腾腾的人。烤地瓜的香气飘散在寒冷的空气中，咬上一口热腾腾的瓜肉，甜蜜和热气直达心脾，仿佛整个世界都被温暖填满。

寒冬拥炉煮壶茶，再冷也会暖到胃里。炉火旁静坐，泡一壶香气扑鼻的茶，轻啜一口，温暖从口腔蔓延到胃里，传遍全身，仿佛冬天的寒冷被驱散一空。

冬天就要，多晒太阳，少管闲事，晒到身子骨都是暖的。深冬寂静，万物不语,适合无所事事,又适合做一切事,有人忙烹食,有人懒消闲,愿你有你的冬趣,过一个记忆长存的冬。

冬天,你也太好玩了。在寒冷的季节里,寻找冬天的趣味,让我们的心灵也被温暖和欢乐所包围,让冬天成为一个充满回忆的季节。

好吧，还是睡吧

> 一忽睡到天明，觉得身体里纤屑蜷伏的疲倦，都给睡眠熨平了，像衣服上的皱纹折痕经过烙铁一样。
>
> ——钱锺书

春天不适合读书，春天只适合睡觉。真的，这可不是我说的，有陶行知先生于 1931 年写的《春天不是读书天》为证。

关在堂前，闷短寿源。
掀开门帘，投奔自然。
春天不是读书天
放个纸鸢，飞上半天。
春天不是读书天
舞雩风前，恍若神仙。
攀上山巅，如登九天。
春天不是读书天
鸟语树尖，花笑西园。
宁梦蝴蝶，与花同眠。
春天不是读书天
放牛塘边，赤脚种田。
工罢游园，苦中有甜。
春天不是读书天
之乎者也，太讨人嫌。
书里流连，非呆即癫。

春日迟迟，卉木萋萋。鸧鹒喈喈，采蘩祁祁。春日迟迟，人亦迟迟，觉也迟迟,醒也迟迟。春天最令人烦恼的地方,莫过于春困了。春困夏乏,秋倦冬懒……—都那么适合睡觉的四季,仿佛只有春睡最有诗意。俗话说得好:"春眠不觉晓,哈欠上门找。晚上睡不着,白天醒不了。"

这时节,莫说你我这等凡夫俗子,就连大诗人孟浩然都犯困,被鸟儿的叽喳声吵醒后,干脆作了一首《春晓》,告诉我们春天是多么适合打盹睡觉。

你看呀,春天是多么容易让人犯困。至今犹记得上小学时最害怕邂逅春日的午后课堂。明明上一秒还端端正正地捧着课本,视线跟着老师一笔一画地板书,后一秒就被窗外的风景吸引。不知是喜鹊还是布谷,"嗖"地一下飞过来,栖在窗口的枝丫上扑腾,时而歪着脑袋蹦跶,时而冲着我眨眼,时而又啄啄羽毛,时而又轻唤几声,再啄一下。于是,枝头的花苞们开始害怕,颤啊颤啊,摇曳起一阵微风,满树薄嫩的叶子都跟着轻轻作响。斑驳的阳光透过叶片的缝隙洒落下来,暖暖地落在身上,烘得人四肢无力,酥成一团。

这时候海棠依旧,樱桃杏李,粉薄红轻全都交织在一起,层层叠叠,绿肥红瘦,如轻涛拍浪,起伏着,汹涌着,绮丽非常。起初还犹豫要不要靠近这美景,可站在一旁又实在心驰神往,勾得心里越发痒痒。可一旦真的置身这片风景里,就像落入了春天精心设计的陷阱。花朵挨挨挤挤缀满枝头,成团成簇,俏生生,粉嫩嫩。每一朵有每一朵的姿态,每一朵都好似一样,每一朵又好似浓淡不一,可爱深红爱浅红,轻轻浅浅,瓣瓣纤薄透光,如玉可爱,明丽纯净。直教人忍不住仰脖细看每一寸,不自觉放缓呼吸,生怕打扰了枝头的宁静,令花瓣猝然坠落,跌入尘泥。不知不觉,心神都被它牵引,行至花林深处。似有若无的草木香混杂于春风里,忽隐忽现,像是对我发出了邀约,于是意识也一点一点抽离大脑,跟随着周公四处飘飞,额头也不知不觉与书桌挨到了一块儿。然后,粉笔头突地弹上脑门,老师的大手突地拧上小耳朵,小可怜来不及擦擦嘴角的口水就被拎到教室外罚站,边站还得边默默草拟检讨书腹稿……唉!老师的脸色看起来好严肃呀!不敢讨厌老师,除了害怕写检讨更怕他找家长告状;也舍不得讨厌自己,我还是个小孩子呢!思来想去,只好讨厌春天了,谁叫它总是勾引我呢!都怪春天的阳光太软,风儿太柔,鸟啼太动听,让我受罚的春天好不可爱呀!

可是,除了不敢反抗,我只想在春光的怀里安然入睡。理想的春天,本就应该伴着花开花落,伴着鸟啼虫语,一宿一宿地入梦,一朝一朝地安眠。春日正好,不如"春眠"去,人是真的懒怠,疲乏带来哈欠、打盹……季节的更迭予以人生理的神奇变化,这实在是自然而然的事,自古而今一脉相承的。唐代的孟浩然说"春眠不觉晓";北宋的苏轼说"报道先生春睡美,道人轻打五更钟";北宋的宋祁说"露兰薰夕梦,烟柳重春眠";南宋的程垓说"昨夜酒多春睡重,莫惊他";到了清代,纳兰性德也说"惊晓漏,护春眠"……春天是花的时节,百般红紫斗芳菲。从初春到春暮,无数的花儿开在春色涟漪里,是次第的盛宴。鸟语花香的春天,最是宜眠宜憩,花香入梦,香眠如许。

然而,"偷得浮生半日闲"对大多数人来说,实是忙碌时代中,极难得的享受。多少人想睡睡不了,想起起不来——日酣花半醉,春困柳三眠。春睡这件事,很美,很雅;但,也很难,很奢侈。都市的生活并不会因为春天而稍假辞色,但行好事地让你去睡;钢筋水泥丛林中的现代人即便睡眼惺忪,也不能耽溺床榻,不顾流光,任由"春眠"肆意发酵。但这般美好也并非求而不得,稍稍用上一点点小心思遂能成愿——春雨潺潺,闭目一晌;风送清芬,花馨入香眠,伏案午眠;春雷酣醒,睡眼惺忪,不妨也稍稍安静,治愈疲惫的身心。

再也不想做四点未眠的海棠,每个失眠夜终究辜负了锦瑟年华,就让自己快乐地活在当下吧!管它凌晨三四点,管它那些睡不着的人世间,管它那些什么人间疾苦,该睡就睡。没有关系的,睡一睡,懒一懒,都是允许的,醒来又是新的一天了。愿这个美好的春日里,你我都有一晌风雅醉软的春眠。

简单生活，简单热爱

漫步在岁月的长街上，
简单的生活，简单的热爱。
九月的阳光依然炽烈而又温暖，
照耀着每一个追寻的人。

心中的爱，如同藏在宝匣，
珍藏着无尽的深情。
不求浮华，只愿平凡，
用真心去拥抱这世间。

花开的路上，满是欢乐，
无论是春日的芬芳，
还是秋天的丰收，
每一步踏实而真实。

爱与被爱，相互交织，
生命中最美的礼赞。
在时光的洗礼中，
我已学会了宽容与体谅，
与生活和解，与自己心欢。

曾经的黑暗，如今已远离，
有月光为伴，有星辰相随。
即使生活很苦，
我也会装扮完善心灵，

温柔地赠予自己欢愉。

简单的生活,简单的热爱,
让我们的心灵自由自在。
享受每一天的阳光温暖,
感受每一刻的爱意浓浓。

九月的阳光,温暖如初,
我永远怀揣梦想与希望。
无论岁月如何变化迁徙,
爱与美将伴随我每一天。

今天，永远是最好的一天

　　我喜欢在鸟儿啁啾声中醒来，一道阳光从窗户直射而来，明亮、灿烂，不刺眼。看朝阳慢慢地升起，感受清晨的美好与舒适，如音乐跳动在心湖里，是一日初始的新意。

　　我想，一早醒来便与阳光撞满怀，大概就是这世间小小的幸福吧！午后散步于开满各种叫不出名的野花的阡陌小道，看阳光穿透繁密的枝叶照耀在大地，各种小鸟在枝头叽喳欢唱，那些花啊，草啊，在日光中舒展肢腰，心中便暗藏着欢喜。

　　空气清新，花香四溢。今天是新的一天，也是我们以后生命中的最后一天，是不可重复的一天，有希望，有梦想，就会有美好如约而至。

　　时光有限，坐等是空，别人无法安排你的人生，在岁月的光阴里，做自己想做的事，爱自己想爱的人。如此，生命才不会被辜负；如此，才是对生活最好的尊重。

　　细细体会才发现，世间点点滴滴的小幸福都蕴藏在平凡的细微处：父母的唠叨，朋友的关爱，孩子的懂事，同事的鼓励，路人的微笑，工作中的每一次小小进步。只要心怀感恩之心犹如沐浴阳光雨露，就能体味更多的幸福味道。

　　小小的幸福就是把普通的人间烟火过得精致，让每一个日出日落的日子，都欢喜满溢。生活无须那么拥挤，内心无须那么焦虑，放慢脚步，赤橙黄绿青蓝紫，茶米油盐酱醋茶，一半诗意，一半世俗，把平淡琐碎整理成美好的模样，那是真本事。

　　我愿做尘埃里的一朵小花，守一方天地，静静开放。将所有的浮尘尽收眼底，盈一抹暗香回赐岁月，将灵魂轻轻安放，不为谁开不为谁落，开成属于自己的风景。

我愿做时光里的一株小草,偏于一隅,自生自灭。在风起雨落的晨昏,我自伫立,不依附,不攀爬,无欲无求,给这个世界增添一抹亮色足矣。

剪一缕明媚,将暖意倾泻在光阴的纸上,点亮每一个平凡的日子,向阳向暖。愿我们都能在渐渐流逝的光阴里把重复的日子过成新意,在似水流年里,我愿意陪着你悉数着流水和落花,静静倾听每一个关于你的故事。

可是，杏花不在乎

海棠开后春谁主？日日催花雨。雨水二候杏花信，娇靥绽放春风中。在传统十二月月令花里，杏花继海棠之后，依着时令，顺序开放。胭脂万点，艳溢香融，缠绵春雨，占尽春风。

古人是极爱杏花的，她是绝对担得起高颜值花魁代言重任的。东坡夸她"杏花飞帘散余春"，温庭筠赞她"杏花含露团香雪"。你瞧她，花瓣肖似贝壳，边缘圆润，憨态可掬，即使在极盛开放时，瞧着有些幼态，即使在开得极盛时，重瓣之间也紧密挨联，恰如闺秀一般优雅得体。而桃李的花瓣恰与其反，外缘收窄，繁盛之际便张牙舞爪，似乎忘形。宋人程棨在《三柳轩杂识》中曾提到："余尝评花，以为梅有山林之风，杏有闺门之态。"说的就是古人钟爱杏花端庄雅致之气。

另外，杏花的花期通常在三月，恰好是古代科举放榜之时。古人认为"杏"通"幸"，有着幸运吉祥的寓意。一时间杏花风头尽出，地位远在桃李之上，绝对是春天最受人追捧的花，拥有众多典故为证。

唐代李淖撰著的《秦中岁时记》记载："进士杏园初宴，谓之探花宴。差少俊二人为探花使，遍游名园，若它人先折花，二使皆被罚。"这就是科举中举第三名"探花郎"的来历出处。唐代将杏花称作"及第花"，放榜后还要举行杏林宴会，以示庆贺。

《庄子·杂篇·渔父》："孔子游乎缁帷之林，休坐乎杏坛之上。弟子读书，孔子弦歌鼓琴。"后来人们就把杏坛作为孔子讲学收徒的地方，这就是"杏坛"的来历。

《神仙传·董奉传》："君异居山间，为人治病，不取钱物，使人重病愈者，使栽杏五株，轻者一株，如此数年，计得十万余株，郁然成林。"用"杏林"借指中医行业，这个典故就出自此。

然而杏花会在乎么？每年三月,如约而至,她依旧不慌不忙开着她的花。粉红薄轻,未曾有一丝敷衍,守季守时,未曾有一日懈怠——杏花只想开自己的花。是的呢,不过是些许浮名虚誉罢了,杏花会在乎什么呢？她不过是听从季节召唤,遵循本能开花而已。

然而不知从何时起,杏花的风评突然变了。晚唐的薛能在《杏花》中写道:"活色生香第一流,手中移得近青楼。谁知艳性终相负,乱向春风笑不休。"不解释这句了,各位看官自行理解吧! 薛尚书尚能著诗如此,真不知道他经历了啥,受了多大的刺激。咋不学学北宋诗人宋祁呢？宋诗人仅一句"绿杨烟外晓寒轻,红杏枝头春意闹",就被后人亲切地称为"红杏尚书"。同样是尚书大人,差距咋就这么大呢？继薛大人之后,一大波文人雅士蜂拥而上。欧阳修嫌它颜色低俗,"红琼共作熏熏媚";王禹偁批评它过于放荡,"多情犹解扑人衣";吴融见她姿态不雅观,"一枝红艳出墙头,墙外行人正独愁";北宋宰相曾布妻子魏夫人咋看她咋不顺眼,《菩萨蛮》词有"隔岸两三家,出墙红杏花";陆游瞅她开花时太跳脱,《马上作》有"杨柳不遮春色断,一枝红杏出墙头"。至于骚人李渔是如何将"及第花"硬生生变成"风流树"这件事实在让人无力吐槽,大家直接找度娘了解吧! 在一众声讨大军中,大概以叶绍翁那句"春色满园关不住,一枝红杏出墙来"最为出名。这首本来寓意美好颇有意境的诗词,发展到后来,"红杏出墙"竟然演变成了女子出轨外遇的代名词,不能不说这既是对叶诗人的不尊重,更是对女性的一种亵渎。

杏花在乎这些吗？她不在乎。杏花从来不争辩什么,也无须争辩什么。毕竟,人与人之间的悲欢哀伤都不相通,更何况人与花呢？

杏花根本不在乎。无论是开在皇廷院落,还是乡野阡陌,它不在乎;无论是盛赞美誉,还是恶意曲解,它不在乎;无论是深刻铭记,又或是全然遗忘,它都不在乎。人们对杏花的爱恨,是不公平的,也是不讲道理的。杏花轻轻一笑:人真是一种奇怪的生物,他们自己都不明白的道理我又何必浪费心思去在乎呢？

她有她自己的风骨,自己的执着,自己的骄傲。她既选择了开花,那就坚定而行,无畏无惧。开它个轰轰烈烈,开它个灿灿烂烂,开它个热热闹闹。

杏花会在乎什么呢?自始至终,她只在乎开自己的花呀!杏花的一生像极了女子的一生,纯然而美好,娇美而灵动,但总会接受太多来自礼教的批判、道德的训导,他们总要试图插手一朵花的事。但开什么样的花,却是一朵花的天性使然,又何须别人来置喙呢?

杏花从来不在乎这些,杏花依旧是杏花。在伊犁新源杏花沟,山脉起伏,层峦叠翠,杏花遍野,落英缤纷;在内蒙古扎鲁特旗,从南至北,次第盛开,灿若云霞,令人陶醉;在黑龙江佳木斯,孤根桀骜,林深茂密,犹如绸缎,恰似织毯;在黄土高原,崖上村落,窑洞山坡,繁花似锦,令人振奋;在长城内外,逶迤起伏,古朴雄壮,烂漫热烈,蔚然成趣;在烟雨江南,绿草如茵,粉红嫩白,娇艳欲滴,使人沉迷。天南地北,杏花开得漫山遍野,如火如荼,绚烂到不顾一切,燃烧到酣畅淋漓。

愿你我如杏,不必去在乎。愿你我热烈而活,尽情绽放!

立夏：夏向明朝立

它来了，它来了，立夏来了！

它很古老，在战国末年（公元前239年）就已经确立了立夏节气。《月令七十二候集解》："立夏，四月节。立字解见春。夏，假也。物至此时皆假大也。""假"者，"大"也，是说春天出土的小苗都已经直立长大了。《尔雅》："夏，大也。""夏"是"大"，是"假"，"假"也是"大"的意思，夏天万物进入了生长的阶段。甲骨文的"夏"字上头有一个太阳，下面则是一个跪坐的人，大意就是夏至太阳照射最高。立夏是二十四节气中的第七个节气，也是夏季的第一个节气。然而，真正进入"绿树阴浓夏日长，楼台倒影入池塘"只有福州到南岭一线以南地区，全国其他地方还处于"草木知春不久归，百般红紫斗芳菲"的仲春和暮春季节。

春生、夏长、秋收、冬藏。立夏之前，是万物的惊蛰与苏醒；立夏之后，万物舒展，悠然通畅。今日立夏，日子从此就像古人说的"斗指东南，维为立夏，万物至此皆长大"。所有激情澎湃如约而至，万物按捺不住颜色，黝的、浅的、绿的、翠的，铺天盖地迎面扑来。蛙声蝉鸣，草长莺飞，绿肥红瘦，春生夏长，万物自此走向繁茂。立夏，所有美好都在直立，所有愿望都在长大。"孟夏之日，天地始交，万物并秀。"不仅仅是长大，还要秀出自己最美模样。你看啊！"泥新巢燕闹，花尽蜜蜂稀。"泥巴还是新的，燕子巢中欢闹，百花已经开尽，蜜蜂越加稀少。你闻啊！"陇亩日长蒸翠麦，园林雨过熟黄梅。"骄阳之下，田间地头，翠绿的麦穗开始微微泛黄；新雨过后，园中树木，诱人的黄梅透出阵阵芳香。

立夏时节，所有生命都按捺不住生长骚动，进入生命旺季，个个都争先恐后攀升争"秀"。"睡起南窗情思倦，闲看槐荫满亭台。"情思倦怠，闲看槐荫，遮满了亭台，心却飞到了天外。万物繁茂，总让人心生莫名冲动，可以尽情放飞自我,不惧别人眼光;可以坦荡做梦呓语,不怕夜色深重;可以迎风直面站立,不舍内心热爱浓烈。立夏,不如就像万物并秀,肆意做自己。鲸落海,星沉洼,风隐密林,蝉鸣漏夏至,世间所有温柔藏于你眼眸。清寥薄雾,璀璨霞光,待风足够温柔,云轻柔温暖,待蔷薇足够芬芳,海棠不再失眠,我愿把所有一切,都给你。立夏之际,愿我们依然热爱内心热爱,既爱人间烟火,也爱诗意远方,活成一个灵魂有香气的女子。

失眠的，不只是海棠

梦醒，开机，03:58，自嘲，凌晨四点看海棠未眠吗？

海棠这种花，似乎不太爱睡觉。川端康成在《花未眠》中描述道："我之所以发现花未眠，大概也是由于我独自住在旅馆里，凌晨4时就醒来的缘故吧。"凌晨四点钟从梦中惊醒，他看到海棠花未眠，心中应该甚觉惊奇吧！苏轼也写海棠："恐夜深花睡去，故烧高烛照红妆。"于是大才子真的点了蜡烛去照海棠，发现海棠不仅未睡去，反而开得沉静妍美，意态万千。真真让人不明白，这究竟是海棠眷顾着夜晚，还是夜晚留恋着海棠。

海棠不爱睡觉是因为她失眠。失眠是因为承受太多。毕竟她开花的时节正值芳菲四月，此时桃李樱杏早已凋零，牡丹蔷薇还在酝酿着花苞，她唯有默默接棒，才能让这份烂漫继续绵延人间。谁叫她是有实力的花呢？有实力的花必然会被寄予厚望。初初探芽时，是"小蕾深藏数点红"，盈盈轻绽时，色若胭脂氤氲，"猩红鹦绿极天巧，叠萼重跗眩朝日"，更兼梅柳之态"幽姿淑态弄春晴，梅借风流柳借轻"。于是管鉴叮嘱："春色十分，付与海棠枝上满。"吴芾交代："要令山下尽知春。"李清照询问："知否，知否？应是绿肥红瘦。"宋代一位连写诗都忘了留名的无名氏先生却心心念念不忘："嫣然笑，管领东君。"你瞧瞧，光管管春色春风春来处还不够，元好问觉得早春的花儿开得不够艳美浓烈，于是他又特别吩咐："爱惜芳心莫轻吐，且教桃李闹春风。"海棠啊海棠，你先别急着开放，去教一教桃花杏花"笑迎春风"的本事吧！恐怕连海棠自己也没想到，竟然还要承担如此重任。海棠听到这群人的夸赞了吗？她听到了。她听到了他们的口头夸赞却从未见到他们真心付出，哪怕施一次肥，培一次土，浇一次水，然而没有，什么都没有。

海棠本也可以撂挑子的，但她想：唉，我好不容易来人间一趟，难道真要流水落花春去也，早早凋零？只好默默叹口气，顶着压力，开着自己的花。让人心疼的海棠,又怎会有心思好好睡觉呢?所以每个深夜,它总会失眠。

"凌晨四点,海棠花未眠。"海棠啊海棠,我知道你睡不着,但是天亮了就是春天啊。

"滟滟随波千万里,何处春江无月明。"你看这碧波荡漾,去陪伴依依杨柳吧!整朵整朵地随风轻晃,温柔地摆动腰肢,将春风也一点一点染成浪漫的颜色。

"春风春雨花经眼,江北江南水拍天。"你看这春雨缠绵,去裁剪绯色云裳吧!可爱深红爱浅红,任雨水晕开你的胭脂,深红叠浅红,碧绿衬青翠。

"醉后不知天在水,满船清梦压星河。"你看这生命灿烂,去仰望璀璨星空吧!道阻且长,身不由己,纵然诉尽千古万般波澜,幽暗着明亮着,终究在一呼一吸间荡进万丈星河。

海棠起得早,睡不着,做着最艰难的挣扎,她也没想到,在最盎然的春天,日日怒放竟会这般辛苦。活在最好的时代,仍旧做着最艰难的挣扎。

海棠啊海棠,就在当下快乐地活着吧,不用思虑周全,不要想太多,没有关系的。醉一醉,醉在山水里,醉在溪畔边,醉在春好处。睡一睡,管它凌晨几点,管它睡不着的人世间,管它什么疾苦,该睡就睡。人总有那么一个瞬间,要坚定地为自己而活,要决绝地为自己而睡。愿我们永远是自己的海棠,盛放在春天里,无须凭借谁的风。

石榴树

广哥家的院子里有一棵石榴树,立夏开花,花谢结果,煞是热闹。

高高的树冠,在阳光下闪着铜色的光芒。石榴树的叶子很大,十分茂盛,像一把把大伞一样,遮蔽着夏日的阳光,为人们提供着一片凉爽的避暑地。石榴的花也同样美丽,艳丽的红色花瓣鲜艳夺目,红彤彤的花蕊,饱含生命力。每当初夏的夜晚来临,微风轻拂,石榴树下的清香弥漫开来,香气四溢,让人陶醉其中。

花开不久,石榴树就会长出一串串嫩绿色的小石榴,随着时间的推移,渐渐变成了红艳艳的大石榴。那颗颗鲜艳欲滴的石榴果实,仿佛是烈阳中的一颗颗火球,闪耀着绚烂的光芒,让人忍不住驻足观赏。此时,石榴树的枝头低垂,好像在向人们展示它的成果。人们常常会感叹,石榴果实的颜色是那么艳丽,那么鲜美,它的果实汁多肉厚,色泽红润,特别是那颗颗饱满的果粒,更是让人垂涎欲滴。石榴,是我喜欢的水果之一,也是夏天的代表之一。它红艳艳的果实,皮薄肉厚,酸甜可口,吃起来让人心情愉悦。

石榴是一种有灵魂的植物,它的果实、花朵和树枝都有着不同的意义和寓意。它的果实代表着子孙满堂、家庭和睦、福禄双全,它的花朵代表着夏天的来临和美好的生活,它的树枝则是代表着生命的不灭和希望的存在。每次看到石榴,我就像看到了一个有着灵魂的生命体,让我感到它的存在,就是为了让我们更加珍惜我们的生命和拥有的每一份美好。

这种有灵魂的植物也是中华传统文化中的象征之一。早在唐代,石榴就被赞誉为"以果得名、以子得誉",传说中,石榴的果实里蕴含着无穷的神秘力量。因此,人们常常用石榴来比喻一些事物的美好。例如,"石榴知立夏,年年此花开",就是用石榴的美好寓意,来表达自然界万物生长发展的真谛。在许多古诗中,石榴也是常常被提及的主题。石榴常被用来形容爱情的美好,表达了俗话所说的"石榴花开,旺夫旺子"。除了旺夫旺子,石榴还有着别样的含义。在古代,石榴是一种象征权力和财富的符号,被用来装饰皇宫、宫廷、寺庙等场所。除此之外,石榴还有"石榴裙"的美称,因为石榴果实的形状与女子的裙摆相似,被赞美为女性的象征。在现代,石榴更多被视为一种健康的水果,它富含抗氧化剂,有助于保护人体健康,预防多种疾病。

每当我累了倦了想放弃了,隐约中,仿佛看到他笑意盈盈地伫立在石榴树下,仿佛听到他在我背后轻声细语:"别怕,有我在,你永远不需要长大。"他总是在我最需要帮助的时候,给予我支持和鼓励,就像他家的石榴树一样,传递给我温暖和力量,让我知道,无论何时何地,我都可以找到属于自己的石榴树。石榴树下的一切,不过是我们内心深处的渴望。我们都想要一份坚定的支持,一份不离不弃的陪伴。

夏天,就像石榴一样充满活力和生机,让我们敞开心扉,享受每一刻的美好。让我们在石榴树下,感受生命的力量,让它给我们带来勇气和信心。生命中的每一份美好,都需要用心去感知和维护。让我们在这个夏天,一起去追逐自己的梦想,用一份坚定的力量,支持着彼此。

时光清浅，岁月安暖

> 草在结它的种子，
> 风在摇它的叶子，
> 我们不说话，
> 站着就十分美好。
>
> ——顾城

疫情过后，一切回归正常。

时光清浅，季节迭新，这三年错过的春光，逐一舒展在乍暖还寒的二月。春暖花开里，枯荣有序，万物萌发；动静相宜间，春色如许，岁月斑斓；浅喜暖望中，世间一切充满了新的蓬勃生机。

流年似水，静盼春安。在春天里播撒希望，盼望着，期待着，努力着，耕耘着；花开，叶绿，喜雨，暖阳，点点滴滴，丝丝缕缕。阳光暖暖，心境悠悠，花香清芬着岁月，时光缱绻着温柔。以一颗清净心淡泊所有过往，以一颗欢喜心慢度往后日常。

走过四季，世间万物按照时令不断地相聚离别。循环往复，周而复始，年年如斯。人生海海，一路邂逅，一路相送，恰如季节，离歌刚落，忽又相逢。烟火人间，云聚云散，一切随缘。烟火人间，我们都只是过客，不必追问，谁辜负了谁的等待，谁值得了谁的执着？

人生路上，人来人往，几载光阴，回首遥望，每个生命都不完美。星空浩瀚，我们只是最微弱的星子一颗，包容别人的白玉微瑕，也接纳自己的尺瑜寸瑕，对岁月宽容以待，与光阴握手言和。

努力做个美好的人儿吧，以各自不同方式的曼妙，在烟火人间，活出最绮丽的模样，不为世俗所扰，不为红尘所动。心安即是家，踏实于柴米油盐里的简单快乐,深情于生命中的诗与远方。

　　静盼春安,不负所期所许,在宁静致远中,唯愿你我安好。

停下来，看一朵云

（一）

忙碌的生活总是让我们忽略了一些简单而美好的事情,比如停下来看一朵云。也许你会问,看一朵云有什么意义呢？但是,当你真正静下心来,仔细观察那朵白云飘动的样子,你会发现,这是一种值得珍惜的体验。

天空中的云朵总是以各种不同的形态呈现在我们的眼前,有时像一只小兔子,有时像一座雄伟的山峰,有时像一朵盛开的花朵,有时又像一条长龙。当我们仔细地观察这些云朵时,我们会发现它们的形态是如此多变,仿佛就像一个魔术师的魔法,给我们带来无限的想象和乐趣。

看一朵云也是一种放松的方式。当我们疲倦的时候,抬头仰望天空,看着那美丽的云朵,仿佛一切的烦恼都被抛到了九霄云外。这种美好的感觉可以让我们忘记一些烦恼,放松心情,重新面对生活中的挑战。

除了这些,看一朵云也是一种感悟的方式。站在大自然的面前,我们会发现人和自然是如此的微不足道。那些飘动的云朵仿佛在诉说着大自然的神秘和美妙。我们从中可以感悟到自然界的力量和能量,感受到自己的渺小和脆弱。

所以,停下来,看一朵云,就是一种美好的体验。它可以给我们带来乐趣、放松和感悟。在我们忙碌的日常生活中,不妨经常抽出一点时间,仰望天空,观察那飘动的云朵,感受自然的魅力,享受生活的美好。

（二）

生活总是忙碌而繁忙,我们不断地奔波于各种事务之中,忙于追逐金钱、名利和权力,忙于追逐着我们所认为的幸福。然而,在这样的日子里,我们却常常忘记了停下来,看一朵云。

有时,当我走在大街上,看到周围的人们匆匆忙忙地赶路,我就会想起小时候和父母一起出门时,总会看见一些云朵,它们或像一只小羊,或像一只大象,或像一位王子。那时我们总是会停下来,静静地欣赏云朵的变幻,感受那份宁静的美好。

云朵是大自然的产物,也是大自然赋予我们的礼物。当我们停下来,看一朵云时,我们会发现它们是那么的美丽、梦幻、神秘。有些云朵像一座山峰,有些像一朵花,有些像一只鸟。它们的形态千姿百态,无论我们怎样去想象,都能找出一种与其相似的事物。

停下来,看一朵云,是一种放松和享受生活的方式。在这个喧嚣和疲惫的世界中,我们需要这样的一种方式来找到内心的平静。当我们停下来,欣赏那些美丽的云朵时,我们可以抛开所有的烦恼和忧虑,享受这份宁静和美好。

停下来,看一朵云,也是一种心灵的寄托。在我们的生命中,总会遇到一些坎坷和困难,我们需要一种方式来寻找力量和支持。看云朵是一种很好的方式,它能让我们回忆起美好的回忆,也能让我们寻找到内心的力量和支持。

停下来,看一朵云,是一种放松、享受和寻找内心平静的方式。在我们忙碌的日子里,这样的方式是非常重要的。让我们时常停下来,看一朵云,感受那份宁静和美好。

(三)

停下来,看一朵云,这是一件不需要花费太多时间或金钱的事情,但它却能给我们带来很多想象、思考和平静。

记得小时候,我经常会在校园里或者家里的后院里躺在地上看云朵。有时候,云朵像一朵朵白色的棉花糖,有时候像一条条白色的绸带,还有时候像一些奇形怪状的生物。每当我看到这些云朵时,我总会想象自己正在一朵朵飘浮的云朵上或者一只飞翔的鸟儿身上,享受着自由和安宁。

在这个喧嚣的社会中，人们总是有太多的焦虑和压力。我们每天都在忙碌地工作、学习、社交，没有时间和机会停下来，放松心情，思考自己的内心。但如果我们能在忙碌的一天中，停下来看一朵云，我们就可以暂时忘记自己的烦恼，获得一些内心的平静和放松。

另外，云朵也可以激发我们的创造力和想象力。每当我看到一朵云朵时，我总会想象自己在一个神奇的童话世界里，与各种奇妙的生物一起生活。这样的想象会使我们的脑海中充满着各种奇思妙想和创意，从而让我们更富有创造力。

停下来看一朵云，虽然只是一件简单的事情，但它可以带给我们很多收获。它可以带给我们内心的平静和放松，激发我们的创造力和想象力，让我们远离烦恼和焦虑。所以，当你感到疲惫和烦躁时，不妨停下来，看一朵云吧！

心素如简，人淡如菊

陶渊明，这位古代文人墨客，对菊花情有独钟。为什么他如此喜欢菊花呢？或许有人会说，这只是他个人的喜好，没有特别的原因。然而，如果我们仔细品味他的诗词和他的行为，或许就能找到一些答案。

据《宋书·隐逸传》的记载，有一年，陶渊明不小心提前喝了自己酿造的菊花酒。当重阳节这一天到来时，他采了一大捧菊花，坐在东篱下，发现没有酒可喝，心情十分郁闷。然而，好友王弘派人送来了酒，陶渊明一扫阴霾，畅快地痛饮。他写下了《九日闲居》："酒能祛百虑，菊解制颓龄。敛襟独闲谣，缅焉起深情。"这表达了他对菊花的热爱和菊花带给他的快乐与宁静。

陶渊明是一个容易知足的人，一丛花，一坛酒，就能让他高兴一整天。秋菊也是如此，它们不求春风，不寻沃土，却能在任何地方盛开出绚丽的花朵。这种知足与通透的心态，让陶渊明将秋菊视为知己。他在千年前采的那捧菊花，至今仍有着芬芳的香气，流传于世。

《二十四诗品》中有一句诗写道："落花无言，人淡如菊。"这句诗并不仅仅是在形容一种状态，而且是一种心态。它代表了经历沧桑后的通透和平静，经受世事洗礼后的安宁。哪怕身处车马喧嚣之中，陶渊明都能在内心修篱栽菊。

就像杨绛先生说的那样："我们曾如此渴望命运的波澜，到最后才发现，人生最曼妙的风景，竟是内心的淡定与从容。"菊花是秋季独特的花卉之一，而秋天通常被视为收获和结束的季节。陶渊明对菊花的喜爱可能与他对自然变化的敏感有关，他通过欣赏菊花来领略秋季的美丽和变化。喜爱菊花也表达了他对简单和朴素的追求，这与他内心淡定从容的态度相契合。

内心的淡定与从容是陶渊明一生所追求的境界。他对菊花的喜爱可能也是他对生活态度的一种表达。陶渊明常常以退隐田园为乐，不受尘世纷扰,保持内心的宁静。他坦然接受命运的安排,以一种平和的心态面对生活的起伏和变化。他懂得在人生的旅程中保持内心的平衡和从容,这使得他能够在世俗的喧嚣中找到真正的自我。

因此,陶渊明的喜爱菊花与他内心的淡定与从容是相辅相成的。他通过欣赏菊花和追求简朴的生活方式,找到了一种平和的心境。他的作品也反映了这种境界,传递着宁静和深思。这也启示我们,在追求成功和命运起伏的过程中,内心的平静和从容是我们应该珍视和追求的境界。

又逢一年岁华晚,不妨效仿陶渊明,温一壶菊酒,赏枫观花,倾听风声,沐浴月光,追寻几时和风丽日的悠闲。在身心舒畅的时光里,让我们保持内心的简洁纯净,像菊花一样静谧高雅。愿你我都能拥有素心从简的态度,在这个秋天安然地生活。

一朵慈悲的牵牛花

前几日在面包店遇一陌生女孩慷慨馈赠一大袋土司切片,离店时看到路旁花箱的牵牛花正盛放,一时间觉得这平常看似毫不起眼的小花极美,想起叶圣陶先生说它是"系人心情的所在",又觉得这娇嫩的花儿充满了慈悲的色彩。我告诉亚飞对牵牛花的小小心思,他欣然允诺为小文配图。于是,一觉醒来,看到他在凌晨00:56发来的水墨画。画面中的牵牛花昂首怒放,似红色的小喇叭,似催人早起的杜鹃,又似团团燃烧的火焰,催促着一向倦怠的我快快提笔倾诉衷肠。一拖再拖,眼看半个多月又过去了,再不交作业自觉羞愧,倍感愧对这位青年画家的厚爱,于是,草草写下如此文字。

"清晨始开,日出已瘁。花虽甚美,而不堪留赏。"只有短短半日花期的牵牛花对于向往天长地久的中国人来说,只是乡野之花,难登大雅之堂,最多也只是消减乡愁的一杯薄酒,但在隔海相望的日本它却有着完全不同的境遇。

《源氏物语》第四贴《夕颜》(丰子恺译)注解有二:"瓠花或葫芦花,日本称为夕颜;朝颜即牵牛花。"前几年火得一塌糊涂的某神剧中,男主果郡王情意绵绵地向女主介绍朝颜,可惜终究还是错付了。编剧大概是参考了《源氏物语》第四贴《夕颜》(林文月版)中的和歌,于是,葫芦花在戏中秒变牵牛花,但凡看过该部小说,都知道书中清清楚楚标明夕颜即葫芦花。大概是拍摄时节不应景,剧务难寻朝颜芳踪,故而用葫芦花代替了吧!可他们哪里知道,夕颜也好,朝颜也罢,无论它们是作为植物名称还是女性化身都是截然不同的呀!

崇尚"物哀"的大和民族将人生无常看成是一种常态,对生命中转瞬即逝的绚烂崇尚到近乎痴狂,比如"人世皆攘攘,樱花默然转瞬即逝,相对唯顷刻"的樱花,比如"晓色未开忙敛恨,柔条无力绊天孙"的朝颜。朝颜的英文

"morning glory",透露着明媚亮丽之意,隐约间仿佛还有女子粉若桃花的笑靥。夕颜与朝颜相对应,是一种开于晚间,次日凌晨即凋萎的白色瓠子花,阿拉上海人称其为"夜开花",和朝颜相似,也是日本人极其钟爱的刹那芳华。虽然俳圣松尾芭蕉写过"夕颜花白,身体随目光,不自觉漂浮起来"这样的俳句赞叹夕颜花白,但他更钟爱的还是朝颜。他的笔下还有更深情款的俳句为证:"锁着门的墙边,一丛朝颜花。""朝颜齐放,一波波,撞开的钟声。"

同为男性的千利休对朝颜也是情有独钟。作为日本十六世纪最有名的茶圣,他主张在自然的环境下引领人与人、与物的精神交流,开创了日本侘寂美学之先河。当然,有关这位男神最有名的当属他与丰臣秀吉之间关于朝颜花的故事。因为该典故过于经典,诸位可自行找度娘搜索解码,输入《茶话指月集》即可,此处不再展开。虽然千利休最终还是迫于强权,结局悲惨,"人生七十,末路一喝,手握太刀,心无挂碍向天抛",但他那句"能让我低头的,只有美的事物"却让人感慨万千。"朝颜花,一朵深渊色。"千利休之后两百年,诗人画家与谢芜村把一朵朝颜花和深渊关联起来,似乎千利休的命运只能归结于天意。丰臣秀吉赏花那天,千利休毁掉了百朵朝颜相待,惨烈!待到血溅故园时,朝颜的种子刚刚萌发,是这心怀慈悲的花儿原谅他了吗?所以依然不离不弃地固守着下一季的绽放?

相比男性而言,女性对朝颜的心仪更令人心疼。比如女诗人加贺千代的这首俳句:"晨起汲水,吊桶上缠着朝颜花,不忍拂,只好到邻家乞水去。"早起打水,不忍触碰缠绕吊桶上的纤弱朝颜,只好向隔壁邻居借水去。刹那间,这女子简直是化身于佛光照亮的菩萨,每每读到这里,柔软得心都要化了。后来日本邮政局还特意为她发行了一套两张的邮票,画面上印有茜红蓝紫两色朝颜花,女诗人的头像,还有这句千古俳句。

无须赘述,小小一朵蓝色原生牵牛花,如今在日本已经演变成造型各异、色彩纷呈的朝颜花园了,受到热烈追捧。从江户时代起,各种朝颜花会每年都会在七夕举办,几乎是万人空巷的一大盛事,有些寺庙还会数次举行"朝颜祭",还有很多朝颜花协会,用轰轰烈烈如火如荼来形容盛况一点都不为过。

然而，在国内，大概是过于自然又淳朴，无论何处都能长成的缘故，牵牛花自始至终都无法被人特别地惦念。虽然历代也有诗人不吝留下好笔墨，比如杨万里"素罗笠顶碧罗檐，脱卸蓝裳著茜衫；望见竹篱心独喜，翩然飞上翠琼簪"。其中"碧蓝茜翠"几个字，将牵牛花瓣娇嫩又玲珑的姿态描绘得殊为妍丽。还有"晓思欢欣晚思愁，绕篱紫架太娇柔。木犀未发芙蓉落，买断秋风恣意秋"，一句"买断秋风"，也是极妙呀。魏晋的阮籍写过著名的《咏怀》八十二首，其中第六十六首云"木槿荣丘墓，煌煌有光色。白日颓林中，翩翩零路侧"，第八十二首云"墓前荧荧者，木槿耀朱华。荣好未终朝，连飚陨其葩"。朝颜虽光华亮眼，但只明耀小半天，就萎落随风。它既有枯枝败叶的落寞，也有鲜花潋滟的万般慈悲，自然别有一番韵味。

但是，即便如此，牵牛花也仍然不可避免地沦落成低贱的路边花。好在它也不在意这些，永远一副兴致盎然的样子，自然、干净又洒脱。春天一到，每一片叶子都不可遏制地探出头，像是在风中跳跃的小心脏；小满时节着花，虽然像个土里土气的小土妞开在低矮的尘土里，但它悲悯的生命底色让万物垂怜。树再高大，也愿意为它让道，或者干脆让它借力攀附，藤蔓缠绕，探进云端，为人们带来时节的讯息；累了倦了，伸个懒腰，蜷缩身子，随意席地而趴，潇洒清淡，并不与众花争艳，似乎一生只为了在墙角打一个短暂的盹。细细想来，这淡然的人生态度不就是秉承着最原始的生存哲学吗？——听天由命。所以它甘愿匍匐大地，自得自在生根发芽，自得自在开花结子，自得自在攀爬依附。的确，相比百合郁金香这类花，它不够鲜活，也不够绚烂，但它不屑与之相比，它或许深知，运气老天给，努力靠自己，最是迢遥缥缈，反而最安稳。它从来不与百花争宠，只顾自得自在低声喁语，反而赢得了骤然的安静和深广的关怀。

我觉得牵牛花很美，是觉得它让世间一切都得到了爱的照拂。你看啊，它爬在野地田间，或者农家篱笆，即使种子飘到城市，它也不挑选领地，多半是在古老街道的路边沟渠落脚。晨光熹微，世间尚未明朗之际，各色各样的牵牛花却开得欢腾喜悦。它在破晓之前开放，一旦露水被朝阳蒸腾，它也累了,收拢花瓣,永久地歇息。这似乎也隐隐告诉人们,人生该退场时就退场,遵照命运的安排,不争不抢,体面优雅,不必留恋。这种早起的花,天真烂漫,很不张扬,含着丝丝慈悲。对行之将老之人而言,牵牛花的慈悲让睡眠渐少的他们看见人生清晨是缅怀年少美好的时光;对早起赶路的打工人而言,牵牛花的慈悲则是陪伴在你一路上班的途中,记录为梦想奋斗与晨共度的岁月。

　　心理学家告诉我们,人之所以会感到孤独是源于爱的缺失。但世间万物,谁又不孤独呢?我无端地想到了牵牛花,它是如此微弱渺小,却从不对命运叫屈,它不断被人践踏,卑微到尘埃里,却依然自得自在享受阳光雨露,逍遥于晨曦中。等到人类苏醒之时,它恭候已久,内心笃定,笃定自己的态度和立场,抛弃不必要的存在感,不慌不忙,张弛有度。无须急着向世界展现自己,安于自己的生存意义和世界的内在逻辑才是每个人应该安然于心的人生哲学。

　　牵牛花垂怜人间,它果真是系了人的心情:看见它,我就觉得世事终有答案,即使不在当下。谢谢你,慈悲的牵牛。谢谢你,让我知道,世间所有的生命都该得到眷顾。

一个静谧的午后

"偷得浮生半日闲",难得独享假日里的闲暇时光。

一个人,一本书,一杯咖啡,赋予心灵一丝慰藉。倚在二楼的阳台窗前,看窗外路上人来人往,喧嚣嘈杂。落地玻璃窗似乎把我与这世界隔离开来,我被远远地阻隔在一万光年距离的银河空间,窗外的世界变得如此虚幻又不真实。只有房间里那架老式台钟还在提醒我时间的存在。钟摆循着时间的轨迹,轻轻哼唱着岁月的赞歌,钟盘的每一格,每一声滴答声,都是生命的流逝。于是,我的心不禁惶恐起来。此刻的一秒,即是下一秒的历史,眼前的这一切,也将是明天的刻痕而已。未来总是不可预期,而曾经的时光,我是否又好好珍惜过呢?错失的那些人,后悔的那些事,恍然如梦,既然无力追回,那就学会遗忘,现实残酷,与自己和解吧!

感谢时光!走过的懵懂无知,走过的四季轮回,走过的清欢离合,走过的前尘往事,成熟了我的心智,丰富了我的人生,厚重了我的生命,沉淀了我的底蕴。一路曲曲折折走来,一回首,那些"少年不识愁滋味,为赋新词强说愁"的青葱岁月已黯然失色,沧桑了容颜,更多了一份从容,静观云卷云舒,不抱怨,不逃避,人间有味是清欢。在这静谧的午后,唯愿时光慢下来,心念如花,中年少女不需争放耀眼的光芒,寻得一份安然,静静绽放自己的芳香。

愿与上海热烈拥抱

上海,东方不夜城,是我的家乡。我是土生土长的上海人,与这座城市密不可分,从出生到现在,我始终没有离开过这里半步。我在这里出生,我在这里成长,我在这里工作,我在这里生活。无论是在我的职业道路上,还是在我的个人生活中,上海都扮演着至关重要的角色。

上海的声音,是我最动听的声音。在这里,我可以听到黄浦江的浪涛声,听到十六铺码头轮渡的汽笛声,听到街头巷尾的人间烟火声,听到岁月的沉淀与历史的交响。每当我听到这里的呼喊和歌唱,我的心就会荡漾起涟漪,仿佛置身于一个美好的梦境之中。

上海的味道,是我最纯正的味道。这里的味道是生煎的油亮,是小笼包的鲜美,是大白兔的甜腻,是蛋糕的香甜。在这里,我可以品尝到家乡的美食,感受到美食背后的文化底蕴,也能体味到家乡人民的热情和友好。每当我品尝到这里的美食,我就会想起小时候跟着父母游玩的场景,还有跟朋友在街边小吃摊上畅享美食的情景,这些美好的回忆让我倍感温暖。

上海的色彩,是我最绚丽的色彩。这里的色彩是开埠的底色,是文明的画作经典,是五彩缤纷的集合,是浸润心灵的鸡汤。在这里,我可以看到每一幅广告牌,每一个建筑,每一个雕塑,都承载着家乡的文化与历史。

上海的气质,是最优雅的气质。这里的气质是历史的积淀,是恬静安然的内敛,是率真诚恳的淡然,是不趋功利的自觉。在这里,我可以感受到人与人之间的真诚与友谊,也能领略到家乡人民的宽容与包容。在我的心底,流淌着上海最包容的大气。

上海的精神,是我最骄傲的精神。在我看来,上海不仅是一个城市,更是一种精神,一种生活方式,一种文化。这里有着千姿百态的人文景观,有着浓厚的历史底蕴,有着独特的城市风貌,有着丰富多彩的文化活动,有着多元化的社会生活。这一切,都让我深深地爱上海,也让我为自己是一名上海人而骄傲和自豪。在这里,我可以感受到一种人文的涵养和精神的富足,这些让我对生命充满了敬畏和珍视。

  我深信,在未来的日子里,上海会更加美好,更加繁荣。我愿伸出双臂,与家乡热烈拥抱,用我的心灵继续感受这座城市的美好,用我的行动为这座城市默默奉献。

栀子比众木，人间诚未多

（一）

栀子花，纯洁美丽、芳香浓郁。它在杜甫的诗句中被称为"栀子比众木，人间诚未多"，表示人间栀子花的珍稀。而我第一次去滁州，正值栀子花盛开的时节。滁州位于南京附近，只需一个多小时的车程就能到达。两地的风俗习惯、语言声调都相似，栀子花、茉莉花、白兰花并称为"南京三白"。

每当栀子花飘香，街头都有卖栀子花的老奶奶，这时我就知道"五月节"即将来临。在滁州，端午节被称为"五月节"，而栀子花则是这个节日的象征。每年端午时节，南京都会举办"栀子花开、端午节来"等非遗文化活动。今年，浦口响堂大马营将于6月21日举办"2023响堂栀子花大会·山谷歌会"。常德、岳阳、汉中等城市也将栀子花定为市花，寓意纯洁、善良、永恒，之所以寓意永恒，是因为栀子花的生长过程需要漫长的时间。唐朝时，段成式在《酉阳杂俎》中说："栀子翦花六出，刻房七道，其花香甚，相传为西域檐卜花也。"这也使得栀子花在唐朝演变成为佛花的代表。

当我看到一只彩色的花蝴蝶翩翩地停在栀子花上时，那景象美得就像一场梦境。栀子花看似平凡，却蕴含着美丽、坚韧、醇厚的生命本质。栀子花的花语是纯洁、喜悦、永恒的爱与约定。每个人心中都应该有一朵洁白如玉、芳香馥郁的栀子花，那是一份永恒的爱。它让人们感受到爱的纯净和喜悦，让人们相信爱是永恒的承诺。每一次走过栀子花盛开的街头，我都会被它们的美丽所打动。它们散发出的芳香，让人沉醉其中，仿佛置身于花的海洋中。

栀子花，你是世间的宝藏，你的美丽和芳香让人们感受到了人间的美好。你的存在，让这个世界更加鲜艳多彩。愿栀子花的美丽在人间绽放，让我们每个人都能拥有一份纯洁、喜悦、永恒的爱。让栀子花的芳香永远飘荡在人们的心中,将我们与这个美好世界紧密相连。栀子花啊,你是人间的珍宝,我们要珍惜你,爱护你,让你的美丽永远存在于这个世界上。

好在,人间还有一个栀子花,它带给我们纯净、喜悦、永恒的爱。让我们一起感受栀子花的魅力,让它成为我们生活中的一部分。栀子花啊,你是我们心中永远的美丽。

(二)

栀子花,纯洁美丽、芳香浓郁。它在杜甫的诗句中被称为"栀子比众木,人间诚未多"。这句诗道出了栀子花的独特之处,也反映了它在人们心中的珍贵地位。栀子花,开在窗外,像一朵朵冰雪般的清凉。它们繁茂而大大咧咧地盛开着,散发出浓郁的芳香,仿佛化不开般弥漫在空气中。汪曾祺在散文《夏天》中形容栀子花"粗粗大大,又香得掸都掸不开",用"掸"字形象地描绘了栀子花的香气。有人或许认为栀子花的品格不高,但我并不是文雅人,我可以毫无顾忌地喜欢栀子花。

五六月间,本应是暑热蒸腾的时候,然而近日连续的降雨使得天气依旧清凉。小院内外,四月里热闹非凡的月季只零星地开着,而栀子花却盛开得茂密如云。它们与其他花卉一同绽放,如绣球、天竺葵、三角梅、美人樱、指甲花、石榴、大丽花、酢浆草等,一片片鲜艳热烈的花朵,给了小院一抹醒目的色彩。

花,是一朵朵没有情绪的存在。但花香却是花的魂灵,如同一缕清香。这缕香并不因人的心境而迎合,而是因人而异。古代诗人沈周描述栀子花的香气时说:"雪魄冰花凉气清,曲栏深处艳精神。一钩新月风牵影,暗送娇香入画庭。"朱淑真也在诗中感叹:"一根曾寄小峰峦,苦葡香清水影寒。玉质自然无暑意,更宜移就月中看。"古人们通过闺阁簪花图来借花献香,将花儿簪于鬓角发髻,让香气随人动,展现出一种清雅别致的气质。

我也想摘一朵洁白的栀子花,簪于发际,让香气沁入我的发丝。在酷热的夏天里,与花草相守,我的心也会变得淡定从容,像一株植物一样皈依静谧,让简单、轻松、清凉的美好从心田盈盈漫过。

宋代蒋梅边的《咏栀子花》诗写道:"清净法身如雪莹,夜来林下现孤芳。对花六月无炎暑,省却铜匜几炷香。"这首诗表达了对栀子花清凉香气的赞美。栅栏旁的几株栀子花已经孕育出许多小火炬般的绿色花苞,它们即将绽放,散发出迷人的芳香。

午夜时分,窗户半开,帘子微动,凉风携着栀子花的香气悄然而入。在梦中,栀子花的香气也会渗透进我的梦境,为我的梦境抹上一丝幽香。

(三)

初夏的时候,栀子花开满了枝头,散发着淡淡的花香。它们含苞欲放,白色的花瓣紧裹着,周边镶嵌着少许绿色的花纹,如娇羞的少女。栀子花开得那么热烈又纯粹,低调而不张扬,静谧而清芬。虽然没有牡丹花那么雍容富贵,没有蔷薇花那么惹眼,但栀子花的香味弥漫开来,花香扑鼻,令人陶醉其中。

栀子花的花期在初夏,正是夏日的葳蕤时节。每当微风吹过,栀子花的香气随风飘散,像是一袭白裙翩跹的优雅女子。它们静静地在自己的世界里,安静地绽放着。栀子花用馨香浸染岁月,用清芬浇灌明媚。它们的花语是喜悦、坚强、永恒的爱和一生的守候。

栀子花是夏天的味道,五月的花开半夏,微风细细摇曳着夏花的灿烂。栀子花的香味是关于夏天最美好的记忆。每当初夏的雨后,空气中弥漫着浓郁的花香,它们的香味仿佛勾了一点子蜜,在阳光的炙烤中,凿出一条香味的河。

栀子花的香气扑鼻,仿佛能让人回到过去,回到与久别的老友重逢的喜悦。闻着那沁入心脾的花香,人们仿佛沉浸在栀子花丛的美丽中,不再谈论悲喜,只享受夏日的葳蕤与栀子花的清香。

有人说,思念是有灵犀的。如果你思念的人也在想你,那么身边就会有香气缠绕。初夏未满,草色离离,我曾和一朵栀子花说起过你,说起我们共同的回忆。栀子花开得那么美丽,仿佛在向我诉说关于你的故事。

栀子花开,风里飘着时浓时淡的香,若有若无。我仿佛能闻到栀子花的芬芳,能感受到初夏的温暖。它们是如此美丽,如此纯粹,仿佛是大自然赋予人们的珍贵礼物。

栀子花比众木,人间诚未多。在这个喧嚣的世界中,栀子花以它们的美丽和芳香,为人们带来片刻的宁静与愉悦。我常常期待着栀子花的开放,期待着那一缕缕花香扑鼻而来的感觉。

夏天是美好的季节,而栀子花则是夏天中最美的花朵之一。它们的美丽如诗如画,将初夏的温暖与芬芳带给人们。每当我看到栀子花盛开的枝头,都会想起那句诗:"栀子比众木,人间诚未多。"栀子花的美丽犹如一抹清新的记忆,让人心生向往与感动。

栀子花,它们的开放与花香,让人们感受到夏天的美好与温暖。它们如此纯洁,如此优雅,仿佛带着一份对生命的热爱与执着。栀子花开,风中弥漫着它们的香气,唤醒人们内心深处对美好的渴望。

栀子花的美丽是短暂的,它们绽放的时间只有几周,但它们的美丽却能在人们心中留下深刻的印象。每当我看到栀子花盛开的枝头,都会被它们的美丽所感动,仿佛回到了一个属于夏天的世界。

栀子花,它们是初夏的代表,也是一种美的象征。它们的美丽与芳香,将人们带入一个安静而美好的时刻,让人们忘却烦忧与疲惫。栀子花开,人们的心灵也随之舒展开来,仿佛与大自然融为一体。

栀子花比众木,人间诚未多。在这个喧嚣的世界中,我常常期待着栀子花的盛开,期待着那一缕缕花香的陪伴。它们的美丽和芳香,让我感受到生命的美好与温暖。栀子花,带给我片刻的宁静与愉悦,让我对生活充满希望与憧憬。

栀子花,你的美丽如诗如画,让人心生向往与追求。每当我走过栀子花盛开的地方,都会被它们的美丽所感动,仿佛置身于一个美好的梦境之中。栀子花的开放,是大自然对人们的赐予,也是一种对生命的礼赞。

栀子花，你的芬芳永远在我的心中，你的美丽永远在我的记忆里。愿我能与你一同绽放，无论是在初夏的阳光下，还是在岁月的轮回中。栀子花，你是我心中永恒的美丽，是我生命中难以忘怀的记忆。我会一直守候，等待着你的绽放。

主角？ 配角？ 桂花无所谓

桂花,这朵花儿,从来无所谓自己是主角还是配角。它并不像牡丹那样娇艳夺目,也不像玫瑰那样浪漫多情,它只是默默地绽放在秋风中,散发出淡淡的香气。

秋天,是桂花展示自己的季节。当清风拂过,桂花迎风摇曳,芬芳四溢。虽然它的花朵并不起眼,但它的香气却能穿越时光的轨迹,让人回味无穷。桂花并不苛求成为主角,它乐意做配角,静静地陪伴在大自然的舞台上。在那个大舞台上,有着五彩缤纷的花朵,有着翩翩起舞的蝴蝶,有着欢快歌唱的鸟儿。而桂花,只是在其中轻轻地闪烁,不耀眼,却又不可忽视。

桂花的存在,给大自然增添了一份淡雅与清香。它的花香弥漫在空气中,让人陶醉其中。不论是在庭院中,还是在田野间,桂花都宛如一颗明珠,散发着自己的光芒。

桂花无所谓主角还是配角,它只是默默地开放,孤芳自赏。它不需要别人的赞赏和喝彩,只需自己的存在就足够了。它的花香是自己的歌声,是对生命的庆祝和自我肯定。

桂花的花儿并没有什么特别之处,它并不在意自己是主角还是配角。然而,正是因为桂花的香气,它成了古今难忘的魅力之源。桂花的香气不同于其他花朵,它既清淡又浓厚,既含蓄又放恣。特别是在雨后的街道上,桂花的香气弥漫在空气中,如同一片薄薄的香云纱。当你靠近时,桂香的甜蜜黏稠而浓郁,四面八方扑鼻而来,让你仿佛沉浸在桂海之中。深深吸气,你能感受到枝蔓的青草气和泥土的腥气,复杂而令人着迷。

桂花的香气是非常包容的,无论是孩童、年轻人还是老年人,都能从中找到自己喜欢的味道。诗人们也常常以桂花来表达他们的思念和情感。王维喜欢坐在桂树下,感叹人闲桂花落,夜静春山空。黄庚则在枕边折下一枝桂花,享受它带来的香甜美梦。而王昌龄更是将桂香与思念紧密相连,期盼在梦中再次与好友相见。

桂花似乎乐在其中,它不需要去承担主角的责任和压力,只需做好自己,稳稳地待在自己的位置上。它不羡慕别人,也不需要外界的赞赏,因为它知道,做好自己就是花之一生最好的模样。

桂花不求被赞美,也不在乎自己的价值有多高。它只是静静地散发着淡淡的香气,为这个世界带来一丝温暖和宁静。无论是作为菜肴的点缀,还是作为甜点的调味,桂花总是默默地为他人服务。它没有夺取他人的风头,也不奢求被人关注。它只是默默地付出,用自己的存在为别人带来一份惊喜和愉悦。

桂花,主角?配角?或许无所谓。它只是默默绽放,散发着独特的香气,让人们陶醉其中。它教会了我们,不必追求别人的眼光和评价,只需做好自己,就能成就一段美丽而独特的人生。

人生亦如桂花,无须追求主角的位置,也无须苛求成为配角。每个人都有自己独特的光芒,不需要与他人比较,只需做最真实的自己。

有时,我们可能会迷失在对主角地位的追逐中,忽略了身边那些平凡而珍贵的存在。然而,当我们静下心来,细细品味生活的细节时,就会发现,其实人生中的每个角色都是不可或缺的。

主角有着光芒四射的外表,受到众人的瞩目与赞美;而配角默默无闻,却在默默的付出中展现真正的价值。在一场戏剧中,主角的成功与否并不完全取决于他的表演,而是与身边的配角密不可分。没有配角的陪衬,主角也难以凸显自己的光芒。

桂花教会我们,每个人都有自己独特的魅力和价值,无论是主角还是配角。我们不必追求主角的位置,也不必妄自菲薄地认为自己只能是配角。每个人都有自己的光芒,只要心怀梦想,坚持不懈地追求,就能在自己的舞台上大放异彩。

所以,主角?配角?桂花无所谓。重要的是怀揣一颗平凡而热爱生活的心,用自己的方式展现自己的价值与光芒。不必苛求成为主角,也不必把自己定位于配角,只需做最真实的自己,散发自己独特的香气,就足以让世界变得更加美好。

在这个追求个人利益和自我表达的时代,我们常常迷失在自我的追求中,忽略了与他人之间的关系和共同体的价值。我们渴望成为主角,却忘记了配角也有自己的重要性。正如桂花般,无论是主角还是配角,我们都能为他人的生活增添一丝美好。

成为配角,并不意味着我们失去了自我。相反,正是通过成为配角,我们才能学会谦逊和包容,懂得倾听和关心他人。我们可以在默默付出的过程中,不断成长和进步,成为他人生命中的重要一环。

请问亲爱的你,是愿成为主角,还是配角呢?在这个世界上,我们每个人都有自己的光芒,都有机会成为主角。但与此同时,我们也需要明白,成为一名优秀的配角同样重要。无论是主角还是配角,都可以为这个世界带来美丽和温暖。就像桂花一样,无所谓主角与配角,只需用自己的存在,为这个世界播撒一片芳香。让我们用心感受桂花的坚韧和谦逊,与之相伴,成为生命中最美的存在。无论是主角还是配角,都能在这个舞台上绽放出属于自己的光芒。

你看，月亮好美！

那天陪他谈完商务回来有些晚，他的烧还没退，我不放心，送他回酒店。

那晚的月亮散发着轻柔的光芒，仿佛心情极佳。他清秀的背影，映出温柔的光，洒在停车场幽暗的路面上，借着附近斑驳的灯光，反而让人觉得淡然怡静。但，毕竟是初秋，夜虽寒，热还是有的。于是，他在前，我在后，静静地，淡淡地。突然，他转头对我说："别有一搭没一搭的瞎想，想多了又掉进情绪漩涡，你这样自己跟自己玩有意思吗？"说完，他又悠悠地补了一句："你看，月亮好美！"此刻，能听到的，只有"咚咚咚"，分不清是脚步声，还是心跳声。"风也很温柔。"我应了一句。我们继续往前走，他不再回头，我们不再说话，这样的静也好，沉默中涤荡心灵。

走了一段，温柔的风声很快被急促的喘息所淹没。我停下脚步，抬头看看天，视线所及，几根稀疏料峭的枯枝，正巧横亘在月亮脸上，挡住那皎洁的光，那枝极纤极细，尤显逼真，让月亮也更明朗。他的背影在月光中也愈发显得真实，实在忍不住，拿手机拍了张，但不够好，画面发虚，徒有月朦胧的韵致，少了人物的孤纯。遂将最美的月亮撵到一个狭小聚焦框里，并用手指把亮度调到恰好，果然，那清晰的轮框，那白皓的月光，那孤傲的人儿，成就了最好搭配，心也随之澄澈起来。

他还是走在前面，没有回头，我快步赶上去，我们开始并排走过去。月光也很高兴，竟活脱脱地洒在路上，映出一高一低的两个月影儿。

人物素描

Rocky，一个有趣的灵魂

Rocky，一个总是在闹着玩的人，让人忍俊不禁。Rocky，一个总能在生活中捕捉到趣事的人，让人眼前一亮。Rocky，一个和他在一起，你永远不会觉得无聊的人。

Rocky 就是这样一个有趣的灵魂！

Rocky 总是关注着身边的人和事，尤其是对于我这个无赖精，更是毫不吝啬地尽心尽力。比如这次众所周知的 B 站动漫展，在门票极其抢手的情况下，我竟然还嫌他送的门票不够用，继续横耍无赖，结果连他太太都没票进场看漫展。那几天我心怀忐忑，很担心他的安全问题。尽管如此，他仍然十分愿意和我分享他生活的点点滴滴，尤其是对儿子的教育问题。他会为自己的孩子制定适合的成长规划，也会时常与孩子一起玩耍、交流，这种家庭教育方式让我感到十分羡慕，更让我感到他是一个十分负责任的父亲。

Rocky 还自创了一种独特的钓鱼艺术形式，将优雅美学、暴力美学、智力和体力完美地融合在一起。这种艺术形式既能让人感受到美的享受，也能让人感受到运动的乐趣，更能挑战人的智力和体力极限，让人叹为观止。这种艺术形式不仅展现了他的创意和天赋，同时也展现了他的勇气和毅力，他真是一个独具匠心的钓鱼艺术家。

Rocky 从来不会因为年龄的增长而失去对生活的热爱，相反，他在年轻时并不爱喝茶，而如今上了年纪（其实他还很年轻）才喜欢，由此说明了他依然觉得生活中有无限的可能性。他也愿意和我分享他的爱情观：成熟的人一般不谈恋爱，遇到恋爱的感觉就刚刚好；成熟的人谈恋爱，一般不会被婚姻这种世俗的形式束缚；成熟的人一般不看爱情小说，因为自己可以去创造爱情。他对爱情的理解让我感到无限的感悟和启示，他的话语给予我无限的勇气和信心，他总是能够让我看到不同的世界，得到新的思考。

Rocky是一个真正的好友,他的勇气、智慧和爱,永远是我的榜样。Rocky更是一个有趣的灵魂,他的思想和行为总是充满了创意和惊喜,让人无法预测。他的豁达、从容和幽默,也让人感到非常舒适和自在。他是一个不需要掩饰自己的人,总是散发出自己无限的魅力和独特的个性,让我的生活充满了新的可能性。Rocky的出现,让我的生命之花绽放得更加灿烂,他的智慧、豁达、艺术才华以及对生活和家庭的热爱都是值得我学习的。

　　在我的生命中,Rocky是一个非常重要的朋友和知己。他的聪明、勇气、创意和关怀,都让我感到无比的珍贵和幸福。我相信,在未来的日子里,我们还会一起经历更多的人生旅程,共同探索人生的奥秘和美好。

爱情与婚姻

凌晨五点醒来,看到她在三点时的微信留言,告诉我离婚的消息。

这是她的第二段婚姻。第一段婚姻她生育了一个女儿,女儿一直跟随前夫生活,长期以来没有什么交集。后来她又遇到一个男人,生育了两个儿子。现在女儿长大了,回头要认母亲,第二任丈夫不同意,还整天揭她第一段婚姻的伤疤,不仅言语侮辱,还动手家暴。她感到很迷惘很痛苦,不知道自己这一辈子图个啥,辛辛苦苦上班,带孩子,照顾家庭,还要遭受人格凌辱。为了孩子们,她坎坎坷坷过了这么多年,现在真的不能再忍受下去了,她不愿意为了孩子再委屈自己。她问我离婚是否值得?

我不知道该怎么回答她,我愣住了,不知道为什么,我的心被击了一下。脑海里一下子奔腾的竟然全是与爱情相关的美好句子。比如谷川俊太郎的"我们坐在岩石上看海,或许我们就会头顶岩石相爱";勒内·夏尔的"一年年过去了,风暴止息,世界走向它的路。我爱你,以所有的变化,忠实于你";奥德丽·尼芬格在《时间旅行者的妻子》中写道:"现在天色暗了,我也倦了。我爱你,永永远远。";佩索阿的《我的心迟到了》中有"万物与我都是荒诞的寂静,此时我想你"。

我突然明白,原来爱情与婚姻无关。爱情是童话,婚姻是爬山。爱情是我问他:"一个男人真正爱一个女人会是什么样子的呢?"他沉默半许说:"人给她,钱给她,时间给她,爱给她,她需要我的时候哪怕脱层皮,爬也要爬到她身边。"婚姻却是第一次遇见那座山,自然听不得好言相劝,我坚信自己可以跨越重重阻碍。途经的路上有很多美景,我从未驻足观赏。我的眼里只有那座山,即使撞得头破血流,我觉得我一定是疯了,可我只想攀那座山,但世间多是空手而归,意兴阑珊。后来发现,我失去的每一分月亮都是我该失的,此去经年山是山我是我,明知不可为而为之,是我最大的诚意。

你问我离婚值不值得,我真不知道。我只想告诉你,好好爱自己,因为我们都值得。这世间有多美好取决于你有多爱自己,把时间分给睡眠,分给书籍,分给花鸟树木和山川湖泊,分给你对这个世界的热爱,离婚这件事根本不配占有你的情绪。

亲爱的,请记住,你不是一个人在面对,我永远都在你身边。愿你能更爱自己;愿你能够找到内心的平静和幸福;愿你只做等春树,不做回头鸟。

亲爱的,其实我很想跟你见面聊聊,可是我很抱歉,我永远是那么忙碌。这周工作又排满,除了上好课之外,周一接待家长督导日,永远是我最忙碌的一天;周三面试答辩和盟务活动;周四骨干组教学研讨;周五外出深圳会议。等我回来再叙,等我回来拥抱你!等着我!

别装，你没那么强！

——写给儿子十八岁成人礼的一封信

亲爱的儿子：

你好吗？自从你搬入三楼独立房间之后，我和你爹恪守你制定的"没事不要找我，有事更不要找我！"的原则，所以一直没有上楼打扰你，也不知道你过得好不好。

我很高兴能获邀参加你的十八岁成人典礼。虽然这场仪式对你来说，足足提早了一年多，但这又有什么关系呢？成人礼只是个仪式，意味着你从此进入了人生的另一个阶段，意味着更多的责任和担当。年轻人，一想到这点，为娘的竟然为你感到小小激动呢！还有还有，还有一点莫名(明)其(奇)妙的欣喜呢！你看，为娘的一激动连字都写错了，你能体会我此刻的心情吗？也许能，也许不能。也许要等你结婚成家，为人父亲之后你才能体会到一个小生命不断成长，长成一个青年带给你的那份感动。感恩岁月，你是时光带给我们最好的礼物；感恩有你，让我们的生命变得圆满、完整而又丰富。无论你将来成为什么样的人，你都是岁月最无私的馈赠，是爹娘眼中、心中的无价宝。

如果我没记错，这应该是我写给你的第三封信了吧？依稀记得第一封信是在你读初中时期开家长会时，开小差偷偷草就的。第二封亦如此，我很清晰地记得你后来还特意跟我讨论过这件事呢！重点不在于这封信本身，而在于你提醒我开家长会时要专心听讲，不要分心开小差，这是对学校和对老师的不尊重！卖糕的！(My god！)你果然长大了，批评得极有道理呀，老母亲表示无条件地全盘虚心接受。回首你的成长之路，我"开小差"又岂止一两次？细细想来，我和你爹是一对不及格的活宝爹娘，这是我俩必须检讨的。尤其是前两天得知你通过春考提前录取大学时，你爹还大发感叹：儿子怎么一下子长大啦？怎么当爹的还没做好心理准备，儿子突然就成大学生了？再一眨眼,老父亲老母亲就真的变老啰!这也正是为娘的感慨呢!你小时候的模样,现在回忆起来,竟然有点模糊不清了耶!天哪!你这是经历了什么才能遇到如此糊涂爹娘呀!为你鸣不平!由此看来,投胎是个技术活,你无法选择爹娘,就像我们无法选择儿子一样,这样看起来,倒也显得诚信公平。我们可是欢天喜地迎接你来临的呦,不知道你是否同样如此呢?是否满意你的每一个家庭成员呢?有点期待你的答案呢!当然,你也可以不揭开谜底哦!保留一份神秘感也未尝不可嘛!

  成人礼,仪式感!我在思考一个问题:今天的仪式对你而言,又有何意义?是否意味着,提前从少年跨入青年时代?是否意味着从今后要有男人样?那么问题来了,男人样究竟是什么样?我想,简单来说,男人样就是人们理想中男人该有的样子吧!与所有的女性气质一样,人们普遍希望男性具有以下优点:勇敢、坚毅、果断、坚强、心胸宽广、有能力、有担当等等。甚至,男性气质的内涵中没有阴暗面,连暴力和冷血都有可能成为重要的构成部分。例如遇到狭路相逢者,对方欺人太甚,动手还是忍让?拔拳相向,诉诸武力,通常会被看作勇敢的表现,是有血性的一面,而"血性"毫无疑问是男性气质中的一个非常 Man 的代言词。相反的,在这种情况下,假如一个男人没有爆发出愤怒和攻击性,通常会被认为"娘炮""伪娘""小鲜肉",他的男性气质就会受到强烈的质疑和鄙视。那么问题继续出现了,是谁定义了男性气质?社会要求吗?这个问题有点复杂,让为娘的理理思路再做解答吧!最近我看了三联书店出版的《生活周刊》中有一版专刊讨论"直男"话题,觉得很有意思呢!不妨说来与你分享。西方工业革命想必你有一定了解吧?工业革命使家庭作坊中的劳动力走向社会,进入工厂,男女的劳动分工差异加大,男性成为家庭的主要依靠者和养护者;紧接着第一次世界大战爆发,战争需要大量士兵,对男性的勇敢和强壮的身体要求也更高。社会塑造了不同的男女气质。对男人要求身体强壮、技术娴熟、勇敢、进取、主动、冷静、责任、担当等等。这就是我们通常理解的"男人样"。建立在这样的认知基础上,男性在职业选择中占据主动。各种职业往往具有特定的社会性别倾向,女性即使从家庭中走出,也只能选择专业技能低下,收入也相对低下的职业。而在情感两性关系中,男性也表现出主动性和支配性,以及在社会生活中的权力欲和攻击性;女性则表现出被动、脆弱、易受伤害和依赖性等。所以,在我们通常的传统意识中,男性常常占据主动,女性是被选择的一方。社会的权力关系则表现在传统的父权制。读过中西方历史的人都会发现,无论是中国古代的儒雅书生还是西方文化的肌肉猛男,抛开外形的巨大差异,骨子里的男性气质是如此一致:对权力的掌控和对等级秩序的重视。文弱书生并不弱,这种"弱气质"不是对女性视角的迎合,而是源于科举进仕和文官举仕制度中对文官气质的推崇。在中国传统文化影响下,"面子"在生活中占据重要的位置,展现虚弱、失去男性气质则意味着失去面子,意味着背负更大的压力。在传统的教育中,男性从小就被灌输了"男儿有泪不轻弹"的思想。男人的情绪从小被要求压抑,压抑到最后,表达情绪的能力也丧失了,只能成为沉默的抑郁者。男性如此沉默的背后隐藏着什么?或许大部分应该是脆弱的成分。每个男人都应该有自己的秘密,他们害怕自己缺少能力和勇气,那样自己就做不到该有的强壮了,也就是前文所说的"面子",这样下去,男性的自尊心岂不是被击碎得一败涂地?这让男人怎么活?好在时代永远是向前发展的。如今,放眼全球,男性占据主导地位的经济基础瓦解了。工业革命时代男性体力上的优势被知识经济和服务性经济所瓦解。女性走出家庭,男女之间职业角色的鸿沟越来越小。立业、成家,这是男人心中的理想生命模式;成家、立业,这恐怕是大多数女性为自己设计的人生规划。受过教育的女性,譬如你娘我,也常常会陷入沉思,我的人生只能这样了吗?难道我只能成为人家的女儿、妻子、母亲吗?我的生命除了当贤妻良母,是否还有另外的一万种可能?家庭跨越了能力、事业,是否定女人话语权的标准。一个女性如果能够让自己过得不错,至少表面看上去还算光鲜,我们就会默认为她是一位独立自信的女性,但对男性而言可不是这样。在今天的经济形势和竞争环境下,向前向上的道路越来越狭窄,越来越艰难,上升的机会也越来越少,还没从性别禁锢模式中走出来的男性每一关都得咬紧牙关闯过去,每一关都比以前困难,男人养家糊口的压力前所未有的大。比如以前大学毕业之后,找份"铁饭碗"的工作,养家没那么难。而如今,街头送外卖的小哥,博士、硕士生、本科生学历屡见不鲜,且工作岗位竞争激烈。你想一想,这是什么原因造成的呢?想清楚了原因之后,是否能带给你一点思索或者启发呢?进而引发进一步的思考呢?该怎么做才能成就更好的自己呢?今天我们讨论男性气质衰弱这个话题时,多少带有一点朝不保夕的危机感和焦虑感,但事实上,随着时代的发展,社会分工日益精细化,用一种动态的眼光看,即使今天的男人不那么"Man"了,也是现实的要求,"妈宝"也好,"暖男"也罢,抑或"中年油腻叔"登场,都是男性适应社会的结果,套用哲学家的那一句:"凡是存在的都是合理的!"如此看来,并不能认为这是一件多么糟糕的事情。其实很多男性,他们甚至难以意识到自己的行为、观念在性别互动中意味着什么,这才是令人感到焦虑的问题。绝大多数的年轻男性的认识水平还没有到开始思考的阶段,而稍微成熟一点的男性,对于自己男性身份的认同也不是他们生活中首要考虑的问题。因为他们觉得这不是吃饭生计的优先级最高的问题,对自己内在的探索缺乏动力,觉得这和实现自己的社会角色和功能没有直接关系,而事实上,他若留意并思考这些问题,他完全可以成为更优秀的自己。生活,并思考,这是我一直秉承的思维习惯,不知道你是否认同我的观点呢?

理想男性是什么模样?我没有标准答案。至少,我想,理想的男性应该有责任和担当,应当尊重女性,有同理心。我们的传统文化里一直要求男性强势,尤其在女性面前,而这种缺乏温柔、柔软的性格往往使他们人格不够完善。语言的力量有限,我啰里啰唆洋洋洒洒写了一大篇,最终也没能说清楚到底希望你成为一个怎样的男人。好在时间还够,你慢慢成长吧,头顶星空,脚踏实地,边行走边思考。亲爱的儿子,我只想告诉你:别装,你没那么强!想哭就哭,想笑就笑,累了就停下来歇一歇,幸福的人是自由且有弹性的。

永远爱你的爹娘
2021 年 5 月 4 日星期二

不正经，但好玩

说！第一眼看到标题你想到了什么？别想歪了，我说的可是打油诗哦！打油诗这一奇葩事物源于何时？唐朝！对！没错，就是那个随便甩出一个名字都在诗的天空里星光熠熠的唐朝。

话说，在唐朝的一个寒冷的冬天，在一场漫天大雪后，有位诗人见到此情此景诗兴勃发，咏诗一首：

江山一笼统，井上黑窟窿。

黄狗身上白，白狗身上肿。

这首诗，用现在的话来点评叫很接地气，也不怎么讲究平仄，不过是押韵的。标题是《咏雪》，可是一个字都没有提到雪，可是处处都是雪。比如远处的山，是白花花一片晃得看不清，近边的井口是个黑黑的窟窿，黄狗的毛发变得白色，更好笑的是这句"白狗身上肿"，白狗上压了一块块白雪，不是肿是什么？这位诗人的名字叫张打油，他肯定没想到，这首诗就像一道闪电，"轰隆"一声炸开了诗词界新的大门，从此中国的诗词版图上又增添了一种新诗体，名曰"打油诗"。虽然那些自诩正统的文人看不上这"别树一帜"的歪诗，但是这类诗通俗易懂，诙谐幽默，多以五言、七言为主，表达讥讽、自黑或是猜谜，不太讲究格律，却一定押韵。所以一经横空出世就显示出旺盛的生命力，最后也能流芳后世。看看这首：

什么东西天上飞，东一堆来西一堆。

莫非玉皇盖金殿，筛石灰啊筛石灰。

同样是写雪，语言通俗易懂，把雪景表现得淋漓尽致，想象力非常丰富。这首诗来自军阀张宗昌。军阀们多是粗人，但又不甘被认为是粗人，于是做出许多附庸风雅的事儿，比如写诗，典型代表非张宗昌莫属。虽然他学问不怎么样，但却一本正经地创作过诸多打油诗，流传度很广。

据说这首诗是公元前209年陈胜吴广在大泽乡起义时所写,但究竟是出自两人中哪位之手已无所考证。

远看石塔黑乎乎,上面细来下面粗；

有朝一日翻过来,下面细来上面粗。

后来,张宗昌据此改写了一首《游泰山》："远看泰山黑糊糊,上头细来下头粗。如把泰山倒过来,下头细来上头粗。"虽然一时被传为笑谈,但读来还真的觉得非常有意思。

这位先生异常执着地在打油诗这条道上一路狂飙,他还学刘邦做了首《大风歌》:大炮开兮轰他娘,威加海内兮回故乡。数英雄兮张宗昌,安得巨鲸兮吞扶桑？难为他能想出最后一句,把整首诗的格局至少提高三个维度,这也是饱受赞誉的一句。他的诗被称为"治愈打油诗",如果你心情不好,建议你去看看这位老兄写的诗,估计你不笑也难。

明朝的第一才子解缙,是写打油诗最多且最出彩的高手。18岁那年,解缙乡试得了第一,当时天下小雨,解缙喜极不慎滑倒,村人笑他。解缙随口而出《春雨诗》:

春雨贵如油,下得满街流。

跌倒解学士,笑煞一群牛。

自己摔倒了,要怪春雨像油,才会滑得让我解学士跌倒,再笑笑那些笑的人都是牛。解缙这诗又是解围,又有点抖机灵,逗得大家伙都乐了。这就是解缙,能想象出这么正经的人,会是打油诗超级高手吗？

打油诗还是历史上有名的高情商好工具,尤其是陪伴在帝王身边的近臣,需靠一点急智。还是大才子解缙。有一次,朱元璋想考解缙,就说后宫妃子生了个孩子,解缙开口就来:"吾皇昨夜降金龙。"朱元璋眼神一凛,告知他是位千金。解缙头一点,不假思索对曰:"化作嫦娥下九重。"朱元璋叹道:"可惜死了。"解缙皱了眉,接道:"料是人间留不住。"朱元璋又道:"丢到金水河去了"。解缙仍是口若悬河:"翻身跳入水晶宫。"每一句都是急智,若非心中藏有万卷书,哪能这么开卷有益？

解缙是打油诗高手,那么吃瓜群众好奇地表示,他老板写不写？写啊！当然写啦！欣赏下朱老板的大作：

  鸡叫一声撅一撅,鸡叫两声撅两撅。
  三声唤出扶桑来,扫退残星与晓月。

这首诗就是解缙的老板——明朝开国皇帝朱元璋所写。此诗前面两句淡而无味,让人看之昏昏欲睡,逆转之后两句豁然开朗,大气蓬勃。

除了朱、谢这对君臣,大文豪欧阳修也写打油诗。有一回,他外出吃饭,店家一看是大人物,狂喜不已,好酒好菜招待,吃完还特地询问味道如何。欧阳修沉吟片刻,念道:"大雨哗哗飘湿墙,诸葛无计找张良。关公跑了赤兔马,刘备抡刀上战场。"这四句分别是四句谜语,对应"无檐(无盐)""无算(无蒜)""无缰(无姜)""无将(无酱)"。欧阳修没有直接给差评,给了谜语,既保全了饭店的面子,又委婉地点评了一番。

铜牙铁齿的纪晓岚也是个聪明绝顶的打油诗高手。有次受邀参加一位老太太的寿宴,一上来就来句"这个婆娘不是人",全场哗然,老太太的儿子们都想冲上去直接动手了。看这架势,他又悠悠补了一句"天上王母下凡尘",妙哉妙哉。然后,纪晓岚又调皮了,"生的儿子都是贼"。啊,这还了得！儿子们觉得非给他一顿胖揍不可！他却不紧不慢道:"偷来蟠桃献母亲。"绝绝子！我们总是说做人要情商高,但情商是什么,却又说不清楚。但能够在危机中,用首简短小巧的打油诗,四两拨千斤地化解危机,又赢得掌声,这不仅是才华,也是一种高情商吧。

时至今日,有人说文学已死,但诗歌永存。有人会问,诗歌存在的意义是什么？我想,也许是下雨天摔跤时,即使你说不出"天街小雨润如酥",也能说"春雨贵如油";也许是天降白雪时,即使你说不出"忽如一夜春风来,千树万树梨花开",也能说"白狗身上肿";也许是赴寿宴时,即使你说不出"福如东海寿比南山",也能说"天上王母下凡尘";也许是饭菜不合口,你不必直接吐槽"狗舔油铛,鼠咬瓿算。用尽机思,吃没滋味",而是优雅地打个哑谜"大雨哗哗飘湿墙",给人面子,又婉转地提醒了。

打油诗,传递的是一股为人处事的机智。这机智的背后,就是洞悉的智慧和包容的善良。

蛋糕的故事

外出教研活动一整天,累,流鼻血。傍晚回到学校,只见一盒蛋糕静静地躺在我的办公桌上。同事小倪告诉我,这是熊哥哥送来的,内心一阵温暖,谁说男人娶了媳妇忘了妹?我家熊哥哥就不是这样的人,他用实际行动彻底粉碎了这一谣言!(讲真,我觉得男人光靠自觉或者天性都是不靠谱的,最关键还是我家杨嫂嫂把熊哥哥培养得好!)

恰逢有几个小娃在办公室订正作业。个子最矮的小女娃侧着脑袋问我:"富老师,这个是什么呀?"我笑着反问她:"小傻瓜,你难道不知道?""我早就知道了,里头装的是蛋糕对不对?"小女娃一脸得意地说。"对啊对啊,你故意逗我玩呢?"我嗔怪道。小女娃继续好奇地问:"嘻嘻,这是谁送给你的呀?"这下,轮到我一脸得意地回答了:"这是我哥哥给我买的!"小女娃羡慕地说:"你哥哥对你可真好!"我继续得意:"那当然啦,那是我哥哥呀!""不知道你哥哥给你买的蛋糕好不好吃?"小女娃眨巴着眼睛问。"那你尝尝不就知道了吗?"很傻很天真的富老师明知这是个圈套,还是心甘情愿往里头跳啊!于是,边说边拿起刀叉,三下五除二就切好了蛋糕,塞了一块给小女娃。小家伙一边吃着蛋糕一边闭着眼睛,一脸陶醉状,看得我满心欢喜。旁边的几个小萌娃见状也围了上来,七嘴八舌地责怪小女娃:"你怎么可以吃富老师的蛋糕呢!""对啊对啊,那是富老师的哥哥买给富老师的!""就是啊,你把蛋糕吃掉了,富老师会饿死的!""富老师饿死了,就没人给我们上课了!""你会被全班同学打死的!""……"(What?哪尼?这是什么神操作?这是一年级的孩子?你没有看错,千真万确,这是才入学四个月的一年级小娃语录!)

被宠爱得几乎要窒息的富老师赶紧发声主持公道:"没那么严重呀,来来来,见者有份,赶紧来吃蛋糕!"众娃一拥而上,边吃边嘟囔着:"有个哥哥真好!""嗯嗯嗯,有蛋糕吃的!""我也想有个哥哥!""我有哥哥的,不过他在大山里读书！""……"（一年级的小娃变脸的速度真的比翻书还快，刚才还是众矢之的的那个小女娃此刻俨然是位女英雄。）

女英雄咽下最后一口蛋糕，舍不得将视线离开。我问道："要不要再来一块？"女英雄坚定地点了点头。我正在切蛋糕的间隙，只听身边嚼着蛋糕的一男娃口齿不清地冲着她吼了一声："你吃那么多，真不要脸！"女英雄一脸茫然，不知所措。我连忙安慰道："没关系没关系，吃完了还有，你们赶紧来拿，吃完为止！今天我哥哥请客！"于是，各路"英豪"又围了过来，沸沸扬扬声又一次响起："哼，你干吗吃那么快？你是不是想多吃一块？""不公平，你的大，我的小！""你吃几块了？你肯定比我吃得多！""……"（说好的团结一心呢？这明明是闹内讧的节奏啊！）

熊哥哥其实不是我的亲哥哥，我是独生子女，他是我的三表哥，像他这样把妹子宠上天的表哥，我还有两个呢！有人告诉我说泡在蜜罐里长大的孩子没啥心眼，一般都比较傻，可是就算缺心眼又有什么关系呢？我们只是单纯善良却并不愚蠢，活得简单点不好吗？谢谢熊哥哥的蛋糕，谢谢孩子们的分享（你们都是善良的好孩子，好歹也给我留了一点）。今天，我收获了满满的幸福。今天，我过得很快乐。这世界有太多变故，但我始终相信，唯有爱是永恒不变。（我的小学语文老师告诉过我，作文的结尾一定要点题，煽情加一点道理就很完美。）

短短的一节小学语文课

　　短短的一节小学语文课,连续"翻车"是怎样的一番体验?首先得自我检讨一下,没事染啥头发呀,纵使白发再多也不影响天生丽质嘛!(说话注意点分寸哈,除了脸,其他你啥都要是吧?)唉,染就染了吧,美发师建议选个焖青色,没事你还真听话,全然不顾自己几乎年过半百的年纪了是吧?于是,刚进教室就听到热烈的掌声让人懵懂迷糊也在情理之中了。啥情况?一娃说,你染头发了呀!是呀是呀,白头发太多,跟你们这些年轻人在一起,老教师压力山大啊!一娃说,这个颜色挺适合你的,回家让我妈也染这种。一娃说,他们果然说得没错,要想生活过得去,头上必须带点绿。正想询问这个"他们"是谁时,另一娃开启领导发言模式:"既然大家让我说几句呢,那我就说几句。也是想了想啊,说哪几句呢?那我就说这几句……"(以下省略N字,内容详见发言稿)紧接着另一娃赶紧发表时事评论:"这位同学,我必须提醒你一下,你的发言都是正确的废话,同学们可不能向他学习呀!"还有一女娃下课后直接塞我小纸条盛赞(有照为证),写诗这是我们班的传统表扬方式,是不是含蓄低调又很有档次呢?

　　在娃们热烈讨论间,老教师低头一看时间,两分钟已经过去了,赶紧进入上课正题吧!好不容易顺利进入词语理解环节:你知道"姗姗来迟"是什么意思吗?一男娃来不及举手就迫不及待大声说道:"就是一个叫珊珊的女孩子约会迟到了!"此举引起女娃们的强烈不满!一女娃义愤填膺地嚷道:"你凭什么说我们女孩子迟到?"男娃答道:"你们就爱迟到!你们总是迟到!"另一女娃解释道:"我们女孩子为什么会迟到?因为我们要化妆啊!"男娃:"就你们爱臭美!浪费时间!"女娃:"什么叫臭美啊!你们男孩子随便穿件衣服就出门真邋遢。"一女娃又及时补刀:"对啊对啊,我们可不一样!化妆是对约会的重视,是对对方的尊重,你们都不懂!"男娃:"那也不对呀,迟到就是迟到,不要找借口！迟到就是不守时，这是不诚信的表现！"女娃："又不是每次都会迟到的啰，再说啦，就算迟到了，我们也会想办法告诉对方的呀，这也是尊重啊！"男娃："哪怕晚到一秒钟也是迟到！就算道歉那也是后面的事了，这不是尊重！"女娃："道歉了就应该原谅，我们又不是故意迟到的，也不一定是化妆，说不定还有其他原因呢！"男娃："你讲不讲道理啊？"女娃："富老师说的，喜欢一个人是没有道理的。"谣言！绝对的造谣！这句话我从来没讲过，我的原话是：爱是不公平的，也是不讲道理的。很明显，喜欢和爱不是同一个量级的表达方式呢！另一个男娃儿恍然大悟道："我突然脑洞大开，想到一个问题，如果男孩子和女孩子同时迟到了，那还算是不守时吗？"一娃答道："当然算啦！他们同时不守时，就是不诚信！"另一娃故作深沉道："科学家告诉我们，时间其实是不存在的，因此他们同时迟到了也就是说他们在另一个时空里相遇了。呃，我提醒一下大家，这个可能就是黑洞，在那个空间里他们可能是准时的，所以不能说他们失信了。"听了此番言论，我向他投去无比崇拜的目光，下课后我一定要向他请教这是哪位科学家的时空高论。

  此时，课堂气氛前所未有的热烈，恍惚间我似乎进入了辩论的场景。正想着如何重新掌控课堂纪律时，一女汉子拍案而起："都给我闭嘴！我告诉你们，以后约会谁都不许给我迟到，提早五分钟出门知道吗？""知道了！"全班异口同声。强大的气场一下子就把场面震慑，女孩子又及时补充了一句："不听话的统统打断嘴！"随后，戏精女汉子又伸出右手，做了个优雅的手势："富老师，你继续上课吧！"如释重负的老教师继续登台表演。课件出示"姗姗"的释义：(1)玉佩声；(2)形容风雨等声音；(3)晶莹貌；(4)高洁飘逸貌；(5)缓慢移动貌，常用以形容女子步态。嘴里说着"请选择最合适的义项"，可是，此时的我已全然不在状态，满脑子想的都是我那可爱的儿童哲学导师顾老师，一心只想着让她在下周三的儿童哲学课堂上跟孩子们好好探讨下诚实守信这个话题，想必电光石火间必然会有思想的火花擦出，因为我始终相信，每个孩子都是天生的哲学家。

多媒体，让"梅花"灿烂绽放

一日，有幸听王雅琴老师一堂古诗教学课《水调歌头》。王老师的教学风格淡定细腻，沉稳中又不乏大气，整堂课如行云流水般一气呵成，课件制作精美，课堂气氛活跃，学生参与度极高，一改我印象中古诗教学之沉闷枯燥、单调乏味，使我对古诗教学有了崭新的认识。惊叹之余，迫不及待向王老师讨教古诗教学之秘诀，得到师父真传后，铭记于心，跃跃欲试，心血来潮也要在一年级试试。

打铁要趁热，下班回家后赶紧选课，查资料，写教案，做课件，忙得不亦乐乎。第二天，趁隔壁班吴老师外出培训之际，讨得语文课一节，心中不禁暗自窃喜：天助我也！第三节上课铃声未响，备课组的同事早已被我"邀请"到教室听课，看到如此强大的智囊团，心里顿时底气十足。

上课正式铃声响起，师生问候之后，我点击课件，屏幕上出现的是《梅花》中的插图，我指着图片询问："谁知道这是什么花？"由于插图中梅花的颜色是白的，一个小朋友举手发言说："这是雪白雪白的梨花！"听到学生的回答没有达到预期目标，不能顺利地导入课题，我感到一点点小失望。好在马上有另一个小朋友起来反驳道："不对！她没有仔细观察，花朵的中间有一点点红，所以这是杏花！"这的确是一个仔细观察的好孩子，等我找到他说的那一点点红时，我不得不佩服这孩子出众的观察力，不过当时教室里乱成一团，双方各执一词，互不相让，课堂上的争论气氛异常热烈，连"智囊们"也纷纷拿着书本仔细地察看插图。我的心里有一点发虚！我在心里开始自我检讨，备课时为什么考虑得这么不全面？为什么不去百度下载张鲜明的梅花照片做课件？为什么偏偏偷懒选用课文中的插图？现在不能顺利导入课题怎么办？我一面暗自埋怨教材编写者不严把插图关，一面着急地想应对办法。

我觉得应该给孩子们一些提示，对！给些提示，让他们顺利掉入我设的

"陷阱"。我再次指着画面说："小朋友,请你们仔细观察,这种花长在什么地方呀?""石头上!"全班异口同声地答道。"对呀,这种花长在山上,现在你知道它是什么花了吗?"我沾沾自喜地问道。"老师老师,我知道,这是山茶花!""不对不对!这是映山红!""山丹丹花!""不是的!这是山药花!""山楂花!""山竹花!""野山花!"……没想到,我还真是小瞧了这群小不点,他们知道的"山"花竟然比我还多!真是自古英雄出少年啊!

趁他们发言时,我偷偷瞄了一眼手表,时间竟然已经过去了五分钟,天啊!一个导入竟然浪费了这么多时间,难怪同事们都捂着嘴,扶着腰,一副幸灾乐祸的表情呢!我决定自己公布答案了。"孩子们,我很遗憾地告诉你们,你们都猜错了,这是梅花!"霎时,教室里惊讶声一片,每个孩子的嘴巴都变成了非常标准的"O"形。我听到有个小女孩大声地表示疑惑:"梅花怎么是长在山上的呢?"同桌答道:"笨蛋!那是山梅花!"我只能装聋作哑,若在此时再浪费时间解释山梅花的问题,那接下来的内容怎么办?我真的非常后悔选用这张插图做课件,也非常憎恨编写者:世上梅花何其多也,为何偏偏选用这张倒霉的画!

课,继续上……

"同学们,在寒冷的冬天,百花凋零,梅花却不怕冷,傲立雪中,你们觉得它美不美?""美!""再请你闭上眼睛闻一闻,梅花香不香?""香!""你们想不想读读这首赞美梅花的诗?""想!""好,接下来让我们一起来赞美梅花吧!"全班开始读课文:"梅,花。宋,王安石。墙,角,数(shǔ),枝,梅,凌,寒,独自,开。遥,知,不是,雪,为(wéi),有,暗,香来。"我的天哪!这是一年级的朗朗读书声?先撇开多音字读错不谈,古诗的韵律感全无,最起码的抑扬顿挫呢?之前不是已经学过多首其他的古诗了吗?吴老师肯定指导过古诗朗读,必定传授过朗读方法,可为什么孩子们却读得吞吞吐吐,断断续续的?

我突然很期待听到下课那美妙的铃声,我想学生应该与我有同感。接下来的课就在浑浑噩噩、一分一秒的煎熬中度过。我发誓这是我上过的最尴尬最失败最漫长最痛苦的一节语文课!反正下课铃声一响,我顾不上跟学生道别,飞也似的逃离了教室。

如枯木般呆坐在办公桌前不停地想为什么会误人子弟？是自己的原因吗？不是呀！为了上好这课,我可是铆足了劲,准备工作之充分前所未有,整整一晚没睡啊！那是学生的原因吗？也不是！班级里学生虽然良莠不齐,但也不乏优等生呀,再说自己也常去该班听课,课堂气氛与今天截然不同啊！那是什么原因呢？

"哈哈……"一脸灿烂笑容的同事们宛如那梅花,而我就如同那肃杀的白雪,她们在尽情地欢笑,我却委屈得想哭。不过一会儿我就感受到了集体的温暖,同事们迫不及待地开始评课了。"你今天的导入真是太痛苦了,让我们急死了……""对对对！这个环节你用了近六分钟,而且还是勉勉强强的……""你们听到山梅花了吗？""听到了听到了,课文导入还造成了学生新的疑问,并且在课堂上你没有解答对吧？""学生的朗读也有问题！""我也有同感,书声毫无乐感可言,难听！""不仅不熟悉字词,连停顿都有问题。""古诗最讲究平仄押韵,诗读好了,能有效地帮助学生进一步理解诗意,受到美的感染和熏陶。"……一边听着同事们你一言我一语的点评,我一边思考：如何让《梅花》开得更灿烂？

闭关修炼一周后准备重出江湖,但多方打听后才得知吴老师已经修满学分,上周就结束培训课程了,其他两位老师丝毫没有请假调休的迹象。本还想为了加强可比性,"重操旧业"借班上课,不得已,如今只好拿自己班"开刀"。

上课伊始,我用课件向学生展示了两张对比画,一张是课文插画（经过重新解读教材,我已全然明了此图用意之深刻,教材编写者之良苦用心,本人认知之庸俗肤浅）,另一张是红艳艳的梅花,让学生比较后得出结论。全班48人一口告诉我这是梅花！惊人的一致！我故作惊讶地问："不对呀！他们的颜色不一样呀,一张是白色的,一张是红色的,怎么都是梅花呢？再仔细看看！"沉思半刻,有学生举手发言："老师,我仔细看过了,白色的那张不是全白的,中间还有一丝淡红！"班里最聪明的孩子说："老师,白的那张是蜡梅花,它

223

的颜色是淡黄的,很淡很淡,所以你看起来像白的,其实它也是梅花。"谢天谢地！没有出现"山梅花"！我赶紧表扬她:"哎呀！你懂得可真多！老师也长见识了,谢谢你教我认识了一种新的梅花！"我指着课文插图说:"不过,这里可不是蜡梅花,而是被积雪覆盖住的梅花,可是它却偏偏要迎着风雪开放,你们看……"紧接着,我又播放了这样一段动画:寒冷的北风呼啸而来,大雪纷纷扬扬地飘落下来,百花凋零,大地一片肃杀,毫无生机。(这时整个灰色的画面定格到特写镜头)院子里的雪越积越厚,几乎就要盖住墙角边的那几株梅花,然而梅花却不畏严寒,枝丫慢慢伸出了雪堆,被积雪淹没的红色的花骨朵迎着风雪竟悄然绽放了,在白雪的映衬下,这红色的花朵格外鲜艳,焕发出一种让人震惊的美。学生陶醉在这美丽的画面中,仿佛身临其境,他们激情高涨,思维活跃,自然而然地进入到课文的意境中。

课,顺利进行中……

"同学们,寒冷的冬天,梅花却不怕冷,傲立雪中,你们觉得它美不美?""美！""再请你闭上眼睛闻一闻,梅花香不香?""香！""你们想不想读读这首赞美梅花的诗?""想！""好,接下来让我们一起来赞美梅花吧！"认真完成预习学案的孩子们读起来基本能达到要求。"孩子们,你们想不想变成一朵梅花呀?""想！""闭上眼睛,现在你就是那朵要开花的梅花,知道自己要经历那些困难吗?仔细听。"耳边依次响起凛冽的风声,滂沱的雨声,轰隆的雷声,吱呀的踩雪声……"克服了这么多困难,你终于成功了,睁开眼睛看,你有多漂亮！""啊！"全班惊叫起来,其实他们看到的是稍做修改的课文插图:墙角边的石缝里有一棵梅花树,几乎被冰雪覆盖住的树枝上有一朵鲜艳的红梅花开放了。

"谁来说说,你在开放的过程中经历了哪些苦难?"一个胖墩墩的男生说:"我听到了大雨声,把我全身都打得湿透了,可我一点都不害怕。"一个很可爱的女生说:"冬天可真冷啊,我没有手套和围巾,差一点感冒了。一阵风吹过来,把我一会儿吹到东,一会儿又吹到西,我可真辛苦啊！"另一个很有诗情画意的女生说:"雪花压在我的身上,重得我都快喘不过气来了,我听见妈妈对我说:'孩子,勇敢一点!'于是我就拼命地长啊长,终于从雪堆中长了出来!"还有一个思想深刻的男生说:"一开始我听到了雷声,把我身边的大石头劈成了两半,吓得我退了回去,不过我好像听见了春姑娘在呼唤我,于是我把身子用力一挺,就成了现在这样了。"小朋友想象力之丰富实在出乎我之意料,惊喜之余只能绞尽脑汁来表扬:"梅花真勇敢!它植根在贫瘠的岩石中,仅靠石缝中那一点点的养分来生长,即使冰雪将坚硬的岩石覆盖,也不能覆盖住梅花的决心,它长啊长啊,终于给我们带来了冬天的奇迹!一起赞扬它!"古筝曲《梅花三弄》悄然响起,古诗全文也跃然于屏幕之上:"墙角/数枝梅,/凌寒/独自开。/遥知/不是雪,/为有/暗香来。"学生兴致勃勃地吟诵起来,在抑扬顿挫的朗读中,融入了他们的真情实感,读出了诗的美感,读出了诗的意韵。

此时,下课的美妙铃声再次响起⋯⋯

闺蜜永华

  细算起来,我认识这家伙已经十几年了。实话实说,这家伙不仅具备上海女人的典型特质——"作"(话多,唠叨),而且还是我所有闺蜜中最"混"的一个(迷糊,糊涂)。

  说她话多吧,还真不是一般的话痨。比如接听她的电话,没有半个小时估计是下不了线的。通常我都是开头认真倾听五分钟,大致就明白了来意,然后就直接忽略过程。"嗯嗯嗯嗯""是哇是哇?""真的假的?""真这样啊?""我的天呐!""我跟你一样!""我也是这么想的"这些词汇通常都能派上大用场,注意语气语调要尽可能的夸张,一般而言应付一两个小时的电话粥绰绰有余。结尾部分我都是这样操作的:"那么,你再跟我确认一下,今天电话里的事情是……?"电话那头的话痨丝毫感觉不到电话这头的家伙挖的坑,毫不犹豫地直接往坑里跳,耐心细致地又将事情重复一遍。(行文至此,我咋突然有种会被揍的感觉呢?检讨!深刻检讨!此处省略五万检讨文字!)

  特别是我生病那段时间,她表现得异常焦躁不安,通俗点说吧,比我妈还像我妈!首先,她给我送来一大堆东西,包括好吃的,更有好玩的,且价格不菲。我当时就很纳闷,一个小小的农村小教师,消费能力咋就这么强大呢?说好的勤俭节约呢?那段时间我天天都在思考这家伙的经济来源是否合法?有没有抢劫?有没有违规补课?想得我天天寝食难安,操碎了心啊!当我将我的惴惴不安告诉她时,这家伙莞尔一笑:"宝啊,你放心吧,我养得起你!"我的天呐!简直比我亲爹还亲啊,我亲爹才养了我几十年,何况我又吃得不多,开销也不大,他还逢人就说:"我家那件小棉袄有点漏风!别人家的棉袄是来报恩的,我家那件是来报仇的!"

  其次,她有事没事就"骚扰"我。除了直接上门外,电话微信更是持续不断,话题始终只有一个:你要好好的!受宠若惊的我也深受困扰,跪求放过,有段时间甚至想直接屏蔽她电话,拉黑她微信,锁上家大门,哪怕街上偶遇,戴上大口罩,假装不认识,擦肩而过就好。瞧,这家伙就是用这些非常的"手段"直接晋升为我最好的闺蜜,没有之一。

说她"混"吧,还真不是一般的迷糊。比如她是个天生绿色纯天然路盲这件事,无论如何是个绕不过去的梗。我们在同一个镇的两所学校任教,因此经常一起参加教研活动。特别是南汇并入浦东以后,因为路程遥远,我经常蹭她的顺风车,没想到这家伙开着导航竟然也能迷路啊!后来导航基本处于瘫痪罢工状态,完全凭我的生物第六感决定路程方向,当一个路盲将希望完全寄托在另一个路盲身上的时候,结果是可想而知的。于我俩而言,迟到已经习以为常,基本都不算个什么事了。有一回,我们俩匆匆赶到教研学校,在大门口遇到教研员,心中暗自窃喜,千赶万赶,这回总算赶上了。教研员一脸懵地问:"你们俩这是要去哪里呀?"我们异口同声回答:"我们是来参加教研活动的呀!""哦哦哦,教研活动已经结束了,"教研员弱弱地说道,"要不,我单独给你们俩补补课?"这是有多尴尬啊!我当时连死的心都有了!交友不慎哪!害人不浅哪!这家伙严重影响我在领导心目中的形象啊!

有一年,这家伙神秘兮兮地告诉我,她发现绍兴有家不错的羊肉面馆如何如何的。我一时脑热,兴高采烈跟着她直奔绍兴。结果,单纯如我!跟着她在绍兴城里转了不下四个圈,完美错过那家面馆。后来,这家伙随便找了个路边早餐摊,忽悠我就是那家面馆,好在吃货都有一个强大胃和中空的脑,于是,她成功了!

每年清明前后,我们都相约去安吉品茶购茶。有一年,她自告奋勇要带路,且再三保证一定不出错。善良的人都有一颗水晶般的心啊!看着她一脸诚恳的模样,吃瓜群众一致答应了。结果呢?历史总有着惊人的相似啊!原本只要走四十分钟的高速公路,她带着我们足足开了四个多小时的盘山公路,我至今仍清晰地记得那座山的名字叫"莫干山",那个行政区域叫"浙江省湖州市德清县"。当我向她严正抗议时,这家伙竟然一脸无辜地说:"我就是想带你们看看风景嘛,你们看哪,这山里的风景多好啊,这竹笋长得多好啊,肯定很鲜嫩哦！我们要不要买点回去啊？要不晚上在我家吃晚饭吧！"面对这种忽悠精，我还能说什么呢？是该仰天长叹呢还是泪流满面呢？

　　至于每年她都会带我去巴城啃螃蟹那回事，我也不想再多提任何一个字。该怎么形容呢？我就想问问诸位看官，京沪高速路上错过一个口会多走几公里？错过两个呢？三个呢？四个呢？反正我现在一看到螃蟹就情不自禁联想到爬满螃蟹的高速公路，求心理阴影面积有多大！为维护这家伙的职业形象，其他糗事我就不一一展开了。

　　说来也怪，若有人问我，你俩的交情有多深厚，我还真不知道。我只知道，只要我一想到这家伙，就会情不自禁地抬头微笑。

家有宝贝"李慢慢"

"李慢慢"大号李富华,小家伙既是我的儿子,也曾是我的学生。"慢慢"可不是他的大名,那这称谓又是从何而来的呢?其中还有一段让他愤愤不平的往事呢!

那还是一年级刚入学的时候,周一的主题教育课上,有一个环节是"夸夸我身边的好榜样"。孩子们纷纷发言,有的夸小伙伴卫生习惯好,有的夸小朋友上课认真听讲,有的夸小伙伴写字认真端正,有的夸小伙伴经常帮助同学,还有的夸同伴非常有礼貌。其中有个小朋友发言说:"我要夸一夸我的同桌李富华,他什么都知道,真像个小博士……"话音未落,只听另一个小朋友插话说:"哼!他还好呢!写字总是最后一个,像只慢吞吞的蜗牛还差不多!"也不知道是谁带头喊了一声:"慢慢,慢慢,李慢慢……"教室里顿时响起一片笑声和呼喊声。再看小家伙,小脸涨得通红,怒目圆睁,双拳紧握,一幅恼羞成怒的模样。我赶紧打圆场说:"李富华虽然写字写得慢点,但是他很认真,字也写得很端正,练练速度就会快了。"小家伙这才平息了怒气,认真听起课来。

但是"李慢慢"这个绰号却不胫而走。有一次,我偶尔听到班上一个小朋友和隔壁班级的小朋友聊天。一个小朋友说:"听说你们班有个人叫'慢慢',是不是真的呀?"我班上的那个小朋友马上回答说:"当然是真的啦!就是'李慢慢'嘛!""他干吗叫'慢慢'呀,多难听呀,像小乌龟的名字还差不多!""因为他写字总是最后一个,太慢了,所以我们叫他'李慢慢'呀!"听了这两个孩子的对话,我的心情开始沉重起来了。说实话,以前我没怎么在意这个问题,看儿子写的字端端正正、工工整整的,我也没察觉他速度慢,一方面是孩子刚接触写字,另一方面他一旦发现笔画写得不满意,马上就会拿橡皮擦掉,重新再写。看他态度如此认真,我也从来不批评他写字速度慢。

晚上放学回家后,儿子愁眉苦脸地对我说:"富老师,跟你说件事,我再也不愿意和沈宇辰同桌了。""为什么呀？你在幼儿园的时候，不是说她是你最好的朋友吗？""以前是以前，现在可不一样了，她也叫我'李慢慢'，真气人！""哦，是吗？""就是啊，我没骗你呀，你可以去问其他同学呀！""那她为什么这样叫你呀？""还不是因为我写字慢呗！""那你就不能写快点吗？""我不觉得我写得慢呀，不信你看我怎么写。"他边说边开始写起来，一旦写的字稍微有一点点不整齐或者不干净的地方，他就会马上擦掉重写，有时甚至把本子擦破了。我对他说："你这个'大'字写得挺好的呀，为什么又把它擦了重写呀？"儿子一本正经地对我说："这还叫好呀？横这个笔画都没有写到横中线上呢！"我叹了口气说："唉！你写得已经够好了，擦了再写，当然速度慢啊！"哪知道儿子瞥了我一眼说："不是你自己说'横要平，竖要直'的吗？"我顿时哑口无言，儿子追求精益求精是好事，但速度太慢也是个问题呀，怎么办呢？我想了想，心虚地说："大部分字写整齐了就好，有一两个字不整齐也不会影响整体效果呀，你现在的问题是速度实在慢，所以小朋友要叫你'李慢慢'呀！"话一出口，儿子就不屑地瞥了我一眼，边使劲地捏着橡皮边撅着小嘴大声抗议："谁是'李慢慢'呀？我可不是'李慢慢'，我才不要当'李慢慢'呢！"

怎样才能不当"慢慢"呢？我查阅了一些资料，恍然明白原来这种坏习惯有一个专用名词：橡皮综合征。向学校心理老师进一步咨询，才得知这可是一种时髦病，在小学低年级学生中比较普遍。确切地说，橡皮综合征不是一种病，而是一种独生子女的不良心理行为，是学习习惯不良的表现。她还告诉我这种习惯的形成可能跟孩子心理压力太大有关，家长首要的任务是给孩子减压。

真是一语惊醒梦中人啊！看来是时候改变我们对孩子的教育方法了。我们认真听取心理师的建议后，结合儿子的实际情况，边摸索边实践。心理师还告诉我，不用橡皮有很多好处。首先，它可以锻炼孩子"三思而后行"的好习惯，每次做题前先动脑再动笔，想好再写，争取一写就对。养成这个好习惯，将来长大了，对工作也能认真负责，先想好再干，争取一次成功，不出废品。其次，不用橡皮，孩子写错了就可以把错误留在作业本上，这是孩子思维的档案,错误留下来,以便复习时重点复习,有针对性地复习。不用橡皮可以促进孩子做作业认真仔细,但不等于不允许做错题,做错了还可以重做,只是把错了的留下,做上记号,不擦掉,在下面重新做出正确答案,让孩子逐步养成好习惯。听了她的这一番话,我先把儿子的橡皮管制了,并明确告诉他不管他怎么写都行,就是尽量少用橡皮。一开始,我发现他坐立不安,焦虑万分,并数次央求把橡皮还给他。看着他这副模样,我真是又好气又好笑,但还是坚持鼓励他说:"你看,你不用橡皮写的字也非常棒呀!""你真了不起呀,不用橡皮擦也能写好字!""我觉得你的字马上要超过我的水平了!"坚持了一段时间,我发现最大的效果就是儿子对橡皮的依赖性减小了,一块橡皮用了两个星期没遗失,这可真是前所未有啊!为了庆祝他的进步,双休日我们还特意带他去欢乐谷玩了一趟,小家伙还无限骄傲地说:"这可是我自己努力的结果呀!"

儿子喜欢看动画片和玩游戏机,但自从上了小学后,这一爱好也被我们无情地取消了。现在回过头来想想,我们这么专制也是不合理的,尽管我们可以限制孩子的行为,但不能限制他的愿望和情绪。对于孩子的愿望、感受、情绪,不管是积极的还是消极的,内容如何,都应该接纳并得到理解和尊重。因此,我们逐渐培养他"准时"的习惯。一开始操之过急,意外频出,比如规定他在十分钟内解决起床问题,包括穿衣叠被子、洗脸刷牙,小家伙常常搞得慌慌张张,手足无措,根本不能完成,后来干脆直挺挺地躺在床上一动也不动,任凭你怎么叫唤都不搭理。后来我改变了策略,针对他喜欢看动画片的爱好,我跟他约定:完成作业后,余下的时间就由他自己支配,包括看动画片和玩游戏机。这一招还真管用,不仅写字的速度提高了,而且还带动了他其他方面的进步,比如小家伙思维的速度也比以前快了,生活自理的能力也明显地增加了。也不知道是这约定带来的意外收获还是孩子真的长大了。

日子在不知不觉中度过,转眼一个学期过去了。期末总结班会课上请小朋友夸夸进步最大的同学,"李慢慢"的同桌沈宇辰发言说:"我觉得李富华进步最大啦!他再也不是最后一个了,以前我们叫他'李慢慢',现在我们该叫他'李快快'啦!""快快,快快,李快快……"欢呼声又一次响起!

可爱的交警小哥哥

　　五点半的交通路况,除了"惨不忍睹",我实在想不出还能用什么更贴切的词来形容,那热闹的场面,你懂,我懂,大家都懂的。
　　如果不是有特殊情况,我一般也不会在这个时候出门,净给交通添堵添乱,这可不是一个好市民的基本素质。这不,我也是遭遇尴尬,勉强驾车上路呀!俗话说得好,"人算不如天算",计划总没变化快,我没想到前方路口临时交通管制,不准向西转弯,怎么办?怎么办?我还能怎么办?只能当场熄火,停车呗!交警叔叔看到竟然有人敢在马路中央停车,一路小跑过来连声询问怎么回事?我很耐心地跟他解释,我也没办法啊,我要转弯啊,不让我转弯我分不清东南西北,我没方向感啊,我还能怎么办呢?实话实说,警察叔叔还是比较有修养的,他双手一挥,拦停了前方车辆,让我先大转弯到前方路口掉头再直行。这主意不错!其实这也是当时唯一可行的办法。
　　一边心存感激一边小心驾驶,好不容易到了第一个路口,果断转弯,没料到路口太小,拉一把方向盘还是没法转过车身,就这样直接堵在路一边了。更要命的是,这时候,直行绿灯亮起,我的车堵了三分之二的道路,其他车辆和行人纷纷避让,还不忘透过车窗投来各种鄙夷的目光,我的心都快被击碎了!好不容易等到红灯了吧,我迫不及待启动车辆准备离开,听见有人敲车窗,抬头一看,原来是一个稚气未脱的交警小哥哥!他敬了个礼,一脸严肃地对我说:"女士,这里不许转弯!"我解释道:"小哥哥,这不能怪我呀,刚才那个警察叔叔让我在前面路口掉头的呀!"小哥哥耐心地问:"你没看地上的交通线吗?"我继续耐心地解释道:"我看不懂啊,这个太复杂了,我的智商不够用啊!"小哥哥继续说道:"女士,你驾驶机动车私自掉头,你已经违法了!""什么?我违法啦?不会吧,严重吗?现在就要抓我吗?这要判几年啊?我能先回趟家吗?"我大吃一惊,脑子一团糨糊。小哥哥大概看出了我的紧张,缓和了一下严肃的语气说："女士，你别紧张，只是违反了交通法，没到犯罪这么严重。"听他这么说，我紧张的心情稍微平复了一点，连忙说道："小哥哥，我可是好人哪，身世清白！"听了这话，小哥哥笑着说："把你的两证拿出来给我看看！"小哥哥说。"两证？小哥哥，我是本地土著啊，不用办居住证和就业证的呀！"（请原谅此刻我的职业病发作，两证？啥是两证？不就是学生报名入学时需要出具的居住证和就业证吗？）小哥哥不忍直视地说："驾驶证和行驶证啊！"恍然大悟的我忙不迭地应声道："噢噢噢噢，这个我有，有的，都有的，稍等一下哈，我不知道放哪儿里，让我好好找一下。"大概翻找了足足五分钟，一向迷糊的我竟然奇迹般地找到了两证，果断交给了人民交警。小哥哥确认了信息真实有效后，严肃地问道："你这是第一次在这里掉头转弯吗？"我也很认真地回答道："绝对是第一次！不信你可以去查天网视频的！""好吧，我相信你，鉴于你是初犯，所以对你提出口头警告，以后不要再犯了！""啊，这样就行啦？不管怎么说，我违法了呀，这样也太便宜我了呀，要不你开个罚单吧，但是不要扣分哦，因为我已经没分可扣了。"我态度诚恳地请求道。"不用不用，女士，你是我见过第一个主动要求开罚单的人，就冲你这态度我也不能开单子呀！""哦哦哦，谢谢小哥哥，做错了事情就应该受到惩罚呀，你帮我省了一大笔银子，要不我请你吃饭吧！""不用的，赶紧走吧，开车小心点！""对不起啊，我今天状态不好，发着高烧，估计脑子烧坏了，正准备去医院，给您添麻烦了。""啊，难怪你的脸这么红，你这样开车行不行啊？"小哥哥关心地问道。我回答："不要紧的，我没问题的，放心吧！"小哥哥想了想说："要不这样吧，你先靠边停车，我马上就下班了，一会儿我送你吧！""真不用，已经够麻烦你的了，谢谢你！"我一边向他致谢一边驾车离开。

多可爱的小交警呀！

"了不起"的中国男人

（一）

办公室里，数学沈老师正埋头批改口算本。突然，她停下笔，扭过头来，一脸严肃地地对我说："宝，你看看这本，这个家长签名有问题哇哈？"我瞥了一眼，毫不在意地说："没问题没问题，一点都没问题。""不对！我感觉不像是家长签的呀！你好好看呀！"沈老师认真地说，"你说会不会是小娃自己签的呀？"我忙不迭地说："不会吧？这可是一年级的娃啊，门槛这么精？我觉得不太可能呀！"死心眼的沈老师显然不甘心，她直接找娃问情况。"宝贝，你是个诚实的孩子对不对？""嗯嗯嗯。""那你一定会对老师说实话的对吗？""嗯嗯嗯。""那你能告诉沈老师，昨天的口算本检查过吗？""我妈妈检查的，她签名了。""你说的是这个吗？"沈老师指着签名处问道。"对的，就是我妈妈签的。"小娃一本正经地回答。"嗯嗯嗯，那这几个也是妈妈签的吗？"沈老师翻到前面几页签名处问道。"对的，都是我妈妈签的，亲笔签名。"小娃强调道。"那你能告诉老师，为什么这里的签名跟那里的不一样呢？"一阵沉默。沈老师循循善诱："告诉老师，是不是你自己签的？"继续沉默。"说实话好吗？如果是你自己签的，老师也会帮你保密的。"沈老师提高了音量。仍然沉默。"好吧，看来只好联系你妈妈确认了。"沈老师装出要打电话的样子。小娃急了，连忙辩道："我妈妈忘了给我签名了，我也没办法啊，被逼的，被逼的呀！"说罢，两手一摊，一脸无辜。忍俊不禁的沈老师边摆着手边捂着嘴说："我，我知道了，下次，下次别这样了，你先回去吧！"

（二）

小广场上，正是下午放学时，人流如织。一小娃把书包递给妈妈，昂着头,大声问道:"今天晚上吃什么呀?"妈妈接过书包,拉着他的手,急吼吼地答道:"吃吃吃,你就知道吃!我今天忙得要死,做个鬼给你吃啊!""听到没?我妈要做个'鬼'给我吃耶!也不知道这个'鬼'好不好吃,红烧的还是清蒸的……"小娃一脸兴高采烈地扭头对身后的同学说道。老母亲在众目睽睽之下,一脸尴尬地拉着儿子一溜烟地离去。

(三)

晚饭桌上,难得一家人团聚吃饭。老爸突然停下筷子,看了一眼老妈,一脸认真地问道:"娘子,你是不是该支持下我的事业?"老妈一脸愕然地看了她夫君一眼。什么情况啊?我和李先森一时也感觉丈二和尚摸不着头脑。"老爸,你要创业啊?"李先森问道。"老爸啊,什么年纪做什么事情啊,你一把年纪了就别那么拼了!"我插嘴道。"不行!我要开创我的事业,你们都要支持我!"倔老头硬声回答道。倔老头妻子问道:"那你要我们怎么支持你呢?"倔老头扫视了我们一遍,果断地说道:"有钱出钱,有力出力!"我心虚地答道:"虽然我是你亲闺女,但我没钱也没力,咋整?"倔老头鄙视地看了我一眼,说道:"好吧,你管好你自己就行了!我的事你就不要管了!"说罢,意味深长地看着李先森说:"我们男人创业的事自己解决,不要女人来管,对哇?"受宠若惊的李先森连连点头表示同意:"说吧,老爸,你要多少?"倔老头呷了一口酒,歪着脑袋,想了想说:"不多不多,我想把现在的装备换套新的,旧的不好用了。""装备,啥装备啊?"老妈迷惑不解地问道,"你要闹啥花样经呀?"倔老头放下手中的筷子,语重心长地说道:"装备啊,唉,你们女人啥都不懂!跟你们说了也没用!我的钓鱼装备呀,鱼竿,鱼线,鱼钩,鱼食……""你们俩快点吃,吃完上楼看电视看书玩手机,出门散步看电影逛超市,干啥都行!不要理他!他有毛病啊!"老妈迫不及待地打断道。"我怎么会有你这样的娘子啊?"倔老头一脸不满,提高了分贝,冲着他娘子喊道:"娘子啊,你不出钱也就算了,你应该支持你男人的事业啊!我也不跟你计较了,你就出点力吧,明天我有三个快递,你帮我收一下啊,别弄丢了啊,都是我的钓鱼装备……"话音未落,饭桌上一个人影都不见了。倔老头继续嘟囔着:"你们这帮人啊,都是什么人啊,一点都不支持我的喏,哼,等我钓到了鱼也不给你们吃,统统放生去……"

综上所述,无论是六岁的小男娃还是十六岁的闷(萌)骚(少)年或者是六十岁的老爷们,他们是光,是亮,是暖,是爱,是希望,是人间最美四月天,是"了不起"也"惹不起"的中国男人!

每次上完课

每次上完课,孩子们总会不自觉地围上来,我喜欢听他们叽叽喳喳地讲述各种见闻。

小张同学昨天发现的窗户上的小蜗牛让他心心念念,这不,刚一下课,他就迫不及待拉着我去观看,还告诉我蜗牛喜欢潮湿的环境,帮我恶补了生物学知识。在我的怂恿下,他甚至还敲打玻璃跟蜗牛打招呼,没想到,小蜗牛原来早已干枯,硬生生地掉了下去。他一回头,用手指着我,激动得语无伦次:"你,你,你!它摔下去了,它肯定死了!"他幽怨地看了我一眼,这眼神太犀利,直达我内心,天哪!我都干了些什么?我怀疑我硬生生地掐灭了一个生物学家的梦想。好吧,我错了,请你原谅我!

好在还有单纯又善良的小余同学帮我解围,他拉着我去看他刚刚发现的鸟窝,"老师老师,你快看哪看哪,那是小鸟的家呀!"老眼昏花的富老师遍寻不着,怎么都找不到小娃指的那个窝。余同学脾气好,不厌其烦地一遍又一遍地指给我看,"看哪看哪,就在那里啊!你睁大你的小眼睛,你那么聪明,一定会看见的,对不对?"好不容易看到了小鸟的家,什么嘛,分明就是一堆枯叶嘛,哪里是鸟窝啊!心直口快的富老师马上说道:"这不是鸟窝吧,明明就是叶子堆好嘛!"余同学脸涨得通红,分辩道:"你什么都不懂!这就是小鸟的家!不过还没装修好!这两天下雨了,他们不能工作了!过两天就好了!哼!我不和你好了!"看着他默默离去的背影,感受到了他的失落。我检讨!我必须检讨!干啥啥不行,天真第一名!缺心眼的我啊!

我那乖巧懂事的小宋丫头总在关键时刻挺身而出,这小娃不仅长得好看,还特别体贴。貌似看出了我的尴尬,柔声细气地安慰我说:"富老师,我最爱你了!"一听这话,老教师的心啊,顿时都化了,积极回应道:"我也最爱你了,我最希望有个像你这样的小闺女了!可惜,我是个老太婆了,唉!""不不不,你一点都不老,比我妈妈还年轻呢!"小姑娘说道。"真的吗?我比你妈妈肯定要大很多岁呢!你妈多大呀?"不甘心的我继续追问。"我妈妈说,女人的年龄是不能告诉别人的。你不老,一点都不老,真的,你最多就是一个小老太婆啦!"小宋干脆利落地回应道。我上辈子错做了什么?突然间我不想要闺女了,哼!再乖巧伶俐再体贴温柔也不稀罕了!

这时候,小段同学快步跟上来,拉住我的手,轻声地对我说:"明天我给你带好吃的,不要告诉别人哦!""真的?啥好吃的呀!你快点告诉我吧,我都要流口水了呢!"他神秘兮兮地说:"我家有咖啡!两种呢!你要白色的咖啡还是咖啡色的咖啡?"他一脸诚恳。白色的咖啡?咖啡色的咖啡?这是什么鬼?孩子啊,你这是给我挖坑让我跳下去吗?你不知道你老师有选择纠结症吗?今天到底是个什么日子啊?我看窗外阳光倾泻,天气不错嘛,为啥我的心里却是哇凉哇凉的呢?

带着一颗破碎的心回到办公室,急切地想寻求一点安慰,却发现同室的两位中年老母亲正在热烈地讨论子女的教育问题。小玉妈妈说,通过对自家儿子和女儿的沟通才发现男孩和女孩的教育真是不一样的。家有闺女的可欣妈妈立刻附声:"就是这样的!你们不知道我女儿现在有多可恨!跟她讲道理吧,竟然开始反驳我了,声音比我还大耶!更要命的是,你们是没看到她那副腔调,双手叉腰,就像个泼妇,不知道哪里学来的!我怀疑她现在提早进入叛逆期了。"(此处打断一下:可欣妈妈,其他我也不说啥了,你觉得和一个幼稚园中班的小娃娃探讨叛逆期问题合适吗?)小玉妈妈听闻此言,深有同感,她无奈地表示,有时候跟娃们毫无道理可讲,一激动就忍不住动手,动手过后又开始后悔,重复讲道理的步骤,道理讲不通,又开始动手,如此循环往复。可欣妈妈点头表示同意。突然间,我不自觉地想到咱们学校的教育理念:"文武兼修,启智尚美。"好吧,两位老母亲,恭喜你们俩都成功实现了教育目标!

在我眼中,每一个孩子都是坠落凡间的精灵,他们是上帝的恩宠,是天父赐予我们最好的礼物!假如生命有一万种可能,就让他们永远活得像个孩子吧!

"女神经"和"小仙女"

一早,"小仙女"塞给我两支咖啡,受宠若惊的我弱弱地问道:"今天什么日子呀?小仙女你请我喝咖啡啊?""小仙女"瞥了我一眼,不屑地答道:"大惊小怪,我知道你最爱咖啡了。"受伤的"女神经"疑惑不解地继续问:"为什么请我喝咖啡啊?给个理由先呗!""小仙女"一脸鄙夷:"这个还需要理由吗?""当然啦,我想知道嘛!""女神经"继续追问着。"小仙女"深深地看了我一眼,叹气道:"生活太苦了,你需要一点刺激!""我?还好吧,我不觉得苦啊?""女神经"一脸懵。"你还不苦吗?遇到×××这样的学生还不苦吗?""小仙女"幽幽说道,"你也算是倒霉的,作孽个!""女神经"赶紧解释着:"他很可爱呀,天真又善良,上次我生病,他还来看望我呢,我感觉可幸福了呢!""小仙女"紧盯着我说道:"你太傻了!他装的呀!你被骗了!""女神经"只得装傻道:"骗就骗吧,我乐意上当呢!谁让我喜欢他呢!""小仙女"摆了摆手,对我说:"好吧,我们换个话题聊吧!""好的好的,你开聊吧!"我尽量配合她。"我妈去瑞士了,去那里工作了,唉!""小仙女"看着窗外伤感地说。"啊?你要跟着妈妈一起去吗?"我大吃一惊。"我才不去呢,我在国内生活得好好的,去那里干什么啊,没意思。""小仙女"眼神继续漂浮在窗外。"这样啊,妈妈不在身边,你怎么办啊?肯定会感觉很孤单吧?"我真心诚意地问道。"还好吧,我有外婆照顾我呢!你不用担心我的,我没事的。""小仙女"心不在焉地说。"可是我还是很担心啊,你毕竟还是个孩子啊,有什么需要我的地方,你尽管告诉我好不好?我愿意成为你最好的朋友!"我发誓这是发自我内心最深处的诚挚心声。"我可不需要你这样的好朋友!""小仙女"一口回绝道。"啊?为什么?"受伤的"女神经"这才明白原来所谓刻骨铭心只是一厢情愿的执迷不悟。"小仙女"话锋突转,一脸正经地问我:"你愿意当我妈吗?我希望有一个像你这样的妈!""女神经"乐不可支:"我太乐意啦!我的荣幸!我实在太渴望有个像你这样的女儿啦！""小仙女"迫不及待跟我拉钩,继续对我说:"成交！晚上我给我亲妈打个电话,告诉她这件事,总要安慰她一下的,她应该会有点难过的。顺便让她给你带点咖啡回来。""不用的不用的,需要我跟你妈妈沟通吗？"我问道。"不用,我自己搞得定她的,放心！""小仙女"安慰我。于是,"女神经"立刻陶醉在拥有女儿的幸福中,但晕眩过后,仔细想想总感觉哪里有点不对劲。幸好,"女神经"还是有点智商的。"小仙女,你今天请我喝咖啡的目的到底是什么？老实交代！"我尽量装得一脸严肃。"想明白啦？""小仙女"反问我道。"给我挖坑下套？就为了认我这个妈啊？"我迟疑地问。"才知道？你这反应不算快的哦！有空多看看书,对提高智商很有帮助的！我对妈妈可是有要求的,你要加油啊！""小仙女"拍了拍我的肩膀,"你也别有压力,放轻松,其实你已经很厉害了！"除了俯首称臣,"女神经"无话可说。

PS:小仙女是我的学生,二年级小学生,一个古灵精怪的小丫头,我总感觉她是意外坠入凡间的小精灵。她亲妈是我目前从教生涯中见过的最牛的家长,没有之一！集美丽和智慧于一身的殿堂级的女神级人物！拥有美貌,举止优雅,出得厅堂,下得厨房。身为领导,带领自己的金融团队斩获各种高含金量奖项和荣誉;作为家长,她还能踩着十八厘米的高跟鞋,穿着光鲜亮丽的职业套装,一个人放学后默默在教室里打扫卫生排课桌椅(这是一种什么样的家长精神？又是一种对别人家孩子怎样的爱？)。我已经明显感觉到自己无论是智商情商还是能力素养都被远远甩开至少十八条街。不说了不说了,没时间了,我要好好看书去了！

女性成就自己有一万种可能!

——写给"黄丝带三师助一"解矫对象蓉蓉

亲爱的蓉蓉:

再次见到你真好!

还记得我们上次见面是哪一天吗?我还清楚地记得那是5月15日下午两点,我们在"黄丝带"活动中在线见面了对吗?那时正是上海疫情吃紧的时候,但是无论当时现实是多么的不堪,生活还在继续!既然无法选择,我们就勇敢直面现实!越是在困难的时候,这个社会越需要我们每个人的善意与理性!

我们都以为走过了坎坷,迎来的应该是平坦道路;以为经历了动荡,接下来就可以选择平静;以为取得过成功,就可以从一个胜利走向下一个胜利……多少个曾以为,都不是按照我们内心的剧本去上演。变幻莫测,本就是生活的底色。我们可以怀念过去,但终究是回不去了!回不到过去,总会找到与未来连接的路,过程中动荡不可避免,在混乱中也许能够找到通向未来更好的答案!那天龚健老师向大家介绍了你在疫情期间积极捐献口罩等物资奉献爱心,我们还一起分享了你在疫情期间热心服务社区的小视频。了解到你无私帮助居民建立保供物资团购群,实现了小区零团购群的突破,为解决广大业主的生活问题发挥了重要作用。我们这些"黄丝带"的小伙伴们被你深深地感动着,同时也深切地感受到你正以内心最大的平静拥抱着不确定的生活!

我记得那天我还跟你分享了一本书的阅读体会。你还记得这本书的名字吗?它就是《女孩之城》,我一直觉得它不太适合年轻的女孩子阅读,有一定生活阅历,经历一些人生风雨的女性可能更能读懂它,恰好,你就是。所以,我当时很热切地推荐你有机会一定要看一看这本小说。不知道后来你看了没有。亲爱的,我不知道你是不是也这样认为,对于大多数女性来说,人生轨迹无非就是,上学,毕业后工作,结婚生子,在照顾家庭中终老一生。就像这本书里的女主人公薇薇安的父母希望的那样,跟门当户对的小伙子结婚,扮演一个贤妻良母,平淡富足过完一生。但是"每个女人心中都有一团火焰,危险又炫目",除了贤妻良母,我们的生命还有一万种可能。就像薇薇安那样,她点燃了心中的那团火焰,19岁的她无比叛逆,被声名显赫的瓦萨女子学院退学,脸上无光的父母,于是把她放逐到了纽约的姑姑那里。在纽约,她遇到了不少人,经历了不少事,打开了她的新世界之门。薇薇安一生没有结婚,也曾拥有过很多男朋友,但最后成为她挚爱的却是一个和她没有任何亲密行为的受过战争创伤的男人。就像波伏娃在《第二性》这本书里说的那样:"女性不是天生的,女性是被塑造出来的。"在还没有接受过那么多"女孩应该如此,男孩应该如此"这类教育之前,我们面对世界是无所畏惧的。勇往直前、坚韧,这些自然天性其实也是女性所拥有的,跟男性无所差异。《女孩之城》是一本经典的探讨女性觉醒的作品,为那些从当时的社会规则中寻求解放的女性,提供了一个充满力量的故事。我们不只是妻子,不只是女友,不只是母亲,不只是别人的另一半,我们还是我们自己。

这本书的作者伊丽莎白·吉尔伯特在小说最后写的那段话我也曾一字一句读给你听过。不知道你是否认同我的感受,我总觉得自己年轻的时候,浑身冒着傻气,总天真地以为,犯错受伤都不算什么,总以为时间会抚平一切伤痕,最后一切都会不药而愈,一切都会好起来的,却没发现这一切不过是自我哄骗,我们被这种错觉一骗再骗,全盘坑害还浑然不知。直到随着年岁渐渐增长,不得不面对这个悲哀的事实:有些岁月是永远不能追回的,有些人是永远无法改变的,有些错误是永远无法弥补的——无关时间,流逝再多的时间也无法抹平;无关虔诚,我们再怎么诚恳地祈愿也于事无补。

等活到了一定的年龄之后,我们拖着这具由不安、耻辱、痛苦、悲伤和不会愈合的旧伤口组成的躯壳游走在人世间,才发现,世界从来都不是直来直往的，我们以为它是按照一定的方式按照某种规则运行的，我们以为事情一定是这个样子的，一定不是那个样子的，有据可循的。然而，经历了千疮万孔之后，我们想要的都会落空，世界从来都不在乎规矩，也从来不讲规矩，永远都是这样。什么爱情，什么信仰，全都是扯淡！世界不过就是凑巧发生在你身上而已。我们的心会流血会疼痛不已，会扭曲变形——但不知怎的，不管发生什么，人这种生物还是会不断继续前行。人大概只能全力往前走，仅此而已，就像前段时间很红很火的那些乘风破浪的姐姐们，这些浪啊浪的小姐姐都很美。据说要跟进乘风破浪的姐夫了，我感觉姐夫再怎么优秀火不过浪姐姐。从漫长的人类历史看，女性的公共形象一直是被遮蔽的，女性比男性更喜欢参加社会场景的展示活动，尤其是纯粹非功利表意性的，儿童和青少年也如此。只要有机会登上舞台，women 都是乘风破浪的 herm，共产国际女领导人卢森堡有句名言。"当大街上只剩下最后一个革命者，这个革命者必定是女性。"其实，高级文明的社会，没有无所顾忌的互撕，没有伤筋动骨的改革，更没有血雨腥风的革命。文明就是让大多数人都可以做幸福的普通人，过正常的人的生活。无论姐姐还是姐夫，正常就好。如果都是女人领导国家，战争爆发的可能性基本为零。因为孩子都是女人生的，女人天然痛恨战争带走她们的儿子。如果女总统还做过市场营销，战争爆发的可能性肯定为零。做生意有得赚就好，无非你多一点我少一点，和气最生财。为经济利益放弃分歧，达成合作，这是商人最本能的行动逻辑。谁是最完美的国家领导人？答案是：生过孩子的女商人！！！这是夏威夷商学院的副院长琪美教授的结论。值得一提的是，琪美教授是教市场营销且生了三个孩子的，强烈建议她参加美国总统竞选。

　　西方女性的地位提升，是通过一次又一次的女权运动，靠一代又一代的女性争取而来的。而中国女性的地位全然不同，是由政策、变革和大时代背景的推动而逐渐提升的，比如新中国成立、改革开放、计划生育。时代背景改变着社会观念和女性地位，而每一代女性的故事又反映了其所处时代的历史背景。

中国女性地位改变的被动性,虽然导致了一些女性的观念仍然没有觉醒,"认命"地顺应了自己不公平的命运,也总会有女性在用自己微薄的力量抗争着,试图改变着——她们太平常了,她们是历史长河里最不起眼的一粒粒沙砾,随波逐流,但谁说河流的流向不会因为这一粒粒沙砾而稍有转变,谁说历史不是因为她们微渺的抗争而渐渐改变的呢?

最后,我想对你说的是,在我们这一生中,总会遇到各种各样的人,有男人有女人,有好人也会有坏人,也许我们曾经迷惘过,也许曾经堕落过,但那都是只属于我们的人生经历。套用那句流行的台词:没有经历过人生风雨的女人是不完整的。亚当·斯密也曾说过:"人类幸福的主要原因是意识到自己被人所爱。"上次活动时,郑荣校长仔细询问过你家小公子的学习情况,你还跟郑老师对孩子未来的发展规划进行了积极探讨,我看到你眼睛里闪着那一道母性的光。你想过吗?我们在这个世界上辛苦劳作,来回奔波是为了什么?所有这些贪婪和欲望,所有这些对财富、权力和名声的追求,其目的到底何在呢?归根结底,是为了得到他人的爱和认同。意识到被人所爱,自有一种满足感,对一个心思纤细与感觉敏锐的人来说,这种满足感带给她的幸福,比她或许会期待的那一切可能从被人所爱当中得到的实质利益更为重要。所以,请你勇敢去爱吧,保持自己的本心去爱,循着自己内心的那团火焰,照耀自己别样的人生。我期待下次再聚时,我们会更多地讨论一些精神层面的问题。第一,经济独立只是一个前提,它提供给你更多的选择,精神独立才是最难的。意识到自由需要付出代价,并且愿意承受也能够承受这种代价。第二,在创造和自省中不断认识自己。山本耀司说,"自己"这个东西是看不见的,撞上一些别的什么,反弹回来,才会了解"自己"。所以要跟很强的东西、可怕的东西、水准很高的东西相碰撞,然后才知道自己是什么,这才是自我。第三,从他人的经验中得到启发。去想象一下自己想成为什么样的人,找到那些人的传记来看,如果有机会试着去跟他们直接聊,去了解他们在人生的每个选择中是怎么想的,学习他们的经验。

还记得上次活动时,大家都在积极鼓励你去寻觅另一半吗?还记得彭焱老师的提醒吗？处理问题的时候要注意方式方法，不要过于强势、生硬，要懂得寻求支持和帮助。所以，如果在不久的将来，你有了属于自己的 MR RIGHT 时，请与他加强沟通。勇敢表达自己的感受和需要，少一些指责和抱怨，用更有效的方式沟通。

亲爱的蓉蓉，我们会互相帮助对方成就自我、发现自我，这种友谊会让我们之间的链接更紧密、更深刻，因为真正的朋友是发自内心地希望对方快乐，这份快乐源于当一个人可以活得自由，不用那么压抑自我的时候才能实现。我们是多么希望你快乐啊，当你遇到委屈难过的时候，请轻轻呼唤我们，"黄丝带"永远飘扬在你身后呢！祝福你，我最亲爱的，从今天开始，你会拥有更美好的人生。相信我们！相信司法！相信民盟！因为，你值得被爱！

亲爱的公公

亲爱的公公：

  我们知道您一年来经历了对妻子的思念和痛苦。每当夜晚降临，梦境中您总能见到她的笑容，听到她的声音，这让您更加思念她的存在。她匆匆离去时没有留下任何遗言，但只有您清楚她的心意。希望她在天堂没有任何忧虑，能够展翅高飞，与您共同向前。

  在这悲伤的时刻，我们想告诉您，您并不孤单。无论是家人还是朋友，我们永远都会在身边支持您，陪伴您。请记住，您不是一个人在面对这一切。

  悲伤是一种人之常情，但也要记得，婆婆在世时希望您能够过上快乐的生活。她的离去并不意味着您需要停止前行，相反，她希望您能够展翅高飞，追逐自己的梦想和幸福。

  每当您感到痛苦和思念时，不妨找个安静的地方，静下心来与她对话。她会一直在您的心中，给予您力量和勇气。同时，也不要忘记照顾好自己，关心身心健康，因为这是对她最好的告慰。

  愿您能够在时间的河流中找到疗愈和慰藉，继续前行。相信未来，相信自己，相信婆婆在天堂守护着您。无论发生什么，我们都会一直在您身边。

  世上最最亲爱的公公，永远祝福您，希望您能够找到内心的平静和幸福。

永远爱你的家人

2023 年 12 月 2 日

世界上最好的小姨

我的小姨呀,世界上最好的小姨呀!

世界上最好的小姨有多好?我实在无法用文字来表达,文字这东西在表达真爱的时候总是显得如此苍白无力。反正每次去她家"侵略"都会满载而归。好吃的,带走!好玩的,拿走!好看的,统统归我!

她不仅心善且貌美,偶然在社区街道参加广场舞锻炼身体,谁知不经意间就成了领舞。最要命的是她还很有文化,是当时那个年代正儿八经为数不多的大学生呢,要不然怎么与我那位领导姨夫般配,且夫妻恩爱几十年依然甜蜜如初。

小姨不仅在生活上关心我,在思想上也经常开导我,尤其是当我处于人生低谷期,她春风化雨般的安慰总能吹散我心头的阴霾。她告诉我,人生就像一场旅行,有时会经历艰难的山岭,有时会遇到汹涌的河流,但只要抱着积极向上的态度,勇往直前,就一定能够战胜困难,迎接美好的明天。她总是鼓励我要坚强,要勇敢面对困难,不要轻易放弃,因为每一个经历都是成长的磨砺,每一个困难都是通向成功的阶梯。她的话语如同阳光一样温暖,给予我无尽的力量和勇气。

除了在思想上的开导,小姨还是我的知音和伙伴。每当我遇到烦恼和困惑时,她总是耐心倾听,给予我最中肯的建议。无论是事业上的挑战还是人际关系的纠葛,小姨总是给予我最真挚的关怀和支持。她的理解和包容让我感受到真正的家庭温暖,我知道,无论何时何地,小姨都会是我最坚实的后盾。

每次与小姨相聚,我都能感受到无尽的温暖和快乐。她的微笑如同阳光,洒在我心房,让我感受到幸福和安慰。她的爱和关怀让我变得更加坚强,让我相信自己的能力。她教会我要珍惜身边的人和事物,用爱和善良去面对世界。在我心中,她是世界上最好的小姨,她是我永远的依靠和支持。无论将来发生什么,我都知道,我有世界上最好的小姨在我身边。她的存在让我的人生充满了希望和勇气,我会继续向前,努力奋斗,成为她所期望的那个人。

小姨还是一位热心公益的人。她经常参与社区的志愿活动,关心弱势群体的生活,并尽力帮助他们。她告诉我,善良和奉献是人生最重要的价值观,只有在帮助他人的过程中,我们才能真正感受到生活的意义和快乐。小姨用她的行动告诉我,世界上最好的小姨不仅关心自己的家人,也关心整个社会大家庭。

世界上最好的小姨,不仅是我生命中的守护者,更是我的榜样。小姨总是给我最真挚的关怀和爱,她是我在人生道路上的引路人。她的智慧和善良让我敬仰不已,她的美丽和文化让我感到自豪。她用她的言行诠释了什么是真正的爱与关怀,她用她的指引引领着我向前。无论我在生活中遇到什么困难,小姨总是在我身边,为我提供无尽的支持和鼓励。

我的小姨呀,世界上最好的小姨。她如芬芳的百合,散发着芬芳和温馨。她如璀璨星辰,照亮了我的人生。我深深感谢上天给予我这样一个宝贵的亲人。在我心中,小姨永远是那个最好的小姨,她的爱和关怀将永远伴随着我,直到永远。我永远爱你,小姨!

他是一个大写的"人"

  人的生命似洪水奔流,不遇着岛屿和暗礁,难以激起美丽的浪花。

——题记

  未曾想到,第一次见到黄玉峰老师,竟然会是这样的情景。

  那是今年4月的一天,上海教育出版社在海桐小学举办语文教学研修活动,内容大致有三:先是特级教师王雅琴老师上展示课,徐根荣老师点评;接着便是黄玉峰老师的专题讲座"浅谈语文教师的自我修炼";最后嘛,当然是领导讲话。王老师借海桐小学五年级的一个班级执教《鲍叔牙真心待友》这一课。说实话,我觉得王老师的这堂课很精彩也很成功。最大亮点就是将语言的运用和表达巧妙地贯穿整个教学,如用列小标题的方法概括故事内容,直接引语和间接引语相互转化;根据板书复述课文内容等等,无一不透露着王老师对学生语言表达能力的重视。

  当我们还意犹未尽地回味着刚刚的一幕幕精彩画面时,黄老师匆匆步入会场,显然,他迟到了。不过也难怪,从浦西赶到浦东,谁也把握不好时间,遇上交通拥堵更是让人焦头烂额。只见黄老师与主办方草草寒暄几句后,大步走上发言台,真诚地向大家道歉,随即深深地鞠一躬。这情,这景,这心意,真是折杀众人!我悄悄向左边邻座打听,这位老师究竟是何方圣人?对方冲我诡秘一笑,一言不发,似在奚落我的孤陋寡闻。不说就不说吧,怀着一颗好奇之心,好好听黄老师的讲座吧!

  台上的黄老师正襟危坐,或许是刚才上课用的那块小黑板在台上过于显眼吧,他的视线停留了十几秒,随即他手指着整齐的板书,一本正经地说,光从板书就可以看出这堂课是没有意义的,所谓的语言知识点也是没有必要向学生传授的,等这些孩子们上了初中,自然而然就会懂的。此言一出,震惊四座,我的眼镜直接跌在地上,忙不迭地弯腰去捡,无意中看到王老师的表情,不恼不怒,玉指掩口,吃吃发笑,淡定自若,仿佛与己无关。

我的好奇之心再次被激发,赶紧拉了拉右邻座的衣襟,央求他务必告诉我此人来历。这回可真问对人了,也许是我的诚恳打动了这位仁兄,他低声告诉我,主办方送的资料袋里就有他的书。真是一语惊醒梦中人啊!迫不及待掏出新书,谁知竟然只看了一眼封面就"卡壳"了。书名赫然在目——"教学生活得像个'人'",该如何断句?1."教学生,活得像个'人'"?2."教学、生活,得(děi)像个人"?3."教学生活,得(děi)像个'人'"?第一种理解,从教师角度出发,阐述教师应该教会学生活得像个人,堂堂正正之人,光明正大之人,言下之意就是我们的学生现在过的是非人的生活;第二种理解,教师在自己的教学工作中、自己的日常生活中也得像个"人"——用正直善良之心为人处世,弦外之音就是教师过的也是非人生活;第三种理解,教师应在自己的教学工作中,为人师表,率马以骥,在工作中处处以"人"的标准来要求自己,且不能苛责自己,需诗意地享受教学工作。唉!这个书名究竟该如何理解呢?这位黄老师也真是的,身为复旦附中的特级教师,想必肚子里的墨水也不少吧,难道取个书名就有这么难吗?

阵阵的掌声打断了我的思考,黄老师的讲座实在精彩!他从孙思邈的"医何仁术称"引入,强调了识字、积累和独立思考的重要,他还当场播放了自己制作的"中国文字是个活化石"的视频课程,生动地演绎了"毓、孟、妻、夫"等字的由来及演变。台上这位智者引经据典,侃侃而谈,不时来点幽默诙谐逗得大家哈哈大笑。当得知这位神采飞扬的黄老师今年已六十有六时,台下惊叹声一片!

这是一个怎样的人?我在这本长达390页的厚重新书中找到了答案。

新书封面引用了一则圣经故事:"昔有鹦鹉飞集陀山。山中大火,鹦鹉遥见,入水濡羽,飞而洒之。天神言:'尔虽有志意,何足云也?'对曰:'尝侨居是山,不忍见耳。'"历史总有着惊人的相似啊,无独有偶,不知列位看官知否,胡适先生当年孤身挑战政治权威时,正是用陀山鹦鹉的故事来表明心迹的。小小鹦鹉,因常侨居是山,见山中大火,便不顾个人安危,入水濡羽,飞而洒之。陀山鹦鹉的操守,是让我们很多人汗颜的。掩卷沉思,人生活于社会,又有多少人具有陀山鹦鹉的精神呢?黄老师算一个!现行教育制度的弊端似乎人所共知,但极少有人愿意大张旗鼓地摇旗呐喊。他敢于向现行的教育体制公然"开炮",呐喊声振聋发聩。他明知鹦鹉翅膀上的水滴未必能救火,但他仍在尽自己的微薄之力,力挽狂澜。他为何铁定了心要做那只倔强的鹦鹉呢?他在后记中深情地写道:"中国的教育需要我,我能影响一个学生就是一个学生。就像一个医生,能救一个病人就是一个病人!我希望自己也能像胡适一样最后倒在自己一生酷爱的三尺讲台上。这之后呢?如果有来生,那么,我还希望做教师——"

新书是从著名的钱学森之问导入的——为什么我们的学校总是培养不出杰出人才?教育是钱学森最后的心结。这位杰出的科学家在晚年不止一次向国务院总理温家宝谈起他的忧虑,言之谆谆,意之殷殷。教育的高度,决定了一个民族的高度。语文教学要对民族负责。为人师表,黄老师怎么做的呢?从书中,我看到他做的很多看似与语文教学无关,实则极大提高学生人文素养的益事:牺牲自己的业余时间,耐心教学生篆刻、国画、书法;邀请名师名家给班上学生开设讲座;利用寒暑假开展"从游之乐",带领学生们遍访祖国大好河山;自编班刊《读书做人》。随着阅读的深入,我还了解了许多黄老师的趣事:开学第一课的"见面辞","利诱"学生背《离骚》,送学生"赶考"清华,中学生的论文答辩会……

他,很特别。他坚持自己的大语文教学,据说除了学校规定的考试非考不可之外,他从不让学生多做任何一张试卷;他在书中痛陈了语文教育不重视读书的种种弊端,他的课堂上响起的是琅琅书声;他的教学方法更是独一无二,授课方式五花八门,只要是能让学生获得"独立之人格,自由之精神"的,他都乐于尝试,且全力以赴。自然,他的做派有违常规,引起家长和领导的担心是必定的,但在每一届都有好几个甚至十几个同学被北大、清华、复旦录取或提前录取这样的事实面前,这些家长和领导倒也无话可说了。他给学生写的品德评语形形色色,堪称"另类",比如:"你是一条鱼,游过狭窄的江面,向大海汲取",写给一位头脑灵活,热衷于课外阅读,涉猎广博,稍有些油滑的男生;"人说你是女儿,却像丈夫;我说你虽像丈夫,却是女儿",写给一位性格豪放、内心细腻的女生。他童心未泯,有学生诗作为证:"微波日照跃如银,古道风光处处新。笑语孩童嬉水乐,逐鹅老叟返天真。";他新潮时尚,56岁时还应学生之邀表演街舞,结果跳成粉碎性骨折;他不服老,学生一开始称其为"黄爷爷",两年相处下来,称呼改成"玉峰兄";他极富个性,在天津召开的全国中语会上,因胸中块垒难消,他冲上讲台,拿起话筒慷慨陈词,言毕,台下响起雷鸣般的掌声……

好一个黄玉峰,好一个大写的"人"!

我有一个大表哥

50岁的老男人有多矫情？看我大表哥就知道啦！

自从不务正业，整天游手好闲的我带着亲友团去了趟泰国，旅游就成了大表哥的心头好。每次家庭聚会，他都会迫不及待地询问："宝啊，我们下次去哪里旅游啊？出境还是国内啊？你赶紧安排啊，我要早点安排请假的，不然又要像上次那样，你们去柬埔寨玩得开心来，我在单位加班累成狗，你们考虑过我的感受吗？我容易嘛我……"（以下省略N字）。三表哥好不容易插上嘴："大哥，你不知道，柬埔寨一点都不好玩的！天天在古墓里兜来兜去，头两天嘛还有点新鲜感，后来嘛一点劲都没有了。"大表哥闻言，义愤填膺道："你是站着说话不腰疼呐！你们在那里吃香的喝辣的，我天天在家喝稀粥吃酱瓜！"三表哥立刻打断他说道："吃香喝辣？你搞错了吧，那是在泰国普吉岛那次吧，宝不是也带你们全家一起去的吗？"大表哥继续发声："我不管，反正你们去柬埔寨没带我，你们去韩国也没带我！还有还有，我想起来了，你们偷偷去无锡那次也没带上我！小笼包吃得开心哇？三国城玩得开心哇？你们呐……"众人一阵沉默。大表哥见状，愤愤不平地转向我："宝啊，你们上次去越南也没带我！还有哪次，我得好好想一想，对了对了，去西班牙也没带我！你老实交代，还有哪次自己偷偷出去没带我的？"诚实又单纯的宝只得如实相告："呃呃呃，这个嘛，除了那几次，我们后来再也没出去浪过，不信你可以查我朋友圈的呀！再不信你直接问二哥呀！他最老实了！"大表哥立刻扭头看了一眼二表哥，忠厚老实的二表哥赶紧说道："后来我们真的没有出去过啊！真的，我不骗你的！"随即他又看了我一眼，低声问道："宝啊，上周我们去象山那次不算的吧？""好啊，你们呐，你们！你们！你们又背着我偷偷跑出去玩！不像话，你们还把我这个大哥放在眼里吗？"50岁的老男人显然有点愤怒了。"不是啊，我们不是问过你的吗？你不是说没空去吗？"我委屈地争辩道。老男人白了我一眼,"你问了吗?我怎么不记得呢?你肯定没问过我!算了算了,我不跟你们计较了!你们安排下接下去我们去哪里玩?"宝叹了一口气,说:"大哥啊,我家小公子读高中了,双休日很忙的,根本没时间出去啊!""他不出去是对的呀,这个年龄嘛是该好好读书的,我说的是你们夫妻俩啊!"大哥果断地说着,"要不我们去日本吧,听说那里蛮好的,我有年假的,叫你老公也把年假休掉。哎哎哎,二弟三弟,你们去哇?一起去啊!人多热闹啊!""日本真的蛮好的,我同事去过的,都说挺好的。"三哥继续插嘴道。"是呀嘎,还有化妆品很便宜,我们去多买点。"大嫂迫不及待表明了她的观点。"还有电器和数码产品都很便宜的。"三嫂补充道。"中国大妈们要去抢马桶盖了!"三嫂女儿戏谑了一句。"不不不,估计她们是去抢电饭煲的吧!"大哥儿子继续揶揄。宝瞥了他们一眼,说:"日本太远了,要办签证来不及的,而且我老妈和老公有仇日情结,打死他俩也不会去的。""那怎么办?"一众人等干着急。"宝先把大家的签证慢慢办起来,我们先去上海周边景点转转。"大哥不愧是大哥,关键时刻总会发挥领头羊作用,"我们去枯花湾吧,我同事都去过的,都跟我说怎么怎么好呢!对了对了,这个双休日就去!现在各家报下人数,宝,你拿支笔记一下,把车辆安排好!""不行啊,大哥,我家那位双休日没空啊!"宝弱弱地说道。"叫他请假啊!"大哥一挥手,"你马上给他发微信!跟他说,我带他去吃好吃的!大闸蟹不是刚上市嘛,还有各种河鲜,随便他吃!""好的好的,我马上跟他说哈……嗯嗯嗯,你妹夫说他痛风发作,吃不了大闸蟹!""你跟他说,钱我出!"大哥豪气地打了个响指。"好的好的,我马上告诉他……嗯嗯嗯,你妹夫说,他不差钱。""你再跟他说,我让我朋友帮他周六拍牌照,他已经拍到过好几张牌照了呢!"大哥又亮了张王牌。"这个好这个好,他自己拍了好几年都没拍到呢!……嗯嗯嗯,你妹夫说,他自己会拍的,不用你朋友帮忙呐。""那怎么办?他是铁了心不去了咯?"大哥抓耳挠腮。看着这场景,想起大哥对我的种种好,我决定豁出去帮他一把。于是,我斩钉截铁地说:"大哥,你跟你妹夫说,如果他不去,你就让你妹子跟他离婚!""这样不好吧?"大哥惴惴不安了。"没啥不好的,这个比较有杀伤力!事实证明,你那几招不好使啊!"宝态度诚恳地说。"那好吧,我试试看啊!"大哥拿起手机,进入微信操作频道。不一会儿,他兴奋地高声唤我:"快看快看,你老公说他已经请好假了!"我无语……

都说有哥哥的妹子都很幸福,此言不虚。去香港,为了给我们这些吃货买小熊曲奇饼干,他会很有耐心在铜锣湾街头排队两个小时等候;他永远记得他妹子冬天脚跟会裂,凡士林是必不可少的;他知道他妹子爱臭美,雅顿口红是必购品;他知道教师妹子的职业病,大竹蜂最有效;他去泰国,陪我们扫遍十条街毫无怨言自然不必多说,他肩背手提着我们的大包小包,宛如行走的衣架子,是我们眼中最美的风景线;为了给我们买瓶装水,他会耐着性子用蹩脚的英文手脚并用与店员沟通;他去云南,行李箱里永远装满了给我们准备的各种美食特产鲜花饼;他去江阴,尝到一道无比鲜美的另类河鲜,非得拉上我们一起分享,他身先士卒,以身试毒,一再告诫我们一定要等他吃过河豚10分钟后再开吃;他去东北,我家的餐桌上就多了各种野生菌菇,连最平常的汤里都暗藏了两根人参;他去西北,带回来一大堆糕饼,可惜口感不佳,遭到吃瓜群众的一致差评,他戏谑再也不上当受骗了,可下次呢?他几乎跑遍了整个中国,可哪次不是照样被"骗"不误呢!他的大号行李箱也许改称为"家人礼物集装箱"更贴切些。更要命的是,他极度宠溺他外甥!当我接到儿子老师电话告知没收了他两个手机时,我一头雾水!后来儿子向老师"招供"我才知道,原来经费来源于大舅偷偷塞给他的压岁钱!当我找这位大舅算账时,他竟然还理直气壮地百般申辩,抵赖!一再声明男人一定要有自己的私房钱,而且要从小培养,坚决不能让女人知道,老娘老婆统统都不行!

他是个大帅哥,在单位也算是个不小的领导。然而在我们面前,什么原则,什么威严,统统全线崩溃!他爱我们,爱他的每一个家人!今年舅妈不幸过世时,他像个孩子般哭得稀里哗啦,几乎昏厥。好不容易把他安抚平静后,他拉了拉我的衣角,幽幽地对我说了一声:"宝啊,从今朝开始,阿古就没娘了。(宝啊,从今天开始,哥哥就没有妈妈了。)"言毕,又是大哭一场,让人心疼不已。舅妈的追悼会上,他作为长子念悼词,泣不成声地念道:"亲爱的老妈,你走以后,我们会更坚强更团结。请你放心,我一定会照顾好父亲、姑姑、弟弟和妹妹……"他真的做到了!当我取得一点小小成绩,沾沾自喜时,他总是不屑一顾地告诫我:"当年我当书记时,你还穿开裆裤呢!"当我跌入人生最低谷,一度怀疑自己快要崩溃时,他轻描淡写地告诉我:"多大点屁事啊,你还有哥呢!"他对我母亲好!永远念叨着当年他在武汉读大学时,我母亲每个月从微薄的36元工资里寄给他5元当生活费。这些年,每次家庭聚会,他总会坚持自己开车接送我母亲,坚决不许姑姑自己单独前往娘家串门。他给姑姑买这买那,有用的没用的,他统统都买来送来,姑姑嗔怪他乱花钱时,他每次都表面虚心接受,实际屡教不改。他对他父亲好!他对他老婆好!他对他兄弟好!他对他侄辈好!他对他每一个家人都很好!

50岁的老男人有多暖?要多暖就有多暖!

戏精老师

这,这,这还是我吗？富帮主？啰唆精？彩虹老师？散文先生？漂亮又温柔？不出众但干货满满？逼急了还会"发疯"？

补充下小徐同学文中提到的"星瀚"典故。一日,开车载猫哥去高中同学家里玩,行至下盐路等候红绿灯时,抬头发现一路牌赫然标识:"星瀚路"。顿时满脑子都是星辰浩瀚的美妙诗句。曹操的《观沧海》:"日月之行,若出其中。星汉灿烂,若出其里。"杜甫的《旅夜书怀》:"星垂平野阔,月涌大江流。"李清照的《南歌子》:"天上星河转,人间帘幕垂。"唐温如的《题龙阳县青草湖》:"醉后不知天在水,满船清梦压星河。"查慎行的《舟夜书所见》:"微微风簇浪,散作满河星。"总之,各种诗情画意,各种美好温婉。一时兴起,转头对坐后排的猫哥说道:"如果我有个女儿,就给她取名叫星瀚。"猫哥追问一句:"姓你的姓吗？""那当然啦！"我毫不犹豫地答道。他不满地瞥了我一眼,幽幽来了一句:"与其叫富星瀚不如叫陈世美吧！"不得不承认,有些美好再美好,一旦搭上姓氏就完全不搭调了。

某一日在课堂上讲解《将相和》一文提到"蔺"这个姓氏时,顺带提到这件事,瞬间课堂翻车了。哄笑过后,热心又可爱的小娃们提议要给我未来的女儿取名。于是,他们借助词典,群策群力,使上洪荒之力,尽显五年之内所学汉字遣词之能事。

以下排名不分先后:富人、富有、富强、富裕、富贵、富豪、富商、富老师、富公主、富二代、富士山、富贵命、富春江、富责任、富士英子、富丽堂皇、富可敌国、富贵荣华、富贵浮云、富国安民、富贵不能淫、富贵如浮云、富贵险中求、富士通公司、富马酸亚铁（估计这娃看到我办公桌上的补血药了）。

我的课堂总结:"同学们,我要谢谢你们,汉语博大精深,你们又一次让我增长了见识,从这个意义上来说,你们是我的老师。这些名字都很好,而且很有意义,包含着你们深深的爱。但很多名字我还没搞清楚意思,如果你也有同感,我建议你回家后借助各种办法查查意思,或者,如果你对姓氏感兴趣,也可以做一个家族姓氏简谱,明天我们可以继续交流这个话题。"话音未落,教室里随即响起热烈的掌声和欢呼声。天哪!他们竟然没有意识到又额外增加了一项作业?老教师心中暗自窃喜:小样,以为我会轻易放过你们?

"虾米公公"的故事

我正在教室里批改周末练习,"机灵鬼"周奕成蹑手蹑脚地走过来,故作神秘地趴在我耳边悄悄说:"富老师,昨天奶奶和妈妈吵架了,你想知道为什么吗?"婆媳间闹矛盾这还用问吗?多半就是为了孩子呗!不过看着他一脸狡黠,我故意摇了摇头问:"为什么呀?老师猜不出来啊,你快点告诉我吧!""嘿嘿!"小家伙得意地笑了,"奶奶说妈妈教我拿笔的姿势不对,妈妈说是对的,她们俩就吵了起来,谁都不肯让着谁。"哦!我顿时恍然大悟,怪不得昨晚九点多了他妈妈还打电话询问正确的写字姿势,一聊就是大半个小时,近十点又接到了他奶奶的电话,还直抱怨电话一直占线,打不进来,看来我无形中成了她们俩的裁判了,真有趣。

傍晚放学时,恰巧遇到周奕成奶奶来接孩子,老人拉着我的手急切地说:"富老师,你一定要跟他妈妈好好说说,她明明教得不对,还硬说自己是对的,我跟她说了无数遍就是不听,小孩写字姿势不对要近视眼的呀!这可怎么办啊!""你放心吧,哪天我遇到他妈妈了,一定跟她好好说说。上课的时候我再给孩子们讲讲,一定要让他们养成正确的写字习惯。"老人听到我这信誓旦旦的保证,安心地带着孩子走了。

望着他们渐渐走远的背影,我不禁陷入了沉思:周奕成的奶奶和妈妈都是知识分子,平时对孩子的学习也很关心,尤其难能可贵的是她们非常注重教育方法,对很多教育问题有自己独特的理解,然而一个小小的写字问题竟然引起了婆媳间的争论,看来我也应该引起重视,好好关心一下孩子们的写字问题。

第二天孩子们写字时,我留意了一下,目光从第一排巡视到最后一排,我的天啊!你猜我看到了什么?千姿百态、仪态万千!你看:金王俊的握笔姿势是从笔杆的上方将笔包扣在虎口处,由拇指与中指一扣一抵夹笔;缪偲的握笔姿势也很有特点,拇指贴紧笔杆往下压,笔杆的前端抵在中指上,后端靠在虎口处;付晋源的握笔方法像拿绣花针,完全由拇指尖和食指尖拿笔,由于贴靠笔杆的面小,指尖又用不上力,笔杆根本就捏不紧,铅笔时不时地跌落到地上;计晨雨写字时头向左斜侧,眼睛斜视,脊柱向左严重倾斜;张鑫身体夸张地向前倾,几乎是趴着写;吴天骄的身体向右倾,右臂全部枕在桌上,本子斜放,脊柱向右倾斜。

令人费解!这些孩子都是来自不同的家庭,然而他们竟然有着非常相似的书写习惯,这是多么不可思议啊!若要追究我这个语文老师的责任,那我也实在是冤枉啊!记得刚开始写字时,我用了整整一节课的时间讲正确的写字姿势,并且反复纠正了孩子们的错误姿势,课堂上每个孩子都是过关的呀!为什么只过了几天,就出现了这样集体"倒戈"现象呢?

"针刺不到你的肉,你怎知痛?"突然想起师父这句语重心长的教诲。痛定思痛,我该用什么方法来改变这一现象呢?虽然他们是一年级的小朋友,可个个都是小人精,太熟悉我的那一套了,传统的"盯""关""跟"方法一时能取得令人满意的效果,但效果短暂。嘿嘿,好在我还没有黔驴技穷,眉头一皱,计上心来。

周五班会课的铃声刚响,我信步走进教室,打开电脑,大屏幕上立刻出现了周奕成妈妈偷拍他写字时的照片。我问孩子们:"看到这张照片,你们有话要说吗?"看到自己平时熟悉的同学上了电脑,孩子们七嘴八舌地说开了。

"这是周奕成!"

"这是他写字时的照片!"

"他拿笔的样子好奇怪呀!"

"老师,周奕成的手指好像要断掉了一样!"

"老师老师,周奕成像虾米公公!"

"哈哈哈哈……"全班哄堂大笑起来,周奕成低着头,不敢正眼看大家,小脸涨得通红,小嘴嘟囔着:"我不是虾米公公,我不是……"

"大家都看出来了,周奕成的写字姿势是不正确的,那你们知道错误的写字姿势有什么危害吗?"

"写的时间长了手指会断掉!"

"不对!不是手指断掉是变形!"

"身体会感到疼!"

"我妈妈说会得颈椎病的!"

"我奶奶说会得近视眼的!"

"肯定会变成周奕成那样的虾米公公!"不知道谁喊了这么一句,全班再次哄笑起来,周奕成委屈得哭了起来。我马上对全班学生做了个停止的手势,"你们看,周奕成知道自己错了,他心里难过极了,你们愿不愿意帮助他呀?"

"愿意!"全班异口同声地回答。

"那你们准备怎么样帮助他呢?"我不动声色地继续加以引导。

"我每天早上提醒他。"

"放学的时候我告诉他妈妈,让他妈妈再教教他!"

"老师说过,写字的时候要做到一尺一拳一寸,他肯定忘记了。"

"他写字的时候我要看着他,如果他又犯错了,我就告诉他正确的方法。"

在一片热烈的讨论声中,我发现周奕成的同桌曹雨凡把小手举得高高的,我示意她发言。"富老师,其实我早就跟他说过了,可是他总是不在乎,还说他妈妈就是这样教他的,只要把字写好了,随便怎么拿笔都可以。""恩,妈妈这么做肯定是不对的,那周奕成自己愿不愿意学习正确的写字方法呢?""愿意!"小男孩干脆利落地大声回答道。

听到这个回答时,我心中一乐,嘿嘿,机会来啦!

"正确的写字方法应该是怎么样的呢?富老师请小朋友们仔细观察大屏幕上大姐姐的写字姿势,一会再告诉老师。"我边说边出示课件。

不一会孩子们立刻叽叽喳喳发起言来。

"我们写字的时候要做到一尺一拳一寸。"

"大姐姐写字的时候脚是放平的,头也不是斜着看字的。"

261

"正确的写字方法就是用食指、拇指、中指三个手指头拿笔的,而且不是低着头写字的。"

……

"孩子们,你们都观察得很仔细,说得也很有道理。现在我们一起来做个游戏。老师说什么,你们就用身体语言来表达,表现棒的小朋友老师还要奖励他呢!"

看着他们一副跃跃欲试的模样,我心里乐开了花。"先请大家拿出一支笔,大拇指与食指分别从左右夹住笔杆,离笔尖约一寸,中指贴住笔杆,无名指、小指自然地向掌心弯进去。笔杆斜靠在食指根部关节处,与纸面成40度,向右倾斜。"说完这些我观察了一下情况,发现小家伙们都很认真,有的还在互相纠正,气氛热烈。"接下来请大家身体坐正,头部稍向前俯,眼睛与纸面保持一尺远距离,腰背自然挺直,胸部张开,双肩放平,胸离课桌一拳左右;两臂放在桌上略张开,左手大拇指和其余四指轻轻按住纸左边。"我用目光扫视了一圈,看到情况良好,我这才松了一口气,把作业本发下来让他们写字,紧接着又巡视了一圈,效果好得出乎意料,我心里不禁暗自得意。

"富老师,周奕成又犯错了!"一阵尖叫声划破了安静,我抬头一看,果然,周奕成握笔的姿势又错了,眼睛几乎是贴着作业本了,他的脊背因为身体前倾的缘故,弯得活脱脱像一只小虾米。这一幕深深刺痛了我的心,对这位不良执笔姿势已根深蒂固,一时无法矫正过来的孩子,我决定使出"杀手锏"来帮助他。

"机灵鬼,你喜欢玩橡皮筋吗?"我走过去摸着他的脑袋问他。

"喜欢。"

"今天老师来教你一种新玩法,它还能帮助你纠正握笔姿势呢!"

"真的吗?太好啦!"他兴奋地从座位上跳了起来。

其他小朋友听到这个消息,都好奇地围了过来,伸长了脖子,睁大了眼睛,想看看到底是怎么回事。我用一根橡皮筋把他的食指和笔杆扎在一起,帮助其固定笔杆,然后在数学老师的教具盒里找到一个小球,接着把这个直径约两厘米的小球放在他的掌心,帮助其固定手指,做到"指实掌虚"。我又告诉他,拇指与食指千万不要相碰,握笔不要太紧,端正坐好写字时,眼睛要能看到笔尖。小家伙紧张地吐了吐舌头,深深吸了一口气,试探性地写了一个字,我一看写得还挺端正,忍不住表扬了他:"周奕成,恭喜你,你做得到!"周围的同学也热烈地鼓起掌来,也许是表扬的激励作用,直到下课前我发现他始终保持着正确的双姿(坐姿和笔姿)呢!

当然,冰冻三尺,非一日之寒,正确的写字姿势也不是一蹴而就的。这就要求我们教师和家长要把写字姿势作为一件大事来抓,只有坚持不懈地抓反复,反复抓,才能使学生养成正确的写字姿势。

又过了几周,周奕成的妈妈特意找到我,激动地说:"富老师,还是你有办法,帮助周奕成改正了写字姿势,我真心地感谢你。现在孩子在家能认真地独立完成作业了,再也不需要我们家长在旁边监督了,他说现在同学们再也不叫他'虾米公公'了,还说最喜欢的作业就是写字……"

听着这一句句发自肺腑的话,看着周奕成那扬起的快乐笑脸,我感到一阵阵幸福的芳香洋溢在心田。

小陆哥哥

我读小学的时候,有个姓陆的女同学,我们俩关系特别好。她有个亲哥哥,但是成绩不好,又调皮,还经常闯祸,常常被爹妈打骂,我们都不喜欢他。倒是他妹妹很爱这个哥哥,好吃的自己舍不得吃,全留给哥哥吃;哥哥闯祸了,她还苦苦帮他求情,陪着一起罚跪一起挨打。总之,我们眼中的学渣是她的心头宝,这让人感到很费解。有时我忍不住也会问她,陆同学总是笑笑,只说一句:"那是我哥呀,我不对他好对谁好?"我看到她眼里全是爱意,浓情化不开的那种。但我还是不喜欢她这个哥哥,尽管作为独生子女,内心一直很渴望能有一个像模像样的哥哥。

有一天上学时下雨了,那时的孩子都是自己去学校,很少有家长送。上学途中要经过一片小池塘,一夜的雨让池水暴涨,让我们这群孩子不知所措。这时候,陆同学的学渣哥哥把自己的书包往他妹妹脖子上一套,麻利地脱掉鞋袜,赤着脚,蹲下身,对他妹叫道:"上来,阿哥背侬过去!"在大家的一片艳羡中,陆同学趴在她哥的背上得意地冲我们做鬼脸,这画面就像是丰子恺老先生笔下的漫画那般单纯可爱,至今仍时不时浮现在我脑海。

也许是因为同学的闺蜜的缘故吧,小哥哥背完妹妹竟然折返到我面前,霸道地冲着我说:"我知道你的,你是我阿妹的好朋友,也就是我的阿妹,上来,哥背你过去。"我还在犹豫不决时,他不由分说一把就把我抱起来了,这是一个怎样的怀抱呀?羞涩,稚嫩,温暖,安全。那一年,我刚上一年级,他读五年级,现在想起来,那时他自己都还是个孩子呢,却有如此孔武有力的怀抱。于是,我想有个哥哥的愿望愈发强烈,也曾私底下跟陆同学商量,让她把哥哥分一半给我。可是好脾气的陆同学每次都果断地拒绝我,甚至警告我不许再打她哥哥的主意,不然就要跟我绝交。我也曾幻想主动找陆哥哥征求意见,但始终没有勇气。毕竟,在那个年代,我是父母、老师、同学眼中的好学生,一有点风吹草动就会全校皆知,尤其是主动跟学渣搭讪会造成怎样的轰动,这是当时难以想象的事情。

慢慢地,我们都长大了。我过着按部就班的生活,也无风雨也无晴,在不断的读书考试求学道路上反复折腾,在外人眼中光鲜亮丽,一帆风顺。陆哥哥呢?还是一如既往的渣,严格来说,在父母的棒头底下,他的确收敛了不少,也将大部分心思用在学习上。不过初中毕业时,他还是没考上高中,后来去了一个技术学校,高高兴兴地混了三年,毕业时正赶上上海野生动物园招工,于是他很顺利地成了一名驯养员。其实当时很多同学都进了动物园工作,同学成了同事,所以我总是很轻易就能打探到他的情况。这帮家伙经常聚会,有时也会叫上我,只要父母盯得不紧,我总是找各种借口开溜赴约。每次陆哥哥看到我,都会大吃一惊,在他看来,我是不属于他们这个圈子里的那个人。可是,他哪里知道我的小心思呢?我是个死心眼,执拗又倔强,一心追寻着我那尚未完成的童年心愿呀!

有一次聚会时,有人趁着酒醉,竟然灌我喝酒,颇有些挑衅的意味。陆哥哥见状,一把拉过我,当场就发飙了,他砸了一个啤酒瓶,恶狠狠地对那人嚷道:"你知道她谁吗?我阿妹!你离她远点,不然我不会放过你!"厚重的安全感让我一瞬间感到暖心,于是,我壮着胆告诉他我的小心愿。谁知,这家伙竟然嬉皮笑脸地说:"谁敢认你当妹啊?你是好生,我是差生,我们不是一路人,我可不敢高攀。"原来再强悍的男人也有小小的自卑心理啊!可是,这跟当人家哥哥有什么关系呢?我一点都不在意这些啊!虽然被当场拒绝,可是我还是很想很想有个哥哥,他的爱是我可以任意飞舞的天空,干净纯洁,无关肉欲。

后来,我毕业工作,他成家生子。大家都忙,鲜有联系,偶尔小聚,潦草收场,忙是现代人的通病,也是最好的借口。上天爱我,几经折腾后,我终于如愿以偿成了一名非师范毕业的小教师。我喜欢孩子,喜欢看他们天真无邪的笑脸,当这个世界让我感到有点疲倦的时候,我就去看他们纯净如初的眼眸,他们让我感到温暖,我珍惜和他们相处的每一天。选择自己热爱的,然后热爱自己选择的,这就是我对职业的最好诠释。然而,当我沾沾自喜陶醉于美好生活时,噩耗传来,陆哥哥走了。那是同学聚会时,他喝了不少酒,大家要送他回家,他却执意要开自己的摩托车,结果半路上就出事了。那次聚会我没去,那天我哆嗦地去开会领奖了——一个还算有点分量的市级荣誉。那时还没有微信,陆哥哥知道后还特意打我电话祝贺,还直嚷嚷着等我回来要庆贺一下。2018年,当我再次获得这个荣誉时,我却再也没有去领奖的勇气,躲在家里痛哭流涕。他离开那一年,还很年轻,孩子才五岁。他太太把孩子扔给他父母,据说迅速改嫁了,至今音信全无。

  我遗憾的是:当年不该顾及优雅和矜持,放不下身段,抹不开面子,错过了陆哥哥。我庆幸的是:上天偏爱我,被偏爱的总是有恃无恐。很多年以后,我遇到了你,这次我一定会好好珍惜,抛却任何顾虑,勇敢坚定地去爱,也愿自己能被温柔以待。

小调皮鬼

广哥家的小宝实在是个有趣的小宝贝。

一日,他受他爹指派,陪我去买袜子,逛了三家便利店没买到。正在我一筹莫展之际,小家伙小手一挥,大声对我说:"阿姨,别急!我知道去哪里买了!"我抬头一看,四个大字赫然映入眼帘:成人用品。我的脑袋一阵发怵,只听见小朋友耐心地跟我解释:"阿姨,你要的袜子这里肯定有,你是成人啊,这家正好是卖成人用品的,走,我们赶紧去买吧!"说得没错!如果你不感到尴尬,尴尬的就是别人啊!诚然如此。

又一日,他爹外出谈事,我临时被指派看护他。我俩就漫无目的地在小区里转悠。我发现了一棵神奇的植物,挂满了小果子,好奇地问他:"快看快看,你知道这是什么果实吗?"他看了一眼后摇了摇头,一脸茫然地回答我:"不知道,没见过。"我自作聪明地自问自答:"我猜应该是梨吧,这个跟梨的形状很相似。"他不赞同地说:"这不是梨,梨不是这样子的!"我不甘心地争辩道:"这是小时候的梨!"他瞥了我一眼,一脸不屑地问我:"你见过梨吗?你吃过梨吗?你知道梨长啥样吗?"那一刻,我觉得我没见过大世面的样子真糟糕,瞧瞧我那一副没出息的样子!不行不行,一会儿我要去水果店买梨,谁都别拦着我,再贵我也要买!必须恶补梨知识!

再一日,他爹送人去高铁站,我俩随车同行。没想到,他那老司机爹一时犯困,竟然在高速公路上错过路口!我们俩借机揶揄他爹肯定是谈恋爱谈昏头了才犯迷糊的。于是,没心没肺的小八卦精向我坦白班级的恋爱新闻,从渣男渣女到海王,从广撒狗粮到各种花式秀恩爱,听得老教师一愣一愣的,没想到现在的小学生的精神世界已然如此丰富多彩。小八卦精又趁机打听我的恋爱经历,还好我早有防范,全然看出他的企图,无比真诚地告诉他:"我长得安全,男性对我没有实施犯罪的欲望。所以,可怜的我没谈过恋爱啊,这方面我没有任何经验可以提供给你参考啊！"看着他那张成"O"形的嘴，我继续添油加醋："我最大的心愿就是有人陪我抱着一大桶爆米花看场电影，这样就算是谈过恋爱了，这样我就心满意足了。"他歪着脑袋毫不迟疑地搭话："这个简单，让我爹陪你去！""不行，你爹太老了！我不要！"我表示反对，一脸坏笑地对他说，"要不，你陪我去看电影，我请你吃爆米花好不好？""不行，你太老了！我不要！"他一下子从车座上跳了起来，强烈表示反对！难道这就是现实版的现世报？这家伙现学现卖的理解力也太强了吧？不行不行，我得找他爹谈谈，"养子不教父之过！"广哥，你管管你家小公子呗，这样赤裸裸地欺负中年少女好吗？真的好吗？考虑过后果吗？后果很严重哦！没听见玻璃心破碎的声音吗？嘤嘤嘤……

又一日，我俩结伴搭他爹的顺风车外出。不料途中，他爹临时有事，遂将两个"拖油瓶"果断"抛弃"在楼下小区。同病相怜的我俩又开启漫无目的小区转悠模式。他无比关心地问我："阿姨，你怕不怕狗？"一想到被狗吠声惊吓到昏倒的童年往事，我一脸惊恐道："怕的，我很怕狗的。"小家伙小手一挥道："别怕！这里没有狗，只有蚂蚁，你怕不怕蚂蚁？"听了这话，我顿时底气十足地回答道："蚂蚁什么可怕的呀？我才不怕呢！"他看了看我，向我招招手，大声招呼我："你快来，这里有好多蚂蚁，你快来看啊！"于是，我赶紧凑近看热闹。果然，我看到花园小台阶边众多蚂蚁结队而行，估计是大雨将至，它们正忙着搬家吧！小朋友又开始问我："你仔细看看，这些蚂蚁有什么不同吗？"我看了又看，没发现有啥与众不同啊，难道这是一群来自火星的生物？于是，怯怯地答道："不就是蚂蚁吗？还能有啥特别的？"他一脸不满地说道："你一点都不细心的！你没发现他们有两个尖角的吗？"尖角？在哪儿？大概是我老眼昏花吧，我真没发现他所说的神秘尖角啊！当我将观察的目光从蚁群中移开时，蓦然发现他一脸贼兮兮地说道："我告诉你呀，阳泉的蚂蚁跟上海的不一样，他们有两个尖角的，咬起人来可厉害了，不信你看！"说着说着他就撩起裤管，亮出他那疤痕累累的小腿！天哪！我只看了一眼，密集恐惧症的发作让我头皮发麻，情不自禁失声惊叫起来。这一刻，对面的小坏蛋秒变小英雄！

他安慰我说:"别怕,我来保护你!我有武器!"待我好不容易稳定情绪,定睛一看,英雄正手持天蓬元帅的"六尺钉耙"一柄(迷你款!)拳打脚踢一阵猛打……

他是小孩中的大人,我是大人中的小孩,于是,我们就有了交集点,成了好朋友。他经常捉弄我,我也毫不客气地狠狠加以还击,他爹还会不时地在一旁煽风点火给我出馊主意合着伙欺负他。他不讨厌我,恰好我也很喜欢他。他的母亲一年前不幸去世了,除了宠他,爱他,我还能做什么呢?

小余同学

小余同学是我最偏爱的学生,这事大家都知道。

第一次见面,我就无可救药地爱上了他。这娃给我的第一印象就是与众不同。他比一般的孩子要高大许多,可能也正是这个原因,他不像其他孩子那样灵活好动。但他一双眼睛却灵活得很,不住地打量四周,观察着周围人的一举一动。嘿,这娃有意思,我一下子就被他吸引了,忍不住走上前去主动与他搭讪。一开始,他还保持着些许警戒心,可能是家长平时也教育他不要随便和陌生人说话的缘故吧,小家伙有一搭没一搭地回话。不过在我凌厉的表扬攻势下,他马上就败下阵来,不仅和盘托出全家人情况,还趴在我耳旁悄悄约定明天要讲大怪兽的故事给我听呢!临别时,出人意料地,这娃竟然还对我鞠了一躬!小余妈妈见这架势,腼腆地笑了笑,然后又叹了一口气,拉我在一旁轻声告诉我,幼儿园老师评价这孩子幼稚又单纯,心智太小,期望老师们对他多包容多体谅。"不要着急,最好的总会在最不经意的时候出现。"泰戈尔的诗句足以宽慰老母亲焦虑的心。

没过几天,我就领教了他糟糕的记性。比如教学生字"游",无论我怎么苦口婆心耐心引导,这娃始终记不住这个字,不是缺了偏旁三点水就是把右半部分写成反文旁。小余同学不同于众人的执拗一度让我异常崩溃!怎么办?怎么办?怎么办?我苦苦追问自己,难道就这样服输认怂啦?不!这可不是我的风格!屡战屡败,屡败屡战,迎着困难上!正道走不通,咱们就走"歪门邪道"呗,反正条条道路通罗马。"老余(小余同学的昵称),米米米,咱们一起来玩文字游戏好不好?""这个我喜欢的。""那太好了!你看,谁来了?"我边说边在纸上写了个"游"字。"这个字我认识的,你教了我好几遍了,可是我不会写。""所以嘛,我们要在游戏中记住它呀!你看呀,我们先把它分成三部分好不好?你来分!""这个我会的,我这样分可以吗?"我低头一看,这娃用铅笔把字分成了三部分,哈哈,正中下怀!"欧呦,看不出嘛,老余,你很聪明呀!你看左边三点水代表啥?""三点水代表水,这个我知道的。""对对对,我们把三点水想象成一个大大的游泳池好不好?""这个好!我最喜欢在游泳池里游泳了!""好的好的,那中间这个字你认识吗?""方呀,我当然认识啦,我幼儿园里有个同学就是这个姓。""你真是个见多识广的小男神啊,我好崇拜你呀!"我冲着他竖起了大拇指,他不好意思地低头笑了。"然后你看最右边的部分,上面的撇横像不像一顶泳帽?下面的字你认识吗?""子!""对呀,就是'一个小孩子'的'子'嘛!现在我们把这三部分拼起来,"我边说边用笔在纸上比画起来,"你看啊,夏天来了,大大的游泳池里,有个带着泳帽的姓方的小孩子在游泳。现在轮到你玩这个游戏了。"小余同学接过铅笔,不假思索地写下了"泳"字,耶!完全正确!我都为自己的智慧小小激动了一把呢!

又过了几天,在和MISS张聊天中提到了小余同学。原来这娃不偏科,他对每门功课的健忘度是一视同仁、稳定如一的,尤其是拼背单词,一度令他抓狂,成了横亘在他学习中的最大障碍。一年级刚学英语就这样,以后可怎么得了?我决定使出自己当年学习英语的"谐音法"这一杀手锏来帮助这小哥们。于是,每背一页单词都要随机"牺牲"几个亲人,从"妹死"(miss)到"哥死"(girls)再到"爷死"(yes)最后全都"白死(bus)"。雪崩时,没有一片雪花是无辜的;背单词时,没有一个人类是幸免的。

返校复课放学那天,班主任沈老师忙着照看孩子们在走道排队,要求孩子们间隔1米距离。排在小余同学前面的小男生不住地往后退,往后退,只听见小余同学"哎呀"大叫一声。我从楼梯下来,正好听见,吓了一跳,还以为发生了什么事,连忙追问他怎么回事。小家伙生气地对前面同学说道:"你撞到我的小鸡鸡了!你要向我道歉!"一听这话,我一颗悬着的心终于放下了,逗他:"哎呀,那你可要保护好它了,不然它要飞到天上去了。"听闻此言,小余同学立刻紧张地用双手捂住隐私部位,确定安然无恙后,随即又咧嘴冲我乐道:"还好还好,它没飞走呢!我妈妈说,它很重要的。"我和沈老师见此情景,笑得几乎全靠扶墙勉强支撑。小余妈妈是怎么进行性启蒙教育的我不知道,但我一定要送他一本《小鸡鸡的故事》感谢他带来的所有美好和欢乐。

"不是槌的打击,而是水的载歌载舞,使鹅卵石臻于完美。"每一个生命都是一粒神奇的种子,蕴藏着不为人知的能量。教室里的每一个孩子,都是一个家庭的整个世界。爱是治愈一切伤痛的良药,我坚持,我传递。

星星堆满天，爱意落满怀

小朱同学，一个平凡而又温暖的八年级男生。

他当然不是我这个小学老师的学生，他是坐我对面的龚老师的学生。昨天是学生社会实践活动的日子，一大早，他就主动来找龚老师交默写作业。这位小朱同学常常光顾办公室，让我对他有所了解。他聪明伶俐，但学习却有些懒散。课堂上，他有时会闭目养神，却又能准确无误地回答老师的问题。放学后，他全心投入游戏和运动，但在老师的催促下，他也会勉强完成作业。或许是因为他对龚老师充满敬意和认同，他对办公室的老师们总是非常有礼貌，主动打招呼，包括我在内。每次见到他，他总是羞涩地笑眯眯的，这让我心生愉悦。他是山东人，身材高大，英俊潇洒，加上我对山东人有一种天生的好感，所以他常常令我心生愉悦，特别是昨天这事。

早上他交完作业后，龚老师像往常一样叮嘱他一番。他默默地低头聆听，不时点头附和。最后，他从上衣口袋里掏出两根棒棒糖，一根递给了龚老师。趁着龚老师激动的时刻，他冲着我眨了眨眼睛，扬了扬眉毛，然后自然地把另一根棒棒糖递给了我。那一刻，我被暖到了，感动得不得了。

他很天真，心怀赤子之心。当同学们取笑他体重超过两百斤时，他一脸坦诚地告诉大家，他的精准体重只有一百八十斤。他性格温和，但在回家写作业这件事上，他也会耍点小聪明，和老师讨价还价，试图少做一点。然而，老师眼一瞪，断然拒绝后，他只能默默接受。尽管他的学习不太理想，但这又有什么关系呢？他是如此温暖又如此善良，生而为人，还有什么比这更重要的呢？

也许是小朱同学与杨乃文同名的缘故吧，此刻我耳边响起的是她那首《星星堆满天》，即使满天繁星，我还是最爱那一轮明月，独一无二。在我眼里，小朱同学就是那轮皓月，他的举动让我感到温暖，他值得被爱被珍惜。

星星堆满天，爱意落满怀。

养"猫"记

此"猫"非彼猫,乃吾家小公子是也!该"猫"年方一十有六,其父唤其小名"小猫",天长日久,村人相邻皆知其小名而不知其大名也,呜呼哉!究根问底,只因他爹念书不多,固执地认定"名越贱,越好养",还故意向我卖弄他那点可怜的知识,极力灌输"猫有九命"的玄学道理。好吧,看在他是我儿子亲爹的分上,我照单全收,没有流露出任何不满(至少表面上这样的)。于是猫爸越发得意,终于有一天,他一本正经地提议,如果有二宝的话,大名就叫"凯蒂",小名叫"狗子"也不错。我暗讽他不如直接把家里改建成猫狗窝更合适,他连声赞同"金窝银窝不如自己的狗窝",还强调当初放弃自由就是为了和某人共筑一个窝,哪曾想到某人根本不像表面长得那么贤惠,尤其非常不擅长家务,(哼!说出去谁信啊?)所以家里乱成狗窝也情有可原了。But!上天总是公平的,他继续补充道,给了他一个刁蛮的懒婆娘,还好标配了一个勤快的丈母娘。(此处扒皮:难怪丈母娘看女婿越看越欢喜,只因马屁精一枚!)但是,听着这话,想着此君平时比我还忙,起得比鸡还早,回家比鬼还晚,我感觉自己咋就那么心虚愧疚呢?(内心戏不断翻涌:都说有家的男人真幸福,谁知养家的男人多辛苦。)不对不对!女人不仅要工作还要做家务,上有老,下有小,更不容易哇!不知不觉地就入坑了。(此处读者抗议:撒狗粮严重跑题,请尽快切入正题!)

猫是个实诚 boy。猫同学的三大姑八大姨从小就教育他不能撒谎骗人,她们一定是这样想的:播下一颗诚实的种子,必定会收获美好的结果。可惜啊,她们只猜着了前头,却永远猜不中后头。

猫上一年级时,有天中午,英语老师 Miss 季在教室里照看孩子们午休,猫同学正和小伙伴们玩泥塑玩得不亦乐乎,Miss 季饶有兴趣地观看一会儿,无意中问他是否完成了单词抄写订正,谁知,小家伙顿时大惊失色,吞吞吐吐道:"那个,小组长,叫我和她一起玩,她叫把抄写本,塞到最底下,这样,你就不会知道了。"小组长听闻,知道要挨批了,手指着猫同学大叫起来:"你,你,你!你出卖我!你个没良心的!我不和你好了!"猫同学委屈得号啕大哭:"我没出卖你呀,是你叫我塞本子的呀,我不能骗Miss季呀!骗人要被狼吃掉的,我不要被狼吃掉呀!呜呜呜呜……"Miss季看着这场景,忍俊不禁,本来一肚子的火也不知跑哪里去了,反过来还要安慰这两个小家伙,维护两人友谊的小船不翻。

　　大概是五年级吧,猫同学读到一篇关于桂林山水的课文,他对课文中描绘的漓江产生了浓厚的兴趣,不断地追问漓江水是不是真的像文章中所说的那么清,那么静,那么美。我被他问得不耐烦了,甩了一句,直接去漓江看看不就完事了吗?没想到这家伙还当真了,一个劲催着我订机票赶去看个究竟。说干就干,为了支持年轻人,老母亲也是蛮拼的,第二天就搭上最早的航班直飞桂林。待到较真的猫同学亲眼见到漓江水质与课本描绘相去甚远时,时间已经过去了四天。飞回上海的前晚,猫同学开始发愁了,不知道该怎么向老师解释这四天的缺席。娘俩对话如下。猫同学:"哎呀,完了完了,明天老师问我,我怎么办?"老母亲:"你就说你生病了,这个理由听起来很合理。"猫同学:"不行不行,我不能骗老师。再说了,我明明好好的,说不定老天知道了就会惩罚我拉肚子的。"老母亲:"要不你就说家里有事,这个理由挺好的。"猫同学:"那更不行了,我只是个小孩,家里有事有大人们呢,哪里轮到我呢?老师肯定不会相信的。"老母亲:"我想不出更好的理由了,这回恐怕帮不上你了。你怎么办呢?"猫同学:"嗯,你不用担心我了,我会自己想办法的,总之我不能骗老师的。"放学回家后,一脸兴奋的猫同学迫不及待地告诉我今天的情况。猫同学:"老妈,你知道哇?今天我主动跟老师坦白了,王老师一点都没有批评我耶,她还让我把看到的漓江山水写下来呢,王老师说了,真实的作文才有生命力。还有还有,王老师还说,等我写好了,她还要把我的作文推荐到报社去呢!对了对了,老妈,你能帮我个忙吗?帮我修改下好哇?""当然当然——不好啦!你平时不是总说别人家的妈妈如何如何的吗?这会儿想到我啦？你让别人家的妈妈帮你修改呗！"我愤然拒绝。还没等我说完,猫同学一脸严肃地质问道:"我就问你一句,你是不是我亲妈？反正我就只有你这个亲妈！""我觉得吧,咱们把时间浪费在这种讨论上是毫无意义的,不如马上开工吧！对了,你想要哪种风格呢？"我一脸谄媚道。"等我写完再看着办吧,不跟你说了,我要写作文去了,明天就交给王老师。"没多久,猫同学就收到了人生的第一张汇款单——来自一家报社的稿费。他拿着墨绿色的单子研究了半天,似乎发现了一条"发财致富"的途径。于是乎,第二篇作文《收到稿费了》很快地又刊登了,第二张汇款单又很快地收到了,紧接着是第三张,第四张……

过了一段时间,写作文"发财致富"的事业突然偃旗息鼓了,我询问原因,猫同学坦言稿费虽好,但写稿费神又伤脑,且金额不多,还不如收压岁钱来得实惠,多则上千,少则几百,只消开口一声称呼外加"谢谢"两字,红包顷刻纳入囊中,满心愉悦。我恍然大悟:原来,文艺男和财迷男中间只隔着一个红包的距离。

因为你就是你所爱,从消散中收聚我

今天课堂翻车再次证明:永远不要小瞧儿童哲学的力量。

今天我上的是《太阳》一课,这是一篇经典说明文。为了激发孩子们的探究兴趣,我在导入环节中设计了一个问题:你知道哪些关于太阳的神话传说呢?于是,各种神话传说逐一登场,从古希腊的太阳神阿波罗到中国的太阳女神,从夸父逐日到后羿射日,直至有崇拜太阳的原始部落将其视为图腾,我暗自惊叹他们的见多识广,自叹不如。我边赞叹着他们的发言,边提醒他们神话故事的虚构成分。

谁知道,意外情况突然出现了。一男生举手示意有话要说,他说:"你怎么能证明神话故事是假的呢?我们都没看到事实对吧?既然我们都没看到,那就无法证明神话故事是假的。当然,我们也不能证明神话故事是真的。既然我们无法证明真假,那就不能轻易下定论说它是假的。也许将来有一天,神话故事中的事情真的发生了呢?不过,按照现在的情况来看,我个人也是偏向于虚构成分偏多。"这娃显然是有批判性思维的,对信息价值有自己独立的判断。

我还来不及反应过来,一女生马上应声附和道:"我也认为神话故事中的虚构情节比较多。刚才你们说的那个后羿射日就很有问题。我们在三年级的时候就学过盘古开天地这个神话故事了,故事里不是说盘古的左眼是太阳变的吗?后羿射日这个故事又说后羿射下了九个太阳,那么,我想问问大家,另外八个太阳去哪里了?变成后羿左眼的那个太阳是第几个太阳?是他射下来的第一个太阳呢,还是最后一个,或者是中间的哪个?这个排名有先后之分吗?"

目瞪口呆的我刚想跟她解释这两个神话故事分属不同的文化体系。盘古开天地算是一个创世神话,可以看作一个独立的故事;《后羿射日》的故事源自中国古代神话传说，因最早记载于《山海经》，故而属于《山海经》故事体系。

还没等我开口，一男生拍案而起："你们不要纠结于故事的真假性了，这个问题是永远没有答案的。比如我们上个星期学的《牛郎织女》也很有问题啊！课文中有提到，牛郎听了老牛的话，趁着仙女们洗澡的时候，偷偷把织女的纱衣藏了起来，这不是耍流氓吗？当时如果织女报案了，搞不好牛郎是要被关局子的。"全班最单纯最善良的一男生嘟囔了一声："那时不是还没有派出所嘛，你让人家去哪报案啊？"我刚想说《牛郎织女》故事中的情节可能并不符合法律和道德的标准，但是这并不是讨论的重点。全班见识最广博的一女生显然不给我表现的机会，她坦然"应战"，娓娓道来："X同学，你自己刚才也提醒大家不要纠结于故事的内容了，所以我要提醒你一下，牛郎耍流氓这不是重点，这不是值得讨论的问题，如果我们纠结在这个问题上那是毫无意义的。这个故事就是想借牛郎和织女的爱情故事表达对自由和美好生活的向往和追求。就算没有牛郎和织女，我们也可以借用阿猫阿狗的爱情故事来表达这样的观点，你要文明的，我们就可以改变故事情节。你们认为呢？"全班响起一片掌声。

我被孩子们的思维和观点所震撼。他们用自己的方式思考和质疑，不受束缚地探索着世界。他们不仅关注故事的真假性，更关注故事所传达的价值和意义。他们的思考不仅仅局限于故事本身，还能从中延伸出更深层次的思考。他们的观点和讨论让我感到欣慰，也让我更加相信儿童哲学的力量。

"因为你就是你所爱，从消散中收聚我。"这句情话在我看来，不仅仅适用于爱情，也适用于表达思想和观点。我们的思想和观点是我们内心的一部分，它们从我们所热爱和关注的事物中产生和塑造。正是因为我们热爱和关注，我们才能从消散中汇聚起来，形成自己独特的思想和观点。正如孩子们在讨论中展现出的思考能力和观点一样，他们就是把他们所爱的事物集合，从中收集和汲取智慧和力量。

回顾这次课堂的讨论，我深深感受到了孩子们的智慧和成长。他们用自己的思维方式解读和理解世界，不受局限和束缚。他们的思考和观点不仅仅是对故事的理解，更是对人生和价值的思考。他们的成长和进步让我感到骄傲和欣慰，我深深相信他们将会成为未来的有为之才，带给这个世界更多的智慧和力量。

"因为你就是你所爱，从消散中收聚我。"这句话也提醒着我，在教育的道路上，要给孩子们更多的自由和空间，让他们用自己的方式去思考和探索。我们应该尊重孩子们的独立思考能力，鼓励他们表达自己的观点和想法。只有这样，他们才能真正成为自己所爱的那个人，才能更好地理解世界，发现真相，从中汲取智慧和力量，为世界带来更多的美好和变化。

有其父必有其子

　　高二学期结束时,班主任老廖就建议高三时学生尽量回家住宿以便学习更高效,最听老师话的猫哥童鞋欣然结束了两年的丰富多彩的寄宿生活,回归家庭,开启走读模式。首先,他要求把"巢穴"单独安置在三楼,远离家人的干扰,营造一个安静的学习环境。此话在理!于是,在阿宝娘舅的帮助下,千赶万赶,终于在高三开学前装修完毕,猫哥童鞋满意地搬进了新房间。其次,他又提出约法三章:为了维护家庭成员间和睦相处,不得随意进入他人房间。尤其是三楼,除非发生地球爆炸,没事不要随意上楼打扰高三党学习。全家听闻此言,顿感小娃终于长大了,懂事了,不由得百感交集。从此,三楼俨然成了"军事禁区",我们没事都不会上去,有事更不会上去,生怕打扰猫同学的学习。至于这条高三狗究竟在干啥,实话实说,我一无所知。终于,神奇的3月5日晚上,老母亲赶工到半夜三更,经过楼梯口时,清清楚楚听见三楼有声响:"往左!往左!你上去!动手!干掉他!动作快!我靠,没解决,你猪啊……"哎哟,都说高三压力大,没想到压力大成这样,连梦话都是和解决作业难题有关呢!小小年纪承受着这个年龄不该承受的压力,作孽啊!老母亲正琢磨着如何给高三狗疏解压力时,总感觉哪里有点不对劲。爱是一道光,击碎我梦想!莫非?电玩?游戏?《城市先锋》?这情景这台词咋那么熟悉呢?偷偷摸摸上楼观察一番,只见高三狗正襟危坐,头戴耳机,手持手柄,摇头晃脑,沉浸其中,乐不可支。老母亲的心啊,瞬间哇凉哇凉的,怒不可遏地冲进娃他爹的房间,拼命摇醒睡得像猪一样的李先生,告知紧急军情,让他赶紧去"灭火"。迷糊中的猫爸爸轻描淡写地说:"这都几点了啊?赶紧睡吧,有事明天再说吧!"气急败坏的老母亲差点就跟他直接动刀子了,这时,被逼无奈的猫爸爸才磨蹭磨蹭地上楼与儿子沟通。躲在楼梯口偷听的我满心期待李先生的育儿高招,却分明听见他和颜悦色地对儿子说:"弟弟,现在很晚了,你早点睡觉吧,明天再玩好哇?""好的,老爸,你也早点睡,明天你还要上班呢!"儿子回答他。好一幅父慈子孝的美好画面啊!我咋感觉我那么多余呢?我忍!我装!我忙!工作是一种无声抵抗,是一贴优质解药,就让我忙得疯掉,忙得累倒,忙得连思考的时间都没有最好,做一个麻痹的人该有多好,我怎能被高三狗打倒?(小样,你以为你班主任和诸位老师会直接忽视你老娘的这条朋友圈吗?)

真面目

很多年前的今天,一对年轻夫妇未经当事人同意,就莫名其妙地成了我的父母(投胎完全靠运气,毫无技术含量,更谈不上民主协商)。

在重男轻女的70年代,估计我老爹当时也挺失望的,但应该很快就沉浸在初为人父的喜悦中吧!从他给我取个单名"宝"字就一目了然了。从此,"宝宝"这个小名伴随我至今。长辈唤我小名时是如此悦耳动听,同辈唤时也能勉强接受,晚辈同事唤我"宝宝姐"时总觉别扭,最要命是那帮"小人精"学生,竟然也在背后偷偷叫我"宝宝老师",这令人情何以堪?(说好的师道尊严呢?简直颜面扫地,毫无尊严可言呐!)

如同世间所有父母一样,我爹妈当时大概也寄予我厚望的吧!小时候,我妈教我学弹琴。那时我家有多穷啊,根本买不起钢琴,她省吃俭用,好不容易买了台脚踏风琴。无奈我天生五音不全(这点我也很纳闷,一点都不像我爹妈呢!),枯燥的练琴生活让我反感至极,终于有一天忍无可忍地用老虎钳把钢丝剪断,让风琴彻底变成"哑巴"!这一举动差点把我妈气疯,她总埋怨我的倔脾气随我爹。结果没等我爹辩白几句他老婆就气得回娘家告状去了。我爹对我说:"练琴嘛确实挺累的,全上海十万琴童,你天资不好,又不肯下苦功,估计这条路也走不通。要不我教你民乐吧,二胡、笛子、扬琴、古筝、唢呐,随你选。你要实在不喜欢,我也可以教你大提琴和小提琴的。"我看了他一眼,挥了挥手中的老虎钳,我爹顿时就默不出声了。

我妈不在家的日子里,我爹还要养家糊口,没办法,他只好带上我一起去派出所上班。我爹和一帮老哥们几乎天天值夜班。派出所真是个热闹的好地方!我就是在这里学会了打牌,学会了使用警棍,学会了用钢丝发卡开手铐。(别问是谁教的,我发誓绝对不是我爹!)最令我佩服的是一个姓徐的小警察,这家伙居然会武功,绝活是"徒手劈砖",惊得我一愣一愣的。尤其是当看到我们这里一群小混混被他治得服服帖帖时,我更坚定了学武的决心。后来我爹动用了一点点小关系,给我觅得高手师父一枚。当时还有一个叫王磊的同门师姐,后来我们又阴差阳错地成了同学,再后来就成了30多年交情的铁闺蜜。我爹也省吃俭用地买了一堆生铁,请人给我打造了两件兵器:一把大刀、一柄长剑。当我和小师姐跟着师父一同闯荡江湖,在各项比赛中崭露头角时,一次意外却彻底终结了我的侠士生涯。苦练"徒手劈砖"功夫时,不曾想,砖没劈开,却白白搭上了自己的骨头,石膏都绑上了。这下彻底激怒了我老妈,她毫不犹豫地、果断而又迅速地把我送到外婆家寄养。本来她就反对我习武,她总认为我爹把我当男孩养是错误的,粗鲁野蛮,一点也不温婉贤淑,将来肯定找不到婆家。她一直认为女孩子嘛,只要学习成绩好就一切都好,其他都不重要。幸好当年我的成绩还不算糟糕,不然我妈肯定会动掐死我的心思的。这可不是我凭空臆想的,在外婆家的那段日子里,我心如明镜:这回我算是完蛋了,我的手骨折了,变成残疾人了,爹妈肯定不要我了,所以把我扔在这里,趁我不在家,他们俩肯定要给我生个小弟弟了。我该怎么办呢?看来我还是得找师父去,跟师姐一起卖艺讨生活。

几个月后,我爹妈来接我回家。我亲眼看见我爹被我舅舅训得跟孙子似时(唉!可怜的老爹,谁叫你有一个非常厉害的大舅哥呢?),我的心一下子就安定了。我就知道,我爹是不会抛弃我们的,他最多也就是吐吐槽,什么"别人家的孩子是来报恩的,我家的是来报仇的!",什么"别人家的小棉袄贴心贴肺的,我家这件不保暖还漏风!"……他要是敢动那心思,他那大舅哥一定不会放过他的,谁叫舅舅是最疼我妈和我的人呢!

小棉袄慢慢长大后也没让他俩少操心。小学五年级时,我也不知道是青春期提前了还是哪根筋搭错了,身为班长竟然率领一班同学"揭竿而起",欺负新班主任是个小老师,(小老师有真本事,后来华丽转身,成了校长,也就是我的顶头上司啦!)虽然最后在老师和家长的联手"镇压"下,轰轰烈烈的"农民起义"终告失败,但作为"首要分子"的家长,我爹妈必定受了不少委屈。初中一年级时,帮最铁的男闺蜜给心仪的女同学代笔写情书,这哥们当时还歇血为盟表示绝不出卖我的呢！结果呢，他的女神一收到情书，就感觉受到了莫大的侮辱，哭得稀里哗啦的，连着情书一同交给了班主任老师。再后来，不用我多说，诸位看官也猜到结局了吧？没错，男人果然是一群最不可靠的地球生物，这家伙经不住考验，三下两下就把我彻底出卖了，请家长到校面谈自然是逃不过的。我爹接到老师电话，以工作忙为借口，死活不肯到学校与老师共商教育大计。我妈和班主任颇有几分交情，她猜想友谊的小船应该不会说翻就翻的吧，于是，顶着巨大的压力如约而至。老班把我的"杰作"交给她看，还笑着说，小囡养得蛮好嘛，书看得不少哇，还会引用张先的三影诗句，嗯嗯嗯，还好不是只小灶西（南汇方言，男孩子的意思），否则有多少小姑娘要"死"在他手里呀！我妈如释重负地回家了，我差点被她一顿胖揍，从此，对代写情书这件事存有严重的心理阴影。

高中一年级时，我告别老爹老娘，开启了在校住宿模式。记不清哪天深夜肾上腺素激增，心血来潮和一帮同学约好翻墙出去买蛋炒饭。等其他身手敏捷的同学全都一翻而过，只留下笨手笨脚的我好不容易翻到墙的另一面时，却不料被巡视的值班老师（正好那天值班老师是我的班主任）当场逮个正着，他一言不发，只是嘴巴张成了一个圆圆的"O"形。当时我就知道了，我已经彻底颠覆了自己在他心中乖学生的形象了。老班没给我爹妈打电话，直接把我送到医院急诊拍片，尽管我再三强调没必要，他还是不由分说地拉我就走。时至今日，我爹妈都不知道这件事。

"养儿方知父母恩。"从小到大，我是"别人家的孩子"，却也有不为人知的另一面。当我与岁月短兵相接，我不介意真面目被揭开，不管是美好的还是残缺的，坦然接受自己的不完美，这是我生而为人的愉悦。

老友季乐

哎呀呀喂，咱这位老友季乐呀，那可真是个神奇的存在！

当我收到他亲手制作的礼物时，心里那叫一个热乎乎的暖呀，毕竟他不但是我相识多年的老友，更是我的亲密盟友。我们那可是熟得不能再熟啦！遥想当年在世纪汇的老上海风情街，我那副贪吃鬼的模样哟，左手端着臭豆腐，右手举着冰激凌，嘴里还塞着巧克力，经过哈尔滨食品厂柜台时，看到美食那眼睛都放光啦，还口齿不清地一个劲指挥他各种买买买。在他面前，我啥优雅矜持，统统都被抛到九霄云外！也正因为这样，要正儿八经写他，还真让我有点绞尽脑汁犯难呢。

嘿，他可是个十足的大帅哥！那一米八多的大高个，那身材，简直了，站在他身旁那安全感简直要爆棚呀，仿佛自带了瘦身滤镜。每次盟里活动合影留念的时候，我都争着抢着往他身边凑，就是为了尽量能掩饰自己身材的缺陷，不至于在一群帅哥美人中显得那么突兀。他那仪表堂堂的模样儿，颇有几分潘安的迷人风采，光看着就令人心情格外舒畅。不过，别误会，我可不是因为他的外表才和他成为朋友的，虽然这确实是个不小的加分项。

这位老兄还是个超级有情怀的人呐！我和他的第一次见面就是在一场公益活动现场，他正忙着整理捐赠的衣物，那是给新疆阿克苏地区的留守老人和儿童整理捐赠衣物的活动，人少活多。可他呢，任劳任怨，埋头苦干，那认真的样子，简直比他的颜值还要吸引人，那劲头真让人佩服得五体投地。

他还特别正直。想当初他还没入盟的时候，巴巴地问我咋入盟，我就随口给他出了些傻得不能再傻的主意。嘿！没想到他居然还真听进去照做啦，而且还写了好多社情民意。结果呀，不仅受到了各级领导的关注和肯定，还被各级相关部门批示和采用了呢，真是让人刮目相看！后来他还积极投身到那个超棒的黄丝带公益活动中去啦，这可是全国优秀社区服务公益项目，他在里面那是贡献着自己的力量和温暖。

  他呀,对学习那简直是痴迷到不行,生活情趣那也是满满当当!他是个高级园艺师,园林艺术被他玩得溜溜转,精通得很。而且他似乎对考证有着一种异乎寻常的执念,简直就是个考证狂魔。什么高级园艺师、高级建造师、高级预算师、高级插花师……哎呀呀,那证书是一堆一堆的。前阵子呀,他居然还对道教产生兴趣了,我还盘算着带他去白云寺拜访小龙道长呢,可别真闹着要出家呀,那我可咋跟他太太交代哟!他的知识渊博也让我受益匪浅,我之前对那什么净水产品感兴趣,他二话没说,直接给我寄来一袋石英珠帮我"扫盲",还说这是他养鱼剩下的,说什么净水效果是一样的,还提醒我可别被坑啦,别交那智商税,别被一些所谓的高科技产品忽悠。

  他更是个细心的大暖男!我遭遇退稿心情低落的时候,他总能用幽默的话语让我破涕为笑,还热情满满地鼓励我把稿子发给他,然后呢,他说准备天天在朋友圈给我连载;看我心情不好就建议我们一起去吃麦当劳,还说什么垃圾食品能让人心情愉快;有一次参加培训活动时,我沮丧万分地告诉他我弄丢了好多东西,结果呢,他竟然奇迹般地在桌底下帮我一一找到了车钥匙、口红、零食以及其他杂七杂八的东西,他还笑嘻嘻地戏称我的包简直就是个灾难。他送我一套梁晓声先生亲笔签名的《人世间》,感动得我准备回赠我的第一本新书,这可是我们深厚友情的见证呀。

  在生命的旅途中,我们或许会遇见许多过客,但季乐,我的老友,却是那个在时光深处,始终如一的旅伴。他的好,无需言语的堆砌,就像一杯陈年老酒,随着岁月的沉淀,愈发显现出独特的韵味,无人可以替代。在这个性别界限愈发模糊的时代,季乐的友情,如同一盏明灯,照亮了我对于真挚友情的所有理解。他告诉我,有些情感,真的可以超越一切界限,成为我们心中最坚实的依靠。感谢季乐,感谢这份超越了言语的友情。愿我们的故事,成为岁月中最温暖的记忆。